瑞蘭國際

瑞蘭國際

日語領隊導遊
考試總整理 新版

句型必考題庫282題 ✚ 考古題完全解析600題

輔考名師
林士鈞／著

作者序

　　經過了20年，領隊與導遊的選考作業繞了一圈，又回到了觀光局手中……喔，唯一不同的是，現在是觀光署了。

　　新式的「導遊人員及領隊人員評量測驗」和過去考選部主辦時有何不同？雖然已經不是國家考試，但是難易度相同、及格分數相同，唯一的不同真的只有主管機關從考選部變交通部。這是當然的，不管怎麼變，日文也不會隨考試制度而改變。

　　先說好，這本書只有一個功能：幫助你通過考試。看完這本書只能幫你通過考試，你不會因為看完這本書日文就變得頂呱呱、嚇嚇叫。這本書裡面的確有很多初級、中級重要句型的整理和說明，對於準備日檢的確也很有幫助，但是對於成為一個稱職的領隊或是導遊人員幫助不大。

　　我的意思是要成為一個稱職的領隊或導遊人員只能靠自己，靠自己的經驗累積、靠自己的努力學習，不要以為拿一本考試聖經就可以一步登天，因為優秀的領隊或導遊人員是靠自己一步一步走出來的。只是，要成為一個優秀的領隊或導遊人員之前，要先能夠成為一個領隊或導遊人員再說。

　　以上是為了提醒各位：及格就好，或者說讓自己有及格的能力就好。考試和執業是兩回事，但是必須先過考試這一關。只要本書的題目都練習過、解說都看過，一定可以通過。不過！不是瀏覽、不是抱佛腳，是真的一字一句思考過，就過！

感謝出版社的支持，仍願意在領隊導遊熱潮退燒後繼續出版此書。不過，危機入市，想從事這個行業的人變少也表示這個行業將來的從業人員素質會變高，不再有劣幣來驅逐我們良幣，也不再用低價來跟我們搶客。

先恭喜各位，發大財了！有新血很好，有薪水更好，畢竟能維持熱情的不是奧客而是小費。真正好的工作是符合自己的興趣又能有一定的收入，而這個行業正是！

如何使用本書

　　本書乃臺灣第一本領隊導遊日語考試的文法書，打破光是埋頭苦做考古題的備考方式，改從文法切入，帶您循序漸進、紮紮實實地累積應考實力。

　　使用本書時，可依以下四個步驟進行，做完全的準備。

①

熟記題庫文法，鞏固基礎

☑ 282題句型必考題庫，讓您快速抓住重點。

☑ 題庫皆有老師詳細的文法說明，清楚不混淆。

②

練習考古題，測試實力

☑ 囊括93～104年度歷屆考題精華。

☑ 嚴選常見題目，不放過得分關鍵。

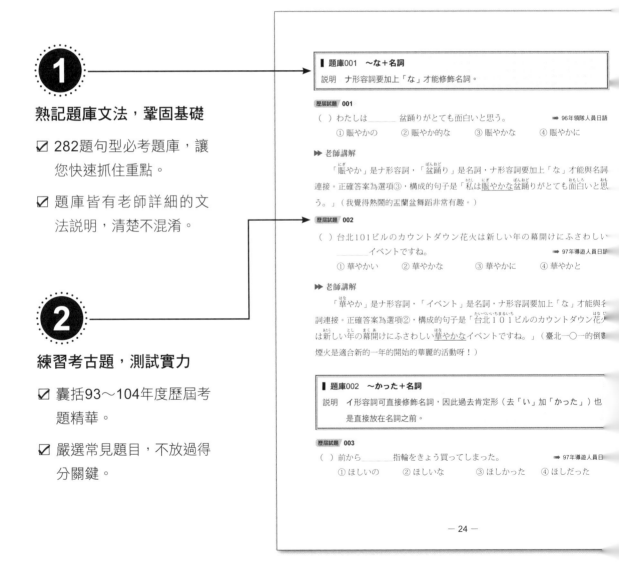

■ 題庫001　～な＋名詞

説明　ナ形容詞要加上「な」才能修飾名詞。

歷屆試題 001

（　）わたしは＿＿＿＿＿盆踊りがとても面白いと思う。　➡ 96年領隊人員日語

　　①賑やかの　　②賑やか的な　　③賑やかな　　④賑やかに

▶▶ 老師講解

　　「賑やか」是ナ形容詞，「盆踊り」是名詞，ナ形容詞要加上「な」才能與名詞連接。正確答案為選項③，構成的句子是「私は賑やかな盆踊りがとても面白いと思う。」（我覺得熱鬧的盂蘭盆舞蹈非常有趣。）

歷屆試題 002

（　）台北101ビルのカウントダウン花火は新しい年の幕開けにふさわしい＿＿＿＿＿イベントですね。　➡ 97年導遊人員日語

　　①華やかい　　②華やかな　　③華やかに　　④華やかと

▶▶ 老師講解

　　「華やか」是ナ形容詞，「イベント」是名詞，ナ形容詞要加上「な」才能與名詞連接。正確答案為選項②，構成的句子是「台北101ビルのカウントダウン花火は新しい年の幕開けにふさわしい華やかなイベントですね。」（臺北一○一的倒數煙火是適合新的一年的開始的華麗的活動呀！）

■ 題庫002　～かった＋名詞

説明　イ形容詞可直接修飾名詞，因此過去肯定形（去「い」加「かった」）也是直接放在名詞之前。

歷屆試題 003

（　）前から＿＿＿＿＿指輪をきょう買ってしまった。　➡ 97年導遊人員日語

　　①ほしいの　　②ほしいな　　③ほしかった　　④ほしだった

－ 24 －

③

熟讀老師講解，釐清盲點

☑ 日語標音＋中文翻譯，好讀、好學習。

☑ 輔考名師將平日授課內容文字化，集結成600題考古題完全解析，針對題目及選項一一說明文法，不補習也能學到最完整的必勝攻略！

▶▶ 老師講解

「ほしい」屬於イ形容詞，可直接修飾名詞。不過因為本句裡的戒指已經買了，所以「想要」是過去的狀態，應用過去肯定形才恰當。正確答案為選項③，構成的句子是「前からほしかった指輪をきょう買ってしまった。」（今天買了從以前就很想要的戒指。）

┃題庫003 ～に＋動詞

説明 ナ形容詞要加上「に」才能修飾動詞。

歷屆試題 **004**

（ ）車の中から携帯で撮ったので、あまり＿＿＿＿撮れていない。

➡ 97年導遊人員日語

　① きれく　　　② きれいに　　　③ きれいで　　　④ きれいな

▶▶ 老師講解

「きれい」看起來是「い」結尾，但其實是ナ形容詞，「撮れる」是動詞，ナ形容詞要加上「に」才能修飾動詞。正確答案為選項②，構成的句子是「車の中から携帯で撮ったので、あまりきれいに撮れていない。」（因為是從車子裡用手機拍的，所以拍得不太漂亮。）

┃題庫004 ～く＋動詞

説明 イ形容詞要先去掉語尾「い」，然後加上「く」才能修飾動詞。

歷屆試題 **005**

（ ）今夜台北市内の夜景が最も＿＿＿＿見えるレストランに行く予定です。

➡ 97年導遊人員日語

　① 美しい　　　② 美しく　　　③ 美しいく　　　④ 美しいくて

▶ 老師講解

「美しい」是イ形容詞，「見える」是動詞，イ形容詞修飾動詞的規則是「去い＋く」。正確答案為選項②，構成的句子是「今夜台北市内の夜景が最も美しく見え

④

書側索引標示，方便複習

☑ 書側標有「基本結構」、「動詞句型」、「複合助詞」、「接續用法」、「句尾用法」等五大單元索引，供您快速翻回不熟的部分複習補強。

關於導遊人員、領隊人員評量測驗

專業證照編輯小組

　　近年來，越來越多人開始報考領隊導遊證照。原因之一，報考限制門檻低，不僅適合社會新鮮人，退休人員也可以發展事業第二春；原因之二，考科簡單，都是選擇題；原因之三，一證在手，隨時可以轉換事業跑道。但是領隊導遊考試到底怎麼考、內容又是考什麼呢？這些讀者一定要知道，因為知己知彼，才能一試就上！

★報名資格：

一、導遊人員、領隊人員評量測驗

　　（一）中華民國國民、外國人、香港或澳門居民及依臺灣地區與大陸地區人民關係條例第17條第1項、第3項或第4項規定許可在臺灣地區依親居留或長期居留之大陸地區人民，於公立或依法立案之私立職業學校、高級中學以上學校或國外相當學制以上畢業，領有畢業證書。

　　（二）中華民國國民具第一款同等學力，持有證明文件者。同等學力之認定，準用教育部訂定之入學大學同等學力認定標準第2條規定。

二、參測人員有以下情形者，不得應測：

　　（一）導遊人員

　　　　　依「導遊人員管理規則」第6條規定，有導遊人員管理規則第3條（註）所定不得充任導遊之情事者，不得報名參加導遊人員評量測驗。

　　　　　註：違反「導遊人員管理規則」，經廢止導遊人員執業證未逾5年者。

（二）領隊人員

依「領隊人員管理規則」第6條規定，有領隊人員管理規則第3條（註）所定不得充任領隊之情事者，不得報名參加領隊人員評量測驗。

註：違反「領隊人員管理規則」，經廢止領隊人員執業證未逾5年者。

★應試科目：

一、導遊人員評量測驗

（一）華語導遊人員

華語導遊人員採筆試方式。

	科 目 名 稱	命 題 大 綱
華語導遊人員	**導遊執業實務**（包括導覽解說、旅遊安全與緊急事件處理、觀光心理與行為、航空票務、急救常識、國際禮儀）	・導覽解說：包含自然生態、歷史人文解說，並包括解說知識與技巧、應注意配合事項。 ・旅遊安全與緊急事件處理：包含旅遊安全與事故之預防與緊急事件之處理。 ・觀光心理與行為：包含旅客需求及滿意度，消費者行為分析。 ・航空票務：包含機票特性、行李規定等。 ・急救常識：包含一般外傷、CPR、燒燙傷、傳染病預防、AED。 ・國際禮儀：包含食、衣、住、行、育、樂為內涵。
	導遊執業法規（包括觀光行政與法規、臺灣地區與大陸地區人民關係條例、兩岸現況認識）	・觀光行政與法規：發展觀光條例、旅行業管理規則、導遊人員管理規則、觀光行政、護照及簽證、外匯常識。 ・臺灣地區與大陸地區人民關係條例：以大陸地區人民來臺從事觀光活動許可辦法為主。 ・兩岸現況認識：包含兩岸現況之社會、政治、經濟、文化及法律相關互動時勢。
	觀光資源概要（包括臺灣歷史、臺灣地理、觀光資源維護）	・臺灣歷史 ・臺灣地理 ・觀光資源維護：包含人文與自然資源。

（二）外語導遊人員

外語導遊人員採筆試與口試兩種方式，第一試筆試錄取者，始得應第二試口試。第一試錄取資格不予保留。

科 目 名 稱	命 題 大 綱
導遊執業實務（包括導覽解說、旅遊安全與緊急事件處理、觀光心理與行為、航空票務、急救常識、國際禮儀）	• 導覽解說：包含自然生態、歷史人文解說，並包括解說知識與技巧、應注意配合事項。 • 旅遊安全與緊急事件處理：包含旅遊安全與事故之預防與緊急事件之處理。 • 觀光心理與行為：包含旅客需求及滿意度，消費者行為分析。 • 航空票務：包含機票特性、行李規定等。 • 急救常識：包含一般外傷、CPR、燒燙傷、傳染病預防、AED。 • 國際禮儀：包含食、衣、住、行、育、樂為內涵。
導遊執業法規（包括觀光行政與法規、臺灣地區與大陸地區人民關係條例、兩岸現況認識）	• 觀光行政與法規：發展觀光條例、旅行業管理規則、導遊人員管理規則、觀光行政、護照及簽證、外匯常識。 • 臺灣地區與大陸地區人民關係條例：以大陸地區人民來臺從事觀光活動許可辦法為主。 • 兩岸現況認識：包含兩岸現況之社會、政治、經濟、文化及法律相關互動時勢。
觀光資源概要（包括臺灣歷史、臺灣地理、觀光資源維護）	• 臺灣歷史 • 臺灣地理 • 觀光資源維護：包含人文與自然資源。
外國語（分英語、日語、韓語、越南語、馬來語等5種，由應考人任選一種應試）	• 包含閱讀文選及一般選擇題。 ＊英語、日語、韓語、越南語（以上4種語言採外語檢定及辦理筆試2種方式） ＊法語、德語、西班牙語、義大利語、泰語、印尼語（以上6種語言僅採外語檢定，不另辦理筆試）

（左側直書欄：外語導遊人員）

第二試口試，採外語個別口試，依參加評量者第一試筆試選考之外國語舉行個別口試，並依外語口試規則之規定辦理。

二、領隊人員評量測驗

（一）華語領隊人員

科 目 名 稱	命 題 大 綱
華語領隊人員 **領隊執業實務**（包括領隊技巧、航空票務、急救常識、旅遊安全與緊急事件處理、國際禮儀）	・領隊技巧： 　1. 導覽技巧：包含使用國內外歷史年代對照表。 　2. 遊程規劃：包含旅遊安全和知性與休閒。 　3. 觀光心理學：包含旅客需求及滿意度，消費者行為分析，並包括旅遊銷售技巧。 ・航空票務：包含機票特性、限制、退票、行李規定等。 ・急救常識：一般急救須知和保健知識、簡單醫療術語。 ・旅遊安全與緊急事件處理：人身安全、財物安全、業務安全、突發狀況之預防處理原則、旅遊糾紛案例、旅遊保險。 ・國際禮儀：包含食、衣、住、行、育、樂等內涵。
領隊執業法規（包括觀光法規、入出境相關法規、外匯常識、民法債編旅遊專節與國外定型化旅遊契約、臺灣地區與大陸地區人民關係條例、兩岸現況認識）	・觀光法規：觀光政策、發展觀光條例、旅行業管理規則、領隊人員管理規則。 ・入出境相關法規：普通護照申請、入出境許可須知、男子出境、再出境有關兵役規定、旅客出入境臺灣海關行李檢查規定、動植物檢疫、各地簽證手續。 ・外匯常識：包含中央銀行管理相關辦法有關外匯、出入境部分。 ・民法債編旅遊專節與國外定型化旅遊契約：包含應記載、不得記載事項。 ・臺灣地區與大陸地區人民關係條例：包含施行細則。 ・兩岸現況認識：包含兩岸現況之社會、政治、經濟、文化及法律相關互動時勢。
觀光資源概要（包括世界歷史、世界地理、觀光資源維護）	・世界歷史：以國人經常旅遊之國家與地區為主，包含各旅遊景點接軌之外國歷史，並包括聯合國教科文委員會（UNESCO）通過的重要文化及自然遺產。 ・世界地理：以國人經常旅遊之國家與地區為主，包含自然與人文資源，並以一般主題、深度旅遊或標準行程的主要參觀點為主。 ・觀光資源維護：包含人文與自然資源。

（二）外語領隊人員

科 目 名 稱	命 題 大 綱
外語領隊人員	
領隊執業實務（包括領隊技巧、航空票務、急救常識、旅遊安全與緊急事件處理、國際禮儀）	・領隊技巧： 　1.導覽技巧：包含使用國內外歷史年代對照表。 　2.遊程規劃：包含旅遊安全和知性與休閒。 　3.觀光心理學：包含旅客需求及滿意度，消費者行為分析，並包括旅遊銷售技巧。 ・航空票務：包含機票特性、限制、退票、行李規定等。 ・急救常識：一般急救須知和保健知識、簡單醫療術語。 ・旅遊安全與緊急事件處理：人身安全、財物安全、業務安全、突發狀況之預防處理原則、旅遊糾紛案例、旅遊保險。 ・國際禮儀：包含食、衣、住、行、育、樂等內涵。
領隊執業法規（包括觀光法規、入出境相關法規、外匯常識、民法債編旅遊專節與國外定型化旅遊契約、臺灣地區與大陸地區人民關係條例、兩岸現況認識）	・觀光法規：觀光政策、發展觀光條例、旅行業管理規則、領隊人員管理規則。 ・入出境相關法規：普通護照申請、入出境許可須知、男子出境、再出境有關兵役規定、旅客出入境臺灣海關行李檢查規定、動植物檢疫、各地簽證手續。 ・外匯常識：包含中央銀行管理相關辦法有關外匯、出入境部分。 ・民法債編旅遊專節與國外定型化旅遊契約：包含應記載、不得記載事項。 ・臺灣地區與大陸地區人民關係條例：包含施行細則。 ・兩岸現況認識：包含兩岸現況之社會、政治、經濟、文化及法律相關互動時勢。
觀光資源概要（包括世界歷史、世界地理、觀光資源維護）	・世界歷史：以國人經常旅遊之國家與地區為主，包含各旅遊景點接軌之外國歷史，並包括聯合國教科文委員會（UNESCO）通過的重要文化及自然遺產。 ・世界地理：以國人經常旅遊之國家與地區為主，包含自然與人文資源，並以一般主題、深度旅遊或標準行程的主要參觀點為主。 ・觀光資源維護：包含人文與自然資源。
外國語（分英語、日語、韓語等3種，由應考人任選一種應試）	・包含閱讀文選及一般選擇題。 　＊英語、日語、韓語（以上3種語言採外語檢定及辦理筆試2種方式） 　＊法語、德語、西班牙語（以上3種語言僅採外語檢定，不另辦理筆試）

★及格標準及成績計算方式

一、導遊人員

依交通部觀光署「導遊人員管理規則」第19條規定：

（一）華語導遊人員類科以各科目平均成績為評量測驗總成績，滿60分為及格。但應測科目有一科成績為0分者，不予及格。缺考之科目，視為0分。

（二）外語導遊人員類科筆試以各科目平均成績滿60分為及格。但應測科目有一科目成績為0分或外國語科目成績未滿50分者，均不予及格。部分科目免測者，以外國語科目成績滿60分為及格。缺考之科目，視為0分。英、日語以外科目之及格人數未達其全程到考人數33%者，以其全程到考人數前33%、各科目平均成績滿50分且外國語科目成績滿50分為及格。

（三）外語導遊人員類科口試以各口試委員評分之平均成績為評量測驗總成績，滿60分為及格。

二、領隊人員

依交通部觀光署「領隊人員管理規則」第19條規定：

（一）華語領隊人員類科以各科目平均成績為評量測驗總成績，滿60分為及格。但應測科目有一科成績為0分者，不予及格。缺考之科目，視為0分。

（二）外語領隊人員類科以各科目平均成績為評量測驗總成績，滿60分為及格。但應測科目有一科目成績為0分或外國語科目成績未滿50分者，均不予及格。部分科目免測者，以外國語科目成績為評量測驗總成績，滿60分為及格。缺考之科目，視為0分。

★執業證取得

申請導遊人員、領隊人員執業證應經導遊、領隊人員評量及格，並參加交通部觀光署或其委託之有關團體、學校舉辦之職前訓練合格，領取結業證書後，始得請領執業證。

★評量測驗資訊

報名時間：前一年12月

測驗時間：筆試為每年3月；口試為每年5月

測驗地點：第一試筆試由原先比照考選部12考區，改為「北、中、南、東」4
考區，由參測人員自行選擇考區應考。

外語導遊人員考試第二試口試於臺北考區舉行。

承辦單位：社團法人台灣評鑑協會

聯絡電話：（02）33431231、（02）33431232

傳真號碼：（02）33431230

電子郵件信箱：register-exam@twaea.org.tw

聯絡地址：100231臺北市中正區南海路3號5樓之1

委任單位：交通部觀光署

更多評量測驗相關資訊，請上交通部觀光署網站查詢。

https://admin.taiwan.net.tw/businessinfo/FilePage?a=146

目次

第一單元　基本結構

第二單元　動詞句型

第三單元　複合助詞

第四單元　接續用法

第五單元　句尾用法

第一單元

基本結構

▌題庫001 ～な＋名詞

說明　ナ形容詞要加上「な」才能修飾名詞。

歷屆試題 001

（　）わたしは＿＿＿＿＿盆踊りがとても面白いと思う。　　　　　➡ 96年領隊人員日語

　　　① 賑やかの　　　　② 賑やか的な　　　③ 賑やかな　　　④ 賑やかに

▶▶ 老師講解

　　「賑やか」是ナ形容詞，「盆踊り」是名詞，ナ形容詞要加上「な」才能與名詞連接。正確答案為選項③，構成的句子是「私は賑やかな盆踊りがとても面白いと思う。」（我覺得熱鬧的盂蘭盆舞蹈非常有趣。）

歷屆試題 002

（　）台北101ビルのカウントダウン花火は新しい年の幕開けにふさわしい＿＿＿＿＿イベントですね。　　　　　➡ 97年導遊人員日語

　　　① 華やかい　　　② 華やかな　　　③ 華やかに　　　④ 華やかと

▶▶ 老師講解

　　「華やか」是ナ形容詞，「イベント」是名詞，ナ形容詞要加上「な」才能與名詞連接。正確答案為選項②，構成的句子是「台北１０１ビルのカウントダウン花火は新しい年の幕開けにふさわしい華やかなイベントですね。」（臺北一〇一的倒數煙火是適合新的一年的開始的華麗的活動呀！）

▌題庫002 ～かった＋名詞

說明　イ形容詞可直接修飾名詞，因此過去肯定形（去「い」加「かった」）也是直接放在名詞之前。

歷屆試題 003

（　）前から＿＿＿＿＿指輪をきょう買ってしまった。　　　　　➡ 97年導遊人員日語

　　　① ほしいの　　　② ほしいな　　　③ ほしかった　　　④ ほしだった

▶▶ 老師講解

　　「ほしい」屬於イ形容詞，可直接修飾名詞。不過因為本句裡的戒指已經買了，所以「想要」是過去的狀態，應用過去肯定形才恰當。正確答案為選項③，構成的句子是「前からほしかった指輪をきょう買ってしまった。」（今天買了從以前就很想要的戒指。）

▌ 題庫003　～に＋動詞

説明　ナ形容詞要加上「に」才能修飾動詞。

歷屆試題 004

（　）車の中から携帯で撮ったので、あまり＿＿＿＿＿撮れていない。

⟹ 97年導遊人員日語

　　① きれく　　　　② きれいに　　　　③ きれいで　　　　④ きれいな

▶▶ 老師講解

　　「きれい」看起來是「い」結尾，但其實是ナ形容詞，「撮れる」是動詞，ナ形容詞要加上「に」才能修飾動詞。正確答案為選項②，構成的句子是「車の中から携帯で撮ったので、あまりきれいに撮れていない。」（因為是從車子裡用手機拍的，所以拍得不太漂亮。）

▌ 題庫004　～く＋動詞

説明　イ形容詞要先去掉語尾「い」，然後加上「く」才能修飾動詞。

歷屆試題 005

（　）今夜台北市内の夜景が最も＿＿＿＿＿見えるレストランに行く予定です。

⟹ 97年導遊人員日語

　　① 美しい　　　　② 美しく　　　　③ 美しいく　　　　④ 美しいくて

▶▶ 老師講解

　　「美しい」是イ形容詞，「見える」是動詞，イ形容詞修飾動詞的規則是「去い加く」。正確答案為選項②，構成的句子是「今夜台北市内の夜景が最も美しく見え

るレストランに行く予定です。」（今天晚上預定要去可以看到臺北市最美的夜景的餐廳。）

▍題庫005　～くて＋形容詞

説明　イ形容詞要先去掉語尾「い」，然後加上「くて」才能和其他形容詞並列。

歴屆試題 **006**

（　）今日はあまり暑く＿＿＿＿＿＿よかった。　　　　　　　　➡ 95年領隊人員日語

　　　① なく　　　　　② なくて　　　　　③ ないて　　　　　④ ないで

▶▶ 老師講解

　　「暑くない」是「暑い」的否定形，詞性當然還是イ形容詞，而後面的「よかった」（よい的過去式）也是イ形容詞，イ形容詞和其他形容詞並列的規則是「去い加くて」。正確答案為選項②，構成的句子是「今日はあまり暑くなくてよかった。」（今天不太熱，很好。）

▍題庫006　～くなかった

説明　將イ形容詞的語尾「い」去掉，加上「くなかった」，即成為過去否定形。

歴屆試題 **007**

（　）昨日までおなかの調子が＿＿＿＿＿＿。　　　　　　　　➡ 97年導遊人員日語

　　　① いくありません　　　　　　　　② いくありませんでした

　　　③ よくありません　　　　　　　　④ よくありませんでした

▶▶ 老師講解

　　イ形容詞的過去否定形變化規則是「去い加くなかった」，若是敬體，可以在「～くなかった」後面加上「です」或是直接「去い加くありませんでした」。如果是「いい」，必須用「よい」來變化。正確答案為選項④，構成的句子是「昨日までおなかの調子がよくありませんでした。」（到昨天為止肚子都不舒服。）

題庫007 ～を（1）

説明　名詞之後加上「を」，即可成為他動詞的受詞。

歷屆試題 008

（　）御台場は新しい観光スポットとして注目＿＿＿＿集めています。

➡ 94年領隊人員日語

①に　　　　　②が　　　　　③を　　　　　④で

▶ 老師講解

　「集める」是他動詞，他動詞需要受詞，前面的名詞「注目」適合成為「集める」的受詞，所以後面要加上「を」。正確答案為選項③，構成的句子是「御台場は新しい観光スポットとして注目を集めています。」（御台場做為新的觀光景點吸引了眾人的目光。）

歷屆試題 009

（　）おはようございます。これから皆さま＿＿＿＿中正記念堂へご案内致します。

➡ 95年導遊人員日語

①に　　　　　②にも　　　　　③を　　　　　④が

▶ 老師講解

　句尾的「ご案内致します」是敬語中的謙讓語，句尾出現謙讓語表示主詞是說話者自己。既然如此，「皆さま」就不會是主詞，而應該是「ご案内致します」的受詞。正確答案為選項③，構成的句子是「おはようございます。これから皆さまを中正記念堂へご案内致します。」（早安，接下來要帶各位到中正紀念堂。）

題庫008 ～を（2）

説明　移動自動詞前面的「を」用來表示動作的移動路線、通過、或離開，前面的名詞會是地點名詞。

（　）鈴木さんは今席　　　　　外しています。　　　　　　　　　➡ 93年領隊人員日語

　　①が　　　　　　②を　　　　　　③まで　　　　　④までに

▶▶ 老師講解

　　「席」是地點名詞，不過「外す」其實是他動詞。但是「外す」本來就具有「離開」的概念，和地點名詞之間還是要用「を」連接。正確答案為選項②，構成的句子是「鈴木さんは今席を外しています。」（鈴木先生現在不在坐位上。）

（　）その子供は、お医者さんや看護婦の拍手の中　　　　　退院していった。

　　　　　　　　　　　　　　　　　　　　　　　　　　　　➡ 100年領隊人員日語

　　　　①が　　　　　　②と　　　　　　③に　　　　　④を

▶▶ 老師講解

　　「拍手の中」雖然不是典型的地點名詞，但配合後面帶有移動的「退院する」，一樣可以成為抽象的移動路線，所以還是要加上「を」。正確答案為選項④，構成的句子是「その子供は、お医者さんや看護婦の拍手の中を退院していった。」（那個孩子在醫生和護士的掌聲中出院了。）

（　）トンネルを　　　　　と白い大理石で作られた橋にかかります。

　　　　　　　　　　　　　　　　　　　　　　　　　　　　➡ 101年導遊人員日語

　　　①抜く　　　　②抜かれる　　　　③抜ける　　　　④抜いる

▶▶ 老師講解

　　「トンネル」是地點名詞，不會成為他動詞「抜く」（拔）的受詞，應該是自動詞「抜ける」（穿過）的通過點。正確答案為選項③，構成的句子是「トンネルを抜けると白い大理石で作られた橋にかかります。」（一穿過隧道，就有一座用白色大理石蓋的橋。）

歷屆試題 013

（　）日本時代の建築物であることは、廊下や庭＿＿＿＿＿歩いているとよく分かります。

➡ 101年導遊人員日語

①で　　　　　②に　　　　　③を　　　　　④が

▶▶ **老師講解**

　　「廊下」、「庭」是地點名詞，「歩く」是移動自動詞，本題是移動的「を」最基本的考法。正確答案為選項③，構成的句子是「日本時代の建築物であることは、廊下や庭を歩いているとよく分かります。」（走在走廊上、走在院子裡，就很瞭解這裡是日治時代的建築物。）

歷屆試題 014

（　）日光がカーテン＿＿＿＿＿通って部屋に入る。

➡ 102年領隊人員日語

①に　　　　　②を　　　　　③まで　　　　　④で

▶▶ **老師講解**

　　「カーテン」本來是物品名詞，但是配合後面的動詞「通る」，也能成為通過的地點。正確答案為選項②，構成的句子是「日光がカーテンを通って部屋に入る。」（日光會通過窗簾進入房間。）

歷屆試題 015

（　）台湾を訪れる日本人渡航者は2005年に年間100万人＿＿＿＿＿突破した。

➡ 104年導遊人員日語

①を　　　　　②に　　　　　③から　　　　　④まで

▶▶ **老師講解**

　　「100万人」當然不是地點名詞，但是配合動詞「突破する」就能成為抽象的離開點。正確答案為選項①，構成的句子是「台湾を訪れる日本人渡航者は2005年に年間100万人を突破した。」（造訪臺灣的日籍旅客在二〇〇五年突破了一年一百萬人。）

　説明　時間名詞後若是出現「に」，此時的「に」通常用來表示動作的時間點。

（　）母親の食事の支度を手伝っている間＿＿＿＿＿、彼女は母親の味付けを覚える
　　　ようになりました。　　　　　　　　　　　　　　　　　　　➡ 98年導遊人員日語

　　　① で　　　　　　② から　　　　　　③ に　　　　　　④ も

▶▶ 老師講解

　　「間」表示一段時間，後面若是出現「に」，就能強調某個動作的時間點。正確
答案為選項③，構成的句子是「母親の食事の支度を手伝っている間に、彼女は母親
の味付けを覚えるようになりました。」（在幫忙母親準備飯菜的時候，她記住了母
親的調味。）

　説明　地點名詞後若是出現「に」，此時的「に」通常用來表示動作的歸著點。

（　）展示会の会場に「展示されたもの＿＿＿＿＿ふれないように」という札が立て
　　　てあります。　　　　　　　　　　　　　　　　　　　　　➡ 94年導遊人員日語

　　　① が　　　　　　② は　　　　　　③ に　　　　　　④ を

▶▶ 老師講解

　　「もの」雖然不是地點名詞，但是卻是「触れる」的歸著點。正確答案為選項
③，構成的句子是「展示会の会場に『展示されたものにふれないように』という札
が立ててあります。」（展示會會場上立有「展示品請勿觸摸」的牌子。）

（　）旅行会社＿＿＿＿＿就職したいのは、私の夢なんです。　➡ 94年導遊人員日語

　　　① を　　　　　　② に　　　　　　③ の　　　　　　④ で

▶▶ 老師講解

　　「旅行会社」是地點名詞，明顯是「就職する」的歸著點。正確答案為選項②，構成的句子是「旅行会社<u>に</u>就職したいのは、私の夢なんです。」（到旅行公司上班其實是我的夢想。）

＊其實本題的題目有問題，「就職<u>したい</u>」應該改成「就職<u>する</u>」才恰當。

歴屆試題 **019**

（　）皆さま、おはようございます。これから、台北故宮博物院＿＿＿＿＿向かいます。

　　　　　　　　　　　　　　　　　　　　　　　⇒ 95年導遊人員日語

　　①を　　　　　　②で　　　　　　③に　　　　　　④が

▶▶ 老師講解

　　「台北故宮博物院」是地點名詞，是移動動詞「向かう」的歸著點。正確答案為選項③，構成的句子是「皆さま、おはようございます。これから、台北故宮博物院<u>に</u>向かいます。」（各位早安。接下來要到臺北故宮博物院去。）

歴屆試題 **020**

（　）まず電車とバス＿＿＿＿＿乗り継いで東京に出たほうが簡単だよ。

　　　　　　　　　　　　　　　　　　　　　　　⇒ 95年導遊人員日語

　　①を　　　　　　②に　　　　　　③で　　　　　　④は

▶▶ 老師講解

　　「電車」、「バス」是交通工具，也可視為地點名詞，是「乗り継ぐ」進入的場所，因此也是歸著點。正確答案為選項②，構成的句子是「まず電車とバス<u>に</u>乗り継いで東京に出たほうが簡単だよ。」（先轉搭電車和公車到東京比較簡單喔！）

歴屆試題 **021**

（　）私はお土産＿＿＿＿＿絵葉書とおもちゃを買った。　⇒ 96年領隊人員日語

　　　①に　　　　　　②で　　　　　　③が　　　　　　④へ

　　他動詞句裡的歸著點指的是「動作結束之後物品存在的位置」，此時的「位置」一樣可以是抽象的概念，例如本題裡的「お土産」雖然不是地點名詞，但卻是結果。正確答案為選項①，構成的句子是「私はお土産に絵葉書とおもちゃを買った。」（我買了風景明信片和玩具當禮物。）

歷屆試題 022

（　）植物の名前を図鑑　　　　　照らして調べる。　　　　　⇨ 102年領隊人員日語

　　　①を　　　　　　　②に　　　　　　　③から　　　　　　④へ

▶▶ 老師講解

　　將「名前」對照「図鑑」，因此「図鑑」也符合「動作結束之後物品存在的位置」這個抽象的歸著點概念。正確答案為選項②，構成的句子是「植物の名前を図鑑に照らして調べる。」（對照圖鑑來查植物的名字。）

歷屆試題 023

（　）必要事項はこの書類　　　　　書き込んでください。　　　⇨ 103年導遊人員日語

　　　①が　　　　　　　②に　　　　　　　③へ　　　　　　　④で

▶▶ 老師講解

　　本題還是測驗「動作結束之後物品存在的位置」這個概念，差別在於一時之間可能找不到受詞。其實這裡的受詞已經主題化了，也就是「必要事項」就是原本的受詞，因此「書類」就是歸著點。正確答案為選項②，構成的句子是「必要事項はこの書類に書き込んでください。」（必要事項請填入這份文件中。）

▌題庫011　〜に（3）

說明　自動詞句只有主詞和動詞兩個必要結構，若有其他重要資訊，通常是加上表示對象的「に」。

（　）道＿＿＿＿＿迷うといけないと思って、前もって人に聞いておいた。

⇒ 94年導遊人員日語

　　①が　　　　　　②に　　　　　　③を　　　　　　④の

▶▶ 老師講解

　　「迷う」是自動詞，主詞是說話者自己，因此「道」屬於「迷う」的對象。正確答案為選項②，構成的句子是「道に迷うといけないと思って、前もって人に聞いておいた。」（因為覺得迷路就糟了，所以事先問了人。）

（　）早く起きて支度しないと、学校＿＿＿＿＿遅れちゃいますよ。　⇒ 94年導遊人員日語

　　①が　　　　　　②に　　　　　　③を　　　　　　④の

▶▶ 老師講解

　　「遅れる」是自動詞、且非移動動詞，所以和「学校」之間不能加上「を」。主詞應為說話者自己，而不是「学校」，因此也不會加上「が」。唯一合理的是表示對象的「に」。正確答案為選項②，構成的句子是「早く起きて支度しないと、学校に遅れちゃいますよ。」（不早點起床準備的話，上學會遲到喔！）

（　）この薬は頭痛＿＿＿＿＿利くよ。　⇒ 95年領隊人員日語

　　①が　　　　　　②に　　　　　　③を　　　　　　④にとって

▶▶ 老師講解

　　「薬」是主詞，「利く」是自動詞，因此「頭痛」後面最適合加上表示對象的「に」。正確答案為選項②，構成的句子是「この薬は頭痛に利くよ。」（這個藥對頭痛很有效喔！）

（　）母親は最近頭痛＿＿＿＿＿苦しんでいる。　　　　　　　　　　➡ 95年領隊人員日語

　　　　①を　　　　　　　②が　　　　　　　③に　　　　　　　④から

➡ **老師講解**

　　只要確定「苦しむ」是自動詞後，這一題的答案就呼之欲出了。既然「對頭痛很有效」要加「に」，「對頭痛感到痛苦」要加上的助詞當然也是「に」。正確答案為選項③，構成的句子是「母親は最近頭痛に苦しんでいる。」（母親最近為頭痛所苦。）

（　）きょう、飛行機が遅れたので、会議＿＿＿＿＿1時間ほど遅れると課長に伝え
　　　てください。　　　　　　　　　　　　　　　　　　　　　　　➡ 95年導遊人員日語

　　　　①が　　　　　　　②を　　　　　　　③で　　　　　　　④に

➡ **老師講解**

　　不管是上學遲到、還是上班遲到、開會遲到，只要出現「遅れる」，幾乎就是測驗前面的「に」。正確答案為選項④，構成的句子是「きょう、飛行機が遅れたので、会議に1時間ほど遅れると課長に伝えてください。」（因為今天飛機誤點，所以請幫我跟課長說開會會遲到一個小時左右。）

（　）台北が世界＿＿＿＿＿誇るランドマークは台北101ビルだ。　➡ 97年領隊人員日語

　　　　①から　　　　　　②で　　　　　　　③に　　　　　　　④を

➡ **老師講解**

　　地點名詞後面常出現的助詞是「に」和「で」，這一題「世界」應該是「誇る」的「對象」。正確答案為選項③，構成的句子是「台北が世界に誇るランドマークは台北101ビルだ。」（臺北傲視全球的地標是臺北一〇一大樓。）

歷屆試題 030

（　）退屈な毎日＿＿＿＿＿飽きて、冒険を求めている人が多くなってきた。

➡ 100年領隊人員日語

①を　　　　　②で　　　　　③に　　　　　④と

▶▶ **老師講解**

　　「飽きる」是自動詞，厭倦的是「每一天」，因此「毎日」是「飽きる」的對象。正確答案為選項③，構成的句子是「退屈な毎日に飽きて、冒険を求めている人が多くなってきた。」（厭倦無聊的每一天，追求冒險的人漸漸變多了。）

歷屆試題 031

（　）北京から台湾にやってくるビジネスマンは、台湾の葱焼餅や油條の旨さ＿＿＿＿＿感激すると聞いたことがある。

➡ 100年導遊人員日語

①と　　　　　②が　　　　　③は　　　　　④に

▶▶ **老師講解**

　　「感激する」是情感相關動詞，使用上類似「飽きる」，因此「旨さ」是「感激する」的對象。正確答案為選項④，構成的句子是「北京から台湾にやってくるビジネスマンは、台湾の葱焼餅や油條の旨さに感激すると聞いたことがある。」（曾經聽說有北京來到臺灣的上班族，對於臺灣的燒餅和油條的美味感到激動。）

歷屆試題 032

（　）前日に3失策で敗れた千葉ロッテは、この日もミス＿＿＿＿＿泣いた。

➡ 102年領隊人員日語

①に　　　　　②を　　　　　③が　　　　　④で

▶▶ **老師講解**

　　「ミス」是「泣く」的對象，因此要加上「に」。正確答案為選項①，構成的句子是「前日に３失策で敗れた千葉ロッテは、この日もミスに泣いた。」（前一天因為三次失誤而敗北的千葉羅德隊，今天也輸得很不甘心。）

■ 題庫012 ～に（4）

説明　形容詞句的基本結構和自動詞句一樣也是只有兩個，因此如果有另一個相關資訊，也是以對象「に」呈現。

歷屆試題 033

（　）スポーツは体＿＿＿＿＿いいです。　　　　　　　　➡ 93年領隊人員日語

　　①に　　　　　②が　　　　　③から　　　　　④で

▶▶ 老師講解

　　「スポーツ」是主詞，「いい」是形容詞，因此「体」就是「いい」的對象。正確的答案為選項①，構成的句子是「スポーツは体にいいです。」（運動對身體好。）

歷屆試題 034

（　）この材質は水＿＿＿＿＿強い。　　　　　　　　　➡ 95年領隊人員日語

　　①が　　　　　②に　　　　　③で　　　　　④を

▶▶ 老師講解

　　「材質」是主詞，「強い」是形容詞，因此「水」就是「強い」的對象。正確的答案為選項②，構成的句子是「この材質は水に強い。」（這個材質能防水。）

歷屆試題 035

（　）彼はまだ若いから、人生の経験＿＿＿＿＿とぼしい。　　➡ 102年領隊人員日語

　　①を　　　　　②から　　　　　③に　　　　　④で

▶▶ 老師講解

　　本題只要思考「在哪方面缺乏」，就可了解為何「人生の経験」是對象，以及為何表達「對象」時要使用「に」。正確答案為選項③，構成的句子是「彼はまだ若いから、人生の経験にとぼしい。」（他還年輕，所以缺少人生經驗。）

題庫013　～に（5）

説明　事情名詞或是動詞ます形若是出現在「に」前面，此時的「に」通常用來表示動作的目的。

歷屆試題 036

（　）上野公園へ＿＿＿＿＿行く人が大勢いる。　　　　　　➡ 96年領隊人員日語

　　① 花見るに　　　② 花見に　　　　③ 花見て　　　　④ 花見して

➡➡ **老師講解**

　　「花見」是賞櫻，源自於「花を見る」，因此要說成「花を見に行く」或是「花見に行く」才恰當。正確答案為選項②，構成的句子是「上野公園へ花見に行く人が大勢いる。」（去上野公園賞櫻的人很多。）

題庫014　～のに

説明　逆態接續助詞，往往帶有説話者遺憾、懊惱的感覺。

歷屆試題 037

（　）まだ夏ではない＿＿＿＿＿、とても暑くなりました。　　　　➡ 99年領隊人員日語

　　① ので　　　　② のに　　　　③ から　　　　④ こそ

➡➡ **老師講解**

　　前後兩子句帶有逆態關係，所以應加上逆態接續助詞。正確答案為選項②，構成的句子是「まだ夏ではないのに、とても暑くなりました。」（明明還不是夏天，卻變得非常熱。）

歷屆試題 038

（　）こんなに忙しい＿＿＿＿＿全然手伝ってくれない。　　　　　➡ 99年導遊人員日語

　　① だけに　　　② なのに　　　③ のに　　　　④ から

➡➡ **老師講解**

　　「のに」前面如果是名詞或ナ形容詞才需要加上「な」，如果是動詞或是イ形容

詞的話，直接連接即可。正確答案為選項③，構成的句子是「こんなに忙しいのに全然手伝ってくれない。」（明明這麼忙，卻完全不幫我。）

歴屆試題 039

（　）このビデオは直したばかり＿＿＿＿＿、もう壊れてしまったんだ。

➡ 96年領隊人員日語

　　①なので　　　　②なのに　　　　③で　　　　　④して

▶ 老師講解

　　前後子句帶有逆態關係，因此要用逆態接續助詞。「ばかり」雖然不屬於名詞或ナ形容詞，但連接規則相同，要先加上「な」再接「のに」。正確答案為選項②，構成的句子是「このビデオは直したばかりなのに、もう壊れてしまったんだ。」（這台錄影機明明才剛修好，卻又已經壞掉了。）

歴屆試題 040

（　）せっかくおいでくださった＿＿＿＿＿、申し訳ございませんでした。

➡ 95年領隊人員日語

　　①し　　　　　②のに　　　　③ながら　　　　④としても

▶ 老師講解

　　句尾的「申し訳ございませんでした」表達說話者的歉意以及遺憾之意，因此填入帶有遺憾感覺的逆態接續助詞「のに」最恰當。正確答案為選項②，構成的句子是「せっかくおいでくださったのに、申し訳ございませんでした。」（您特地前來，真是非常抱歉。）

■ 題庫015　〜で（1）

說明　地點名詞之後加上「で」可表示動作發生的場所。

歴屆試題 041

（　）京都＿＿＿＿＿古いお寺を見ました。　　　　➡ 93年領隊人員日語

　　①に　　　　　②が　　　　③には　　　　④で

▶▶ 老師講解

「京都」是「見る」這個動作發生的地點，因此應加上表示動作發生的場所的「で」。正確答案為選項④，構成的句子是「京都で古いお寺を見ま➡ 97年導遊人員日語した。」（在京都參觀了古老的佛寺。）

■ 題庫016　〜で（2）

説明　物品名詞之後加上「で」可表示動作發生時的工具或手段。

歷屆試題 042

（　）そのときの辛さは＿＿＿＿＿言えないほどだった。　　➡ 96年領隊人員日語

　　① 言葉で　　　　② 言葉なら　　　　③ 言葉が　　　　④ 言葉しか

▶▶ 老師講解

我們常說「語言是一種工具」，既然是工具，就要加上表示工具、手段的「で」。正確答案為選項①，構成的句子是「そのときの辛さは言葉で言えないほどだった。」（當時的辛苦是難以言喻的。）

歷屆試題 043

（　）このホテルの1Fには、有料＿＿＿＿＿利用できるビジネスセンターがあります。

➡ 97年導遊人員日語

　　① が　　　　　　② に　　　　　　③ も　　　　　　④ で

▶▶ 老師講解

「工具、手段」裡的「手段」，指的就是方式、方法。「有料」是使用方式，所以要加上「で」。正確答案為選項④，構成的句子是「このホテルの1Fには、有料で利用できるビジネスセンターがあります。」（這個飯店的一樓有可以付費使用的商務中心。）

歷屆試題 044

（　）ここから故宮博物館まで車＿＿＿＿＿40分ほどかかります。　➡ 99年導遊人員日語

　　① のて　　　　　② が　　　　　　③ に　　　　　　④で

　　「工具、手段」裡的「工具」就比較好懂了，舉凡交通工具、文具、廚具都是「工具」。「車」是交通工具，所以要加上「で」。正確答案為選項④，構成的句子是「ここから故宮博物館まで車で４０分ほどかかります。」（從這裡到故宮博物院搭車約要花四十分鐘左右。）

▌題庫017　～で（3）

説明　事情名詞之後加上「で」常用來表示「原因」，後面的動詞通常為狀態性動詞。

歷屆試題 **045**

（　）近年来、仕事などのため、ストレスがたまって、頭痛＿＿＿＿＿困っている人が大勢いるそうです。

　　　　　　　　　　　　　　　　　　　　　　　　　　➡ 94年導遊人員日語

　　①が　　　　　　②で　　　　　　③は　　　　　　④と

▶▶ 老師講解

　　「頭痛」是「困る」的原因，所以要加上「で」。正確答案為選項②，構成的句子是「近年来、仕事などのため、ストレスがたまって、頭痛で困っている人が大勢いるそうです。」（聽說近年來工作壓力大，因頭痛而困擾的人很多。）
＊「近年来」非日文用法，應改為「近年」、「ここ数年」較恰當。

歷屆試題 **046**

（　）台北市内の圓山にある「花の博覧会」の会場は連日＿＿＿＿＿いっぱいです。

　　　　　　　　　　　　　　　　　　　　　　　　　　➡ 100年導遊人員日語

　　①人が　　　　　②人から　　　　　③人で　　　　　④人も

▶▶ 老師講解

　　我們往往看到「人」就會失心瘋，馬上加入表示主詞的「が」。但是這個句子主詞是「会場」，而「人」只是「いっぱい」的原因。正確答案為選項③，構成的句子是「台北市内の圓山にある『花の博覧会』の会場は連日人でいっぱいです。」（位於臺北市內圓山的「花博」會場連日人潮爆滿。）

歷屆試題 047

（　）今回の台風＿＿＿＿＿多くの家屋が倒れた。　　　　　➡ 101年領隊人員日語

　　①で　　　　　　②より　　　　　　③から　　　　　　④に

▶▶ 老師講解

　　助詞「で」表達的原因屬於自然、非人為的原因，「台風」是天氣現象，當然是自然、非人為的。正確答案為選項①，構成的句子是「今回の台風で多くの家屋が倒れた。」（因為這次的颱風，有很多房子倒了。）

歷屆試題 048

（　）この映画はあなたの心を感動＿＿＿＿＿満たすでしょう。　　➡ 103年領隊人員日語

　　①で　　　　　　②に　　　　　　③が　　　　　　④を

▶▶ 老師講解

　　他動詞句裡的「で」通常是工具、手段，不過「心を満たす」結構上雖然也是他動詞，但表達的是心裡的狀態，因此「感動」是「心を満たす」的原因。正確答案為選項①，構成的句子是「この映画はあなたの心を感動で満たすでしょう。」（這部電影會讓你的心裡充滿感動吧！）

▌題庫018　～で（4）

說明　表示範圍的「で」前面通常會出現量詞，或是跟量有關的詞彙。

歷屆試題 049

（　）このツアーのメンバーは全部＿＿＿＿＿十二人です。　　➡ 94年領隊人員日語

　　①が　　　　　　②に　　　　　　③も　　　　　　④で

▶▶ 老師講解

　　「全部」雖然不是量詞，但表達的是總量，因此常加上表示範圍的「で」。正確答案為選項④，構成的句子是「このツアーのメンバーは全部で十二人です。」（這個旅行團的成員總共十二人。）

（　）台湾＿＿＿＿＿＿マンゴーかき氷は人気があります。　　　　　➡ 98年導遊人員日語

　①に　　　　　　②を　　　　　　③で　　　　　　④が

▶▶ 老師講解

　　「ある」常搭配的助詞是「に」，但是「人気<ruby>にんき</ruby>」並非物品名詞，所以「台湾<ruby>たいわん</ruby>」之後應該加上的是表示範圍的「で」，正確答案為選項③。構成的句子是「台湾<ruby>たいわん</ruby>でマンゴーかき氷<ruby>ごおり</ruby>は人気<ruby>にんき</ruby>があります。」（在臺灣芒果冰很受歡迎。）

歷屆試題 **051**

（　）今日＿＿＿＿＿＿一ケ月も雨が降り続いている。　　　　　➡ 100年領隊人員日語

　①で　　　　　　②と　　　　　　③に　　　　　　④を

▶▶ 老師講解

　　雖然「に」有表示時間點的功能，但是「今日<ruby>きょう</ruby>」是時間副詞，後面不需要接「に」，適合的助詞是表示範圍的「で」。正確答案為選項①，構成的句子是「今日<ruby>きょう</ruby>で一ケ月<ruby>いっかげつ</ruby>も雨<ruby>あめ</ruby>が降<ruby>ふ</ruby>り続<ruby>つづ</ruby>いている。」（到今天已經持續下了有一個月的雨了。）

■ **題庫019　～から（1）**

説明　「から」表示起點時，前面常出現地點名詞、時間名詞。

歷屆試題 **052**

（　）来月、日本各大学の学生＿＿＿＿＿＿なる研修団は私達の学校を訪問することになっています。　　　　　➡ 94年導遊人員日語

　①に　　　　　　②から　　　　　　③で　　　　　　④と

▶▶ 老師講解

　　「なる」前面常出現的助詞是「に」，但是這裡並不是「變成」日本各大學的學生，而是「由」日本各大學的學生組成的意思，所以應該加上表示起點的「から」。正確答案為選項②，構成的句子是「来月<ruby>らいげつ</ruby>、日本各大学<ruby>にほんかくだいがく</ruby>の学生<ruby>がくせい</ruby>からなる研修団<ruby>けんしゅうだん</ruby>は私達<ruby>わたしたち</ruby>の学校<ruby>がっこう</ruby>を訪問<ruby>ほうもん</ruby>することになっています。」（下個月由日本各大學的學生組成的研習團要來訪問我們學校。）

歷屆試題 053

（　）窓＿＿＿＿＿物を捨てないでください。　　　　　⇒ 95年領隊人員日語

　　　①は　　　　　　②を　　　　　　③で　　　　　　④から

▶▶ 老師講解

　　「窓」是「捨てる」的起點，所以應加入表示起點的「から」。正確答案為選項④，構成的句子是「窓から物を捨てないでください。」（請不要從窗口丟東西！）

歷屆試題 054

（　）火事の時は非常口＿＿＿＿＿出てください。　　　　⇒ 100年領隊人員日語

　　　①から　　　　　②で　　　　　　③に　　　　　　④と

▶▶ 老師講解

　　「非常口」是典型的地點名詞，是「出る」的起點。正確答案為選項①，構成的句子是「火事の時は非常口から出てください。」（火災時請從逃生門逃生！）

▌**題庫020　～から（2）**

説明　「から」若出現在完整的句子之後，就是用來表示因果關係的接續助詞。

歷屆試題 055

（　）あの町は＿＿＿＿＿、よく友達と遊びに行った。　　⇒ 94年領隊人員日語

　　　① 賑やかのに　　② 賑やかので　　③ 賑やかだから　　④ 賑やかでしたら

▶▶ 老師講解

　　前後子句帶有因果關係，因此要優先考慮「ので」和「から」這兩個接續助詞。「賑やか」是ナ形容詞，如果要接「ので」，要先加上「な」，因此排除選項②。「賑やか」加上常體語尾「だ」再接「から」則是正確連接方式。正確答案為選項③，構成的句子是「あの町は賑やかだから、よく友達と遊びに行った。」（因為那個城市很熱鬧，所以之前常和朋友去玩。）

說明　地點名詞、時間名詞之後加上「まで」用來表示動作的終點。

歷屆試題 056

（　）さあ、公園＿＿＿＿＿走ろう。　　　　　　　　　　　➡ 94年導遊人員日語

　　①へ　　　　　　②に　　　　　　③まで　　　　　④までに

▶▶ 老師講解

　　「公園」是地點名詞，是「走る」的終點，因此要加上表示終點的「まで」。這一題一般考生會選「に」，但其實表示歸著點的「に」後面必須加上帶有方向的動詞。此外，「へ」是個勉強可以的答案，但只能表示「方向」，也就是表達的是「往公園跑」。正確答案為選項③，構成的句子是「さあ、公園まで走ろう。」（來，跑到公園吧！）

歷屆試題 057

（　）駅＿＿＿＿＿あとどのぐらいかかりますか。　　　　　➡ 95年領隊人員日語

　　①へ　　　　　　②に　　　　　　③で　　　　　　④まで

▶▶ 老師講解

　　「へ」表示方向、「に」表示歸著點、「まで」表示終點，這個句子裡「駅」加上終點最明確。正確答案為選項④，構成的句子是「駅まであとどのぐらいかかりますか。」（到車站還要多久呢？）

歷屆試題 058

（　）ゴミを捨てたいときは、フロント＿＿＿＿＿お電話ください。内線の1010です。　　　　　　　　　　　　　　　　　　　　　　　　　　　　➡ 95年導遊人員日語

　　①まで　　　　　②までに　　　　③にまで　　　　④までは

▶▶ 老師講解

　　「フロント」是地點名詞，是「電話する」這個動作的終點。正確答案為選項①，構成的句子是「ゴミを捨てたいときは、フロントまでお電話ください。内線の１０１０です。」（想倒垃圾的時候請打電話到櫃台。內線1010。）

（　）私は昨日2時＿＿＿＿＿起きていました。　　　　　　　　⟹ 99年導遊人員日語

　　①に　　　　　　②で　　　　　　③まで　　　　　　④までに

▶▶ 老師講解

　　「2<ruby>時<rt>じ</rt></ruby>」是時間名詞，是「<ruby>起<rt>お</rt></ruby>きている」的終點。這一題很有挑戰性，因為「<ruby>起<rt>お</rt></ruby>きる」是「起床」，可是「<ruby>起<rt>お</rt></ruby>きている」是起床的持續狀態，也就是「醒著」的意思。正確答案為選項③，構成的句子是「<ruby>私<rt>わたし</rt></ruby>は<ruby>昨日<rt>きのう</rt></ruby>2<ruby>時<rt>じ</rt></ruby>まで<ruby>起<rt>お</rt></ruby>きていました。」（我昨天到兩點都還醒著。）

▌ 題庫022　～まで（2）

説明　「まで」從單純的終點「到～」，還可衍生為「連～」、「甚至～」，表示必須做到某種程度。

（　）大晦日なのに、残業＿＿＿＿＿しなければならない人がたくさんいる。

　　　　　　　　　　　　　　　　　　　　　　　　　　　　⟹ 104年導遊人員日語

　　① さえ　　　　　② しか　　　　　③ だけ　　　　　④ まで

▶▶ 老師講解

　　「まで」和「さえ」都有「連～」、「甚至～」的意思，但是帶有終點概念的「まで」可以用來表示要做到某種程度，例如這裡就表達出「要上班就算了，甚至還要加班」的意思。正確答案為選項④，構成的句子是「<ruby>大晦日<rt>おおみそか</rt></ruby>なのに、<ruby>残業<rt>ざんぎょう</rt></ruby>までしなければならない<ruby>人<rt>ひと</rt></ruby>がたくさんいる。」（明明是除夕，但是還有很多人甚至還要加班。）

▌ 題庫023　～までに

説明　「まで」表示終點、「に」有時間點的功能，兩者放在一起，可以用來表示「期限」，常翻譯為「～之前」。

（　　）さ来週パソコン教室を開きますので、＿＿＿＿＿＿この説明書をよく読んでおい
てください。

➡ 93年領隊人員日語

① ところで　　　② それまでに　　　③ それなら　　　④ そのうえ

▶ 老師講解

「～までに」表示「～之前」，「それ」則代替前面的動作。正確答案為選項②，構成句子是「さ来週パソコン教室を開きますので、それまでにこの説明書をよく読んでおいてください。」（下下星期要開電腦課，在那之前請先仔細閱讀這本說明書。）

（　　）来年結婚しますので、それ＿＿＿＿＿＿たくさん貯金したいと思っています。

➡ 93年導遊人員日語

① までで　　　② なのに　　　③ までに　　　④ に

▶ 老師講解

前一題考「それまでに」，這一題只是把「それ」和「までに」分開來考而已。正確答案為選項③，構成句子是「来年結婚しますので、それまでにたくさん貯金したいと思っています。」（因為明年要結婚，所以我想要在那之前多存點錢。）

（　　）来月の二十日が締め切りだ。それ＿＿＿＿＿＿計画書を提出しなければならない。

➡ 94年領隊人員日語

① ほど　　　② 前に　　　③ きり　　　④ までに

▶ 老師講解

這一題還是考「それまでに」，如果要使用「前に」，應該要修正為「その前に」才恰當。正確答案為選項④，構成的句子是「来月の二十日が締め切りだ。それまでに計画書を提出しなければならない。」（下個月二十日截止。一定要在那之前繳交計劃書。）

歷屆試題 064

（　）出発は、1時ですので、それ＿＿＿＿＿バスに戻ってください。

➡ 95年導遊人員日語

　　①に　　　　　　②でも　　　　　③まで　　　　　④までに

▶▶ 老師講解

　　連續三年考相同的文法，雖然還是「それまでに」，不過這一題難度有所提昇。「まで」和「までに」的判斷方式在於「まで」後面必須是可持續的動作，「までに」後面則是不可持續的動作，例如「回來」（戻る）不能「一直回來」、「持續回來」。正確答案為選項④，構成的句子是「出発は、1時ですので、それまでにバスに戻ってください。」（因為出發是一點，所以請在那之前回到遊覽車！）

歷屆試題 065

（　）パーティーに出席する人は来週の金曜日＿＿＿＿＿申し込んでください。

➡ 97年領隊人員日語

　　①まで　　　　　②にまで　　　　③からに　　　　④までに

▶▶ 老師講解

　　這一題也是「まで」和「までに」的判斷，「申し込む」這個動作不能一直做，所以要使用「までに」。正確答案為選項④，構成的句子是「パーティーに出席する人は来週の金曜日までに申し込んでください。」（要出席宴會的人請在下週五之前報名！）

歷屆試題 066

（　）出発は九時ですから、八時半＿＿＿＿＿ここへ来て下さい。

➡ 99年領隊人員日語

　　①より　　　　　②から　　　　　③までに　　　　④まで

▶▶ 老師講解

　　「来る」是不能持續的動作，所以不能用「まで」，要用「までに」。正確答案為選項③，構成的句子是「出発は九時ですから、八時半までにここへ来て下さい。」（因為出發是九點，所以請在八點半之前來這裡！）

（　）１月16日＿＿＿＿＿論文を提出してください。　　　　　　　⇒ 102年領隊人員日語

　　①まで　　　　　②までに　　　　　③までで　　　　　④までが

▶▶ 老師講解

　　「１月１６日」是繳交論文的「期限」，所以要使用表示期限的「までに」。正確答案為選項②，構成的句子是「１月１６日までに論文を提出してください。」（請在一月十六日之前繳交論文！）

（　）占い師さんに、30歳＿＿＿＿＿結婚できると言われました。　　⇒ 103年導遊人員日語

　　①まで　　　　　②までに　　　　　③にかけて　　　　④の前で

▶▶ 老師講解

　　從歷屆試題應該就知道，只要選項中有表示終點的「まで」和表示期限的「までに」，幾乎都要選「までに」。正確答案為選項②，構成的句子是「占い師さんに、３０歳までに結婚できると言われました。」（算命的說我三十歲之前可以結婚。）

▋ 題庫024　〜のは、〜のが、〜のを

説明　「の」可當形式名詞，具有名詞化的功能。既然前面的動詞已經名詞化了，後面就能加上「は」、「が」、「を」等等的各種助詞了。

（　）課長に連絡した＿＿＿＿＿はおとといです。　　　　　　　　⇒ 93年領隊人員日語

　　①こと　　　　　②の　　　　　　③もの　　　　　④のに

▶▶ 老師講解

　　這個句型「こと」和「の」絕對是判斷的重點，兩者都是形式名詞，有時可互換，但「こと」較抽象、「の」較具體。這一句指的是具體的聯絡行為、聯絡時間，因此要加上「の」。正確答案為選項②，構成的句子是「課長に連絡したのはおとといです。」（聯絡課長是前天。）

歷屆試題 070

（　）あの人は李さんが5時20分に出て行った＿＿＿＿＿＿を見ました。

➡ 95年領隊人員日語

　　①こと　　　　　②もの　　　　　③とき　　　　　④の

▶▶ 老師講解

　　一般學習者可能無法判斷何謂抽象？何謂具體？簡單解釋，人的行為是具體的，事情是抽象的。這一題看到的是「出門」這個行為，所以要加上「の」。正確答案為選項④，構成的句子是「あの人は李さんが5時20分に出て行ったのを見ました。」（那個人看到李先生五點二十分出去。）

歷屆試題 071

（　）貴方が休暇を有意義に活用したいなら、台湾へ旅行する＿＿＿＿＿＿ひとつの方法だと思います。

➡ 98年導遊人員日語

　　①のも　　　　　②のに　　　　　③ので　　　　　④のを

▶▶ 老師講解

　　本題每個選項都有「の」，所以接下來是基本助詞的判斷。「ひとつの方法だ」不是動詞，所以不可能使用表示助詞的「を」。這裡的「も」應該是「が」變來的，也就是由「のが」變成的「のも」。正確答案為選項①，構成的句子是「貴方が休暇を有意義に活用したいなら、台湾へ旅行するのもひとつの方法だと思います。」（如果你想要有意義地活用假期，我覺得去臺灣旅行也是個辦法。）

歷屆試題 072

（　）冬に雪国での雪祭りを楽しむ人は多い。このとき気をつけたい＿＿＿＿＿＿が、服装だ。

➡ 100年導遊人員日語

　　①つもり　　　　②わけ　　　　　③だけ　　　　　④の

▶▶ 老師講解

　　這一題就是「こと」和「の」都可以的情況，這種時候不用擔心，選項不會兩個

都出現。正確答案為選項④，構成的句子是「冬に雪国での雪祭りを楽しむ人は多い。このとき気をつけたいのが、服装だ。」（冬天享受雪國的雪祭的人很多。這個時候想要注意的是穿著打扮。）

▌題庫025　〜より〜のほうが

説明　助詞「より」表示基準點，常翻譯為「比」，要直接加在名詞之後。構成句型「AよりBのほうが」之後，常翻譯為「比起A，B比較〜」。

歷屆試題 073　　　　　　　　　　　　　　　　　　　　　　⇒ 93年領隊人員日語

（　）マンション＿＿＿＿一戸建ての家のほうに人気があります。

①は　　　　　②から　　　　　③まで　　　　　④より

▶ 老師講解

　　「より」最大的困難在於判斷誰比誰，只要記住「より」是助詞、表示基準點，就能了解比較結果為何了。正確答案為選項④，構成的句子是「マンションより一戸建ての家のほうに人気があります。」（比起大樓，獨棟的房子比較受歡迎。）
＊「より」構成的這個句型應該是「〜より〜のほうが」，因此題目句的「のほうに」應該改為「のほうが」才恰當。

歷屆試題 074　　　　　　　　　　　　　　　　　　　　　　⇒ 96年領隊人員日語

（　）人口はニューヨーク＿＿＿＿東京のほうがずっと多い。
①に　　　　　②より　　　　　③にも　　　　　④でも

▶ 老師講解

　　「〜より〜のほうが」是「より」構成的常見句型之一，只要題目句存在「のほうが」，加上「より」應該就不會錯。正確答案為選項②，構成的句子是「人口はニューヨークより東京のほうがずっと多い。」（比起紐約，東京人口多得多。）

題庫026　〜が（1）

説明　名詞後面出現的「が」是用來表示主詞的助詞，最常見的用法是表示是動
作性動詞的行為者，不過也能表示狀態性自動詞的主詞。

歷屆試題 075

（　）道路に新しい歩道橋＿＿＿＿＿かかった。　　　　　➡ 93年領隊人員日語

　　①へ　　　　　　②に　　　　　　③を　　　　　　④が

▶▶ 老師講解

　　「かかる」是自動詞、「かける」才是他動詞，因此空格內不能填「を」、要填
「が」。正確答案為選項④，構成的句子是「道路に新しい歩道橋がかかった。」
（馬路上蓋了新的天橋。）

歷屆試題 076

（　）台湾では精進料理を食べる人＿＿＿＿＿どんどん増えてきているそうです。

　　　　　　　　　　　　　　　　　　　　　　　　　　➡ 97年導遊人員日語

　　①に　　　　　　②が　　　　　　③の　　　　　　④を

▶▶ 老師講解

　　「人」是「増える」的主詞，因此應該加上「が」。正確答案為選項②，構成的
句子是「台湾では精進料理を食べる人がどんどん増えてきているそうです。」（聽
說在臺灣吃素食的人愈來愈多。）

歷屆試題 077

（　）「だれかこの荷物を運ぶのを手伝ってくれませんか。」

　　　「わたし＿＿＿＿＿手伝ってあげましょう。」　　　➡ 102年領隊人員日語

　　①は　　　　　　②が　　　　　　③を　　　　　　④も

▶▶ 老師講解

　　「は」和「が」的辨別是這個句型測驗的重點，這兩個能表示主詞的助詞差別在
於「は」之後是新訊息、「が」之前是新訊息。雖然我們都會習慣在「わたし」之後
加上「は」，但是這個句子裡的「わたし」是新訊息，所以要加上「が」。正確答案

為選項②，構成的句子是「『だれかこの荷物を運ぶのを手伝ってくれませんか。』『わたしが手伝ってあげましょう。』」（「誰來幫我搬一下這個行李好嗎？」「我來幫你吧！」）

（　）「だれか加藤さんの電話番号を知りませんか。」

　　　「たぶん山田さん＿＿＿＿＿知っていますよ。」　　　　➡ 102年領隊人員日語

　　　①は　　　　　　②が　　　　　　③を　　　　　　④も

▶▶ 老師講解

　　所謂「新訊息」，其實就是未知的、之前沒有出現過的訊息。回答裡的「山田さん」是新訊息，要加上「が」。正確答案為選項①，構成的句子是「『だれか加藤さんの電話番号を知りませんか。』『たぶん山田さんが知っていますよ。』」（「有沒有誰知道加藤小姐的電話呢？」「大概山田小姐知道喔！」）

▌題庫027　～が（2）

説明　句子後面出現的「が」是用來表示逆態接續或對比的接續助詞，常翻譯為「雖然～但是～」。

（　）台湾からのお土産というと、最近はすっかり烏龍茶が定番になっている＿＿＿＿＿、ひと昔前は、豚肉加工品の肉鬆やジャーキーが到来物としてよく届いた。　　　　➡ 100年導遊人員日語

　　　①ので　　　　②が　　　　　③ため　　　　④と

▶▶ 老師講解

　　接續助詞「が」不管表示逆態接續或對比，都可翻譯為「雖然～但是～」。這個句子「最近は」和「ひと昔前は」兩個結構明顯用來對比，所以應填入「が」。正確答案為選項②，構成的句子是「台湾からのお土産というと、最近はすっかり烏龍茶が定番になっているが、ひと昔前は、豚肉加工品の肉鬆やジャーキーが到来物とし

てよく届いた。」（說到來自臺灣的土產，最近都是烏龍茶，不過以前常常收到的是肉鬆、肉乾等豬肉加工品。）

歷屆試題 080

（　）「台湾旅行はずっとホテルじゃなかったですか。」

「台北ではホテルに泊まったん＿＿＿＿、阿里山では民宿だったんです。」

➡ 93年導遊人員日語

① ですけど　　　② あと　　　　③ せいか　　　　④ のため

▶ 老師講解

　　「台北では」、「阿里山では」這兩個結構表示這個句子有對比的功能，選項中沒有「が」，但是卻有和「が」功能相同但較口語的「けど」。正確答案為選項①，構成的句子是「『台湾旅行はずっとホテルじゃなかったですか。』『台北ではホテルに泊まったんですけど、阿里山では民宿だったんです。』」（「臺灣旅遊你不是一直住飯店嗎？」「在臺北是住飯店，不過在阿里山是民宿。」）

歷屆試題 081

（　）日月潭に行きたいのだ＿＿＿＿、ひどい暴風雨で無理な話だ＿＿＿＿、そこをなんとか頼むよ。

➡ 98年導遊人員日語

① が、ので　　　② けれど、が　　　③ から、ので　　　④ けれど、で

▶ 老師講解

　　「が」、「けど」、「けれど」具有相同的接續功能，除了可以是逆態接續、對比，還能表示「句子未完」。表示「句子未完」其實就是要表示還有話要說，因此第一格要填「けれど」。第二格的前後兩個子句帶有逆態關係，所以要填入「が」。正確答案為選項②，構成的句子是「日月潭に行きたいのだけれど、ひどい暴風雨で無理な話だが、そこをなんとか頼むよ。」（我是想去日月潭，可是因為暴風雨不太行，但還是麻煩你幫個忙！）

説明 「は」與其説是表示主詞，更精確地説，是用來表示主題。

歷屆試題 082

（ ）故宮博物院＿＿＿＿＿＿、大英博物館、ルーブル美術館、エルミタージュ美術館
と並んで世界4大美術館の一つです。 ⇒ 97年導遊人員日語
① に ② は ③ より ④ こそ

▶ 老師講解

　　表示主題的「は」區分出了句子的頭尾，從「世界４大美術館の一つです」這個
結構就能知道「故宮博物院」應該是句子的主題。正確答案為選項②，構成的句子是
「故宮博物院は、大英博物館、ルーブル美術館、エルミタージュ美術館と並んで世
界４大美術館の一つです。」（故宮博物院是和大英博物館、羅浮宮美術館、艾米塔
吉美術館並列的世界四大美術館之一。）

■ 題庫029 ～では、～には、～へは、～とは

説明 表示主題的「は」能夠加在「で」、「に」、「へ」、「と」等助詞之
　　　後，此時有主題化的功能。

歷屆試題 083

（ ）明日、国へ帰る前にお土産を買わないといけません。彼女＿＿＿＿＿＿大変お世
話になりましたから。 ⇒ 93年導遊人員日語
① では ② には ③ が ④ を

▶ 老師講解

　　從第一句來判斷，主詞應該是說話者自己，因此「彼女」應該是「お世話にな
る」的對象，要加入表示對象的「に」。選項中沒有「に」，所以可以選擇主題化之
後的「には」。正確答案為選項②，構成的句子是「明日、国へ帰る前にお土産を買
わないといけません。彼女には大変お世話になりましたから。」（明天回國前一定
要買禮物。因為受她很大的照顧。）

（　）東京に住んでいる友達の＿＿＿＿＿、今年の桜は暖冬のせいで遅咲だそうです。

➡ 94年導遊人員日語

　　① 話には　　　　② 話では　　　　③ 話とは　　　　④ 話のは

▶▶ 老師講解

　　四個選項都有「は」，也就是根本不需要理會「は」的功能，只需判斷基本的助詞就可以了。句尾有表示傳聞的「そう」，因此應該加上表示範圍的「で」。正確答案為選項②，構成的句子是「東京に住んでいる友達の話では、今年の桜は暖冬のせいで遅咲だそうです。」（據住在東京的朋友說，今年的櫻花因為暖冬的緣故會很晚開。）

＊暖冬其實櫻花會早開，所以本題的敘述並不恰當。但是畢竟是引用句，就當作是對方說錯就可以了，並不影響正確答案的選擇。

（　）台北見物をしたいんですが、台北を一日で回る＿＿＿＿＿どうすればいいですか。

➡ 97年導遊人員日語

　　① とは　　　　　② には　　　　　③ にて　　　　　④ では

▶▶ 老師講解

　　「台北を一日で回る」應該是這句子的目的，所以要加上表示目的的「に」，再接主題化的「は」。正確答案為選項②，構成的句子是「台北見物をしたいんですが、台北を一日で回るにはどうすればいいですか。」（我想參觀臺北，要在一天之中逛完臺北要怎麼做才好呢？）

（　）食事の時、日本＿＿＿＿＿茶碗を持たなくてはいけないが、韓国＿＿＿＿＿持ってはいけないそうです。

➡ 97年導遊人員日語

　　① でも、でも　　② では、では　　③ にも、にも　　④ には、には

▶▶ 老師講解

　　本題的「日本」和「韓国」應為動作的範圍，所以要先加上「で」。整體構成了

對比的句型，因此還要再加上「は」。正確答案為選項②，構成的句子是「食事の時、日本では茶碗を持たなくてはいけないが、韓国では持ってはいけないそうです。」（吃飯的時候，在日本一定要拿著碗，但是聽說在韓國不能拿碗。）

歷屆試題 **087**

（ ）疲労回復＿＿＿＿＿台湾式指圧がお勧めです。 ➡ 102年導遊人員日語

　　① ので　　　　　　② から　　　　　　③ には　　　　　　④ では

▶ 老師講解

　　助詞題常考「に」、「で」的辨別，「疲労回復」應該是「お勧め」的目的，而不會是「お勧め」的原因，因此要加入表示目的的「に」。正確答案為選項③，構成的句子是「疲労回復には台湾式指圧がお勧めです。」（要消除疲勞，建議臺式指壓。）

■ 題庫030　〜も

説明　助詞「も」出現在數量相關詞彙之後，用來表示說話者覺得很多的感覺。

歷屆試題 **088**

（ ）A：こんな物、1200円＿＿＿＿＿するの？

　　　B：そうよ。 ➡ 95年導遊人員日語

　　① を　　　　　　② も　　　　　　③ で　　　　　　④ が

▶ 老師講解

　　「1200円」是數量相關詞彙，不是句子裡的基本結構、詞性上接近副詞，原則上不需要助詞。因此若要加上助詞，通常不會是表示主詞的「が」或是表示受詞的「を」，這裡要加上表示說話者覺得很多的「も」才合理。正確答案為選項②，構成的句子是「『こんな物、1200円もするの？』『そうよ。』」（「這種東西要一千二百日圓？」「是呀！」）

歷屆試題 089

（　）私は韓国に行ったことはないが、中国へは何度＿＿＿＿行った。

⟹ 100年導遊人員日語

　　　① も　　　　　② で　　　　　③ に　　　　　④ を

▶▶ 老師講解

　　「何度」是數量詞「度」的疑問詞。出現了疑問詞，句子卻非問句而是肯定句，因此要加上表示說話者覺得很多的「も」才恰當。正確答案為選項①，構成的句子是「私は韓国に行ったことはないが、中国へは何度も行った。」（我沒去過韓國，不過去了好幾次中國。）

▌**題庫031　～にも**

說明　「も」的基本功能用來強調還有其他，因為是屬於副助詞，所以可以加在其他助詞之後，「にも」就是這樣合成而來的。

歷屆試題 090

（　）この傘は手作りで、風＿＿＿＿強いから、お勧めですよ。　⟹ 99年導遊人員日語

　　　① も　　　　　② にも　　　　　③ でも　　　　　④ までも

▶▶ 老師講解

　　四個選項都有「も」的時候，判斷關鍵一定不是「も」。「風」可以當作「強い」的主詞，但是這一題的主詞是「この傘」，因此「風」只是「強い」的對象，這就是為什麼要先加上「に」再接「も」。正確答案為選項②，構成的句子是「この傘は手作りで、風にも強いから、お勧めですよ。」（這把傘是手工的，而且又很耐風，所以很推薦喔！）

▌**題庫032　～か**

說明　疑問詞後若是出現「か」，表示不確定、不特定。

（　）電車の中に＿＿＿＿を忘れてはならないように気をつけてください。

➡ 96年領隊人員日語

　　① 何　　　　　② 何か　　　　　③ 何が　　　　　④ 何も

▶▶ 老師講解

　　看到本題時，就應該先想想，「何（なに）」是疑問詞，但是這個句子為什麼不是問句呢？既然不是問句，就不能構成「何（なに）を」或是「何（なに）が」。此外，疑問詞加上「も」構成的否定句是全面否定，不符本句句意，所以應該要加上表示不確定、不特定的「か」才恰當。正確答案為選項②，構成的句子是「電車（でんしゃ）の中（なか）に何（なに）かを忘（わす）れてはならないように気（き）をつけてください。」（請小心不要把東西忘在電車上！）

（　）お昼は＿＿＿＿食べましたか。

➡ 98年領隊人員日語

　　① なんに　　　② なにが　　　　③ なにか　　　　④ なにも

▶▶ 老師講解

　　「食（た）べる」是他動詞，前面應該要有受詞才對，可是選項中無法找到任何跟「を」有關的結構。唯一的辦法就是加上表示不確定、不特定的「か」。正確答案為選項③，構成的句子是「お昼（ひる）はなにか食（た）べましたか。」（午飯有吃點東西嗎？）

▌題庫033　～か、～かどうか

説明　這個句型用來表達不清楚某件事，「どう」就是代替了前面行為、事物的
　　　否定詞。

（　）中村さんはいつ来る＿＿＿＿知っていますか。

➡ 99年導遊人員日語

　　① か　　　　　② が　　　　　　③ か否か　　　　④ かどうか

▶▶ 老師講解

　　「～か」、「～かどうか」所構成的這個句型可以稱為「不知道句型」，意思是後面一定會有不確定、或是詢問的意思。兩者差異在於前面問句若有疑問詞，就只需要加「か」；若無疑問詞，就要加「かどうか」。正確答案為選項①，構成的句子是「中村さんはいつ来るか知っていますか。」（你知道中村先生何時來嗎？）

▌ 題庫034　～でも（1）

説明　「でも」最常用來表示逆態接續，不過前面若是出現疑問詞，就能構成用來表達「全面肯定」。

歷屆試題 094

（　）鉄道ファンなら誰＿＿＿＿知っているとおり、台湾の在来線には駅弁がある。

➡ 100年導遊人員日語

　　　① さえ　　　　　② でも　　　　　③ すら　　　　　④ なり

▶▶ 老師講解

　　如果用來強調，「でも」、「さえ」、「すら」的功能相同。但「誰」是疑問詞，後面不能接「さえ」、「すら」，唯一適合的是加上「でも」表示全面肯定。正確答案為選項②，構成的句子是「鉄道ファンなら誰でも知っているとおり、台湾の在来線には駅弁がある。」（如果是鐵道迷的話，任誰都知道臺鐵有鐵路便當。）

▌ 題庫035　～でも（2）

説明　「でも」除了「逆接」、「全面肯定」，還有表示「舉例」的功能。

歷屆試題 095

（　）「いつか、一緒に食事＿＿＿＿しましょうか」

　　　「そうですね。じゃ、今度の日曜日のお昼はいかがですか」 ➡ 97年領隊人員日語

　　　① では　　　　　② ながら　　　　　③ ところを　　　　④ でも

　　「食事」和「する」之間，可以什麼都不加，也可以加上「を」。但是選項沒有「を」，能夠取代的是表示舉例的「でも」。正確答案為選項④，構成的句子是「『いつか、一緒に食事<ruby>で<rt></rt></ruby>もしましょうか』『そうですね。じゃ、今度の日曜日のお昼はいかがですか』」（「哪天一起吃個飯吧？」「這個嘛，那麼，這個星期天中午怎麼樣？」）

▌題庫036　〜しか〜ない

說明　「しか」後面一定要接否定語尾，表示說話者覺得不足的感覺，常翻譯為「只有〜」。

歷屆試題 096

（　）お金は千円＿＿＿＿＿持っていません。　　　　　　　　➡ 93年領隊人員日語

　　① だけ　　　　　② しか　　　　　③ ほど　　　　　④ あまり

▶▶ 老師講解

　　「だけ」和「しか」的辨別是這個句型的測驗重點，兩個都是「只有」，但是「しか」後面一定要接否定語尾。正確答案為選項②，構成的句子是「お金は千円<ruby>し<rt></rt></ruby>か持っていません。」（錢只有一千日圓。）

歷屆試題 097

（　）「え！みんな知っているのに、私＿＿＿＿＿知らないんですか。」

　　　　　　　　　　　　　　　　　　　　　　　　　　➡ 95年領隊人員日語

　　　① も　　　　　② しか　　　　　③ だけ　　　　　④ だけに

▶▶ 老師講解

　　「<ruby>知<rt>し</rt></ruby>らない」是「<ruby>知<rt>し</rt></ruby>る」的否定形，但這裡卻不是加上「しか」，而是要加上「だけ」。這是因為要表達的應該是「只有我不知道」，而不是「只有我知道」。正確答案為選項③，構成的句子是「え！みんな<ruby>知<rt>し</rt></ruby>っているのに、<ruby>私<rt>わたし</rt></ruby><ruby>だけ<rt></rt></ruby><ruby>知<rt>し</rt></ruby>らないんですか。」（欸！大家都知道，只有我不知道嗎？）

歷屆試題 098

（　）みんな帰ってしまって、ただ郭さん一人＿＿＿＿＿残っていません。

➡ 96年領隊人員日語

①ばかり　　②だけ　　③しか　　④が

▶ **老師講解**

　　這一題裡，表示「只有」的選項有「だけ」、「しか」、「ばかり」三個，「だけ」是平舖直述的基本用法；「しか」是表示說話者覺得很少的感覺；「ばかり」則表示只做某件事、不做其他事。句尾出現了否定語尾，所以加上「しか」才恰當。正確答案為選項③，構成的句子是「みんな帰ってしまって、ただ郭さん一人しか残っていません。」（大家都走了，只剩下郭先生一個人。）

歷屆試題 099

（　）出発時間まであと十分＿＿＿＿＿ありませんので、そろそろバスにお戻りください。

➡ 96年導遊人員日語

①だけ　　②ほど　　③しか　　④ばかり

▶ **老師講解**

　　「ばかり」除了表示只做某件事不做其他事，還可放在量詞之後，表示大概的量，這時功能和「ほど」相當。可是這題的「十分」雖然是量詞，但後面出現了否定語尾，還是要加上「しか」才恰當。正確答案為選項③，構成的句子是「出発時間まであと十分しかありませんので、そろそろバスにお戻りください。」（到出發時間只剩十分鐘，所以差不多要回到遊覽車上了！）

歷屆試題 100

（　）この吊り橋は同時に8人＿＿＿＿＿渡ることができません。　➡ 101年導遊人員日語

①まで　　②までが　　③までに　　④までしか

▶ **老師講解**

　　「まで」表示終點，這個句子裡「まで」出現在量詞之後，所以用來表示承載量。句尾是「できません」，適合和「しか」配合，構成「只能～」。正確答案為選項④，構成的句子是「この吊り橋は同時に8人までしか渡ることができません。」（這座吊橋只能同時走八個人。）

説明　「ばかり」也常翻譯為「只有」，強調只有某種東西或是只做某件事不做其他事。

歷屆試題 101

（　）毎日、仕事＿＿＿＿＿休みがありませんよ。　　　　➡ 98年領隊人員日語

　　①しか　　　　②ぐらいで　　　③だけしか　　　④ばかりで

▶▶ 老師講解

　　本題是否定句尾，但是不能馬上衝動的選擇「しか」或是「だけしか」。因為句子裡的「ありません」跟「休み」有關，跟「仕事」是沒有關係的。所以要加上的是表示「沒有其他」的「ばかり」，而後面的「で」則是用來表示原因。正確答案為選項④，構成的句子是「毎日、仕事ばかりで休みがありませんよ。」（每天都要工作，沒有休息喔！）

説明　「だけ」除了表示「只有～」，若是前面出現能力相關動詞，就會構成「只要能夠～」，類似中文「盡可能」的意思。

歷屆試題 102

（　）とにかく集められる＿＿＿＿＿、集めましょう。　　　　➡ 94年領隊人員日語

　　①くらい　　　　②しか　　　　③だけ　　　　④より

▶▶ 老師講解

　　「集められる」是「集める」的可能形，加上「だけ」就能構成「盡可能～」這個句型。這個用法的基本句型前後是相同的動詞，有時候前面的「可能形＋だけ」可以直接說成「できるだけ」。正確答案為選項③，構成的句子是「とにかく集められるだけ、集めましょう。」（總之，能收集的就盡量收集吧！）

題庫039 ～のみ

説明 「のみ」和「だけ」類似，也常翻譯為「只有」。差別在於「だけ」是一
般用法，「のみ」則較正式、文言。

（ ）店員：当店では、飲み物はミネラルウォーター＿＿＿＿＿＿＿となっております。

➡ 95年導遊人員日語

　　① のみ　　　　　② ほど　　　　　③ ほか　　　　　④ しか

▶▶ 老師講解

　　「のみ」類似「だけ」，因此選項同時出現了「のみ」和「しか」就是暗示我們
測驗的是表達「只有」的相關用法。句尾是肯定，所以應該使用「のみ」才恰當。正
確答案為選項①，構成的句子是「当店では、飲み物はミネラルウォーターのみと
なっております。」（本店飲料只有礦泉水。）

題庫040 ～など、～なんか、～なんて

説明 「など」有舉例的功能，常翻譯為「之類的」、「等等」。「なんか」、
「なんて」則是「など」的口語説法。

（ ）すぐ仕事をやめる＿＿＿＿＿＿＿もう一度考え直したほうがいいんじゃないかと思
　　うんです。

➡ 94年導遊人員日語

　　① なんで　　　　② なんて　　　　③ なんと　　　　④ なり

▶▶ 老師講解

　　既然「など」、「なんか」、「なんて」功能上基本相同，考試時原則上不需要
想著從中選一，這一題只要注意是「なんて」而不是「なんで」就好了。正確答案為
選項②，構成的句子是「すぐ仕事をやめるなんてもう一度考え直したほうがいいん
じゃないかと思うんです。」（我是覺得立刻辭職這種事還是要再想想比較好不是
嗎？）

（　）うちのおばあちゃん＿＿＿＿＿今、英語の塾に通っている。　　➡ 94年導遊人員日語

　　　① あんでも　　　② なんで　　　③ なんか　　　④ なんと

▶▶ 老師講解

　　接下來的這一題要區分的就是「なんか」還是「なんと」了。「なんと」有表示驚訝的功能，但因為屬於副詞，所以不能直接出現在名詞之後。本題的空格在名詞之後，因此還是要選擇表示舉例的「なんか」才恰當。正確答案為選項③，構成的句子是「うちのおばあちゃんなんか今、英語の塾に通っている。」（像我奶奶現在就在上英文補習班。）

（　）妻「お世話になった部長さんには何をさしあげましょうか」

　　　夫「ビール券＿＿＿＿＿どうかな」　　　　➡ 97年領隊人員日語

　　　① なんか　　　② には　　　③ にも　　　④ ながら

▶▶ 老師講解

　　「どうかな」是「どうですか」的口語表達，因此空格之處原本應該是助詞「は」，構成「ビール券はどうですか」。但是選項中沒有「は」，所以要選能代替「は」，用來舉例的「なんか」。正確的選項為①，構成的句子是「『お世話になった部長さんには何をさしあげましょうか』『ビール券なんかどうかな』」（「要送照顧我們的部長什麼呢？」「啤酒券之類的怎麼樣呢？」）

（　）私がガイドになる＿＿＿＿＿思いもしませんでした。　　➡ 97年導遊人員日語

　　　① なんだ　　　② なんて　　　③ なんで　　　④ なんらか

▶▶ 老師講解

　　「なんか」和「なんて」雖然基本功能相同，但如果要強調心裡的感覺時，會使用「なんて」，常會翻譯成「居然～」。不過測驗這個微小差異的題目不多，這一題

其實也只是測驗會不會誤把「なんて」當作「なんで」而已。正確答案為選項②，構成的句子是「私_{わたし}がガイドになる<u>なんて</u>思_{おも}いもしませんでした。」（想都沒想到我居然會當上導遊！）

歷屆試題 108

（　）台湾まで来たから、ショーロンポーを食べずに帰る＿＿＿＿＿＿ありえない。

➡ 102年導遊人員日語

　　①なんて　　　　②まま　　　　　③まで　　　　　④こそ

➡ 老師講解

　　「まま」表示維持原狀，前面只有可能是た形或ない形；「まで」在辭書形之後會有「甚至～」、「連～」的意思；「こそ」表示「排除其他」，但是不能放在辭書形之後。唯一適合的選項是表示舉例的「なんて」，正確答案為選項①，構成的句子是「台湾_{たいわん}まで来_きたから、ショーロンポーを食_たべずに帰_{かえ}る<u>なんて</u>ありえない。」（因為來到了臺灣，所以不可能不吃小籠包就回去！）

▌題庫041　～も～し～も～、～も～ば～も～、～も～なら～も～

説明　不管是「～も～し～も～」還是「～も～ば～も～」，只要出現兩個「も」，就有並列的功能，常翻譯為「又～又～」。

歷屆試題 109

（　）田中さんは体も丈夫だ＿＿＿＿＿＿、頭もよい。

➡ 93年領隊人員日語

　　①ったら　　　　②から　　　　　③し　　　　　④と

➡ 老師講解

　　句子前後出現了兩個「も」，就要找出選項中有沒有「し」或是「～ば」。正確答案為選項③，構成的句子是「田中_{たなか}さんは体_{からだ}も丈夫_{じょうぶ}だ<u>し</u>、頭_{あたま}もよい。」（田中先生身體結實、頭腦也很好。）

（　）台中公園のベンチに座っている人の中には老人も＿＿＿＿＿、子供
　　　も＿＿＿＿＿。

➡ 98年導遊人員日語

　　　① いたり、いたり　　　　　　② いれば、います
　　　③ いると、いたりし　　　　　④ いれば、あります

▶ 老師講解

　　句子前後出現了兩個「も」，所以要考慮的是有「～ば」的選項。因為「子供」是表人的名詞，因此要用「いる」，不能使用「ある」。正確答案為選項②，構成的句子是「台中公園のベンチに座っている人の中には老人も<u>いれば</u>、子供も<u>います</u>。」（坐在臺中公園的長椅上的人當中有老人也有小孩。）

（　）たまには旅行に行って、山の温泉でのんびりしたいと思う。けれども、今の
　　　私には、お金＿＿＿＿＿、ひまもない。

➡ 104年領隊人員日語

　　　① もあれば　　　② もなければ　　　③ さえあれば　　　④ さえなければ

▶ 老師講解

　　「ひま」後面有「も」，且每個選項都有「～ば」，因此要考慮有「も」的選項。既然構成並列的句型，前後應該是同性質的內容，所以不能用「ある」，要使用「ない」才恰當。正確答案為選項②，構成的句子是「たまには旅行に行って、山の温泉でのんびりしたいと思う。けれども、今の私には、お金<u>もなければ</u>、ひまもない。」（想要偶爾去旅行，在山裡的溫泉放鬆一下。但是現在的我，沒有錢也沒有閒。）

▎**題庫042　～ほど**

説明　「ほど」可用來表示程度，常翻譯為「～左右」，此時的功能和「くらい／ぐらい」類似。

（　）台湾には、レトロな洋食が健在である。大正時代のミルクホールや昭和初期の洋食レストランを彷彿させる雰囲気を残す店で、カレーライスやオムライス、ハヤシライスが、日本の半額＿＿＿＿＿＿で食べられる。　⇒ 100年導遊人員日語

　　　① しか　　　　　② より　　　　　③ ほど　　　　　④ こそ

▶▶ 老師講解

　　這題的空格處即使不填入任何單字，「日本の半額で食べられる」也已經是完整的說法。因此要填入的是不痛不癢，不影響整體結構的表示程度的「ほど」才恰當。正確答案為選項③，構成的句子是「台湾には、レトロな洋食が健在である。大正時代のミルクホールや昭和初期の洋食レストランを彷彿させる雰囲気を残す店で、カレーライスやオムライス、ハヤシライスが、日本の半額ほどで食べられる。」（在臺灣，還留有懷舊的西餐。在彷彿置身大正時代的咖啡廳或是昭和初期的西餐廳的店裡，用日本的半價左右就能吃到咖哩飯、蛋包飯和牛肉燴飯。）

（　）北国の冬は大変である。特に大雪の時は、雪が降り積もって、二階から出入りしなければならない＿＿＿＿＿＿。　⇒ 104年領隊人員日語

　　　① までである　　② うえである　　③ ほどである　　④ だけである

▶▶ 老師講解

　　從這兩個句子的內容可判斷，第二句話是在說明北國的冬天到底有多辛苦，應該填入表示程度的「ほど」。正確的答案為選項③，構成的句子是「北国の冬は大変である。特に大雪の時は、雪が降り積もって、二階から出入りしなければならないほどである。」（北國的冬天很辛苦。尤其是大雪的時候，積雪積到非得從二樓進出不可。）

▌ 題庫043　～くらい、～ぐらい

説明　「くらい／ぐらい」用來表示程度，不只常放在數量詞之後，也可以加在常體的句子之後。

（　）だめだと思っていたが、なんと合格していた。嬉しくて泣きたい＿＿＿＿だった。

➡ 94年領隊人員日語

　　① ぐらい　　　　② べき　　　　③ わけ　　　　④ はず

▶▶ 老師講解

　　「泣きたい」應該是為了表示「嬉しい」的程度，所以要加上表示程度的「ぐらい」才恰當。正確答案為選項①，構成的句子是「だめだと思っていたが、なんと合格していた。嬉しくて泣きたいぐらいだった。」（本來以為沒辦法了，但是居然考上了。當時實在是開心得想哭。）

（　）すばらしい景色で、あなたにも見せたい＿＿＿＿でした。　➡ 96年領隊人員日語

　　① べき　　　　② ほう　　　　③ やはり　　　　④ ぐらい

▶▶ 老師講解

　　「見せたい」是為了表示「すばらしい」的程度，所以應該加上「ぐらい」。正確答案為選項④，構成的句子是「すばらしい景色で、あなたにも見せたいぐらいでした。」（非常棒的風景，好想也讓你看看。）

（　）私は3年前から台湾にハマって、2ヶ月に一度訪れてます。まだ行っていない所は、離島と玉山＿＿＿＿です。

➡ 96年導遊人員日語

　　① しか　　　　② ぐらい　　　　③ もまだ　　　　④ ならなおさら

▶▶ 老師講解

　　表示程度的「ぐらい」如果出現在一般名詞之後，有舉例的功能，常翻譯為「～之類的」。正確答案為選項②，構成的句子是「私は3年前から台湾にハマって、2ヶ月に一度訪れてます。まだ行っていない所は、離島と玉山ぐらいです。」（我從三年前就愛上臺灣，兩個月去一次。還沒去的地方只剩離島和玉山這些地方。）

（　）台湾ドルと日本円の換算はどうなっているのですか。現在の時点では、台湾「元」と言うのは日本円でいくら＿＿＿＿＿なのでしょうか。　　➡ 98年導遊人員日語

①ごろ　　　　　②ぐらい　　　　　③だけ　　　　　④のみ

➡ 老師講解

　　若是選項中出現了「ごろ」和「ぐらい」，應該就是從中選一。這是因為兩者都常翻譯為「～左右」，所以很容易混淆，不過只要記住「ごろ」是出現在時間之後，而「ぐらい」則是出現在量詞之後就可以了。正確答案為選項②，構成的句子是「台(たい)湾(わん)ドルと日(に)本(ほん)円(えん)の換(かん)算(さん)はどうなっているのですか。現(げん)在(ざい)の時(じ)点(てん)では、台(たい)湾(わん)「元(げん)」と言(い)うのは日(に)本(ほん)円(えん)でいくらぐらいなのでしょうか。」（臺幣和日圓是怎麼換算呢？現在的時點，臺幣是日圓多少左右呢？）

（　）今回のトイレ休憩は20分＿＿＿＿＿しか取れませんから、早く行ってきてくださいね。　　➡ 99年導遊人員日語

①も　　　　　②は　　　　　③ぐらい　　　　　④に

➡ 老師講解

　　「ぐらい」常出現在量詞之後，本題的「20分(にじゅっぷん)」為量詞，所以後面應該加上「ぐらい」才恰當。正確答案為選項③，構成的句子是「今(こん)回(かい)のトイレ休(きゅう)憩(けい)は20分(にじゅっぷん)ぐらいしか取(と)れませんから、早(はや)く行(い)ってきてくださいね。」（這次上洗手間的休息時間只能有二十分鐘左右，所以請快去快回喔！）

（　）あんな大学に入る＿＿＿＿＿、就職したほうがましだ。　　➡ 100年領隊人員日語

①くらいは　　　②くらいなら　　　③ほどは　　　④ほどなら

➡ 老師講解

　　「くらい」和「ほど」雖然有類似的功能，但是如果要表達輕視、瞧不起的感覺，就只能使用「くらい」。而此時常常會和表示前提假定的「なら」配合使用，構

成「〜くらいなら」。正確答案為選項②，構成的句子是「あんな大学に入る<ruby>大学<rt>だいがく</rt></ruby><ruby>入<rt>はい</rt></ruby>るくらいなら、就職したほうがましだ。」（如果要上那種大學的話，還不如工作比較好。）

▌題庫044　〜ほど〜ない

説明　將表示程度的「ほど」後面接上否定語尾，就能用來表達程度非常高，中文常説成「沒有〜那麼地〜」。

歴屆試題 120

（　）大洋旅行社 ＿＿＿＿＿ サービス満点の旅行会社はないと思うんです。

➡ 94年導遊人員日語

　　①のみ　　　　　②ばかり　　　　　③ほど　　　　　④だけ

▶▶ 老師講解

　　選項出現了同義的「のみ」和「だけ」，兩者當然優先排除。此外，「ばかり」和「ほど」雖然都有表示程度的功能，但只有「ほど」會接否定語尾表示程度很高。正確答案為選項③，構成的句子是「<ruby>大洋旅行社<rt>たいようりょこうしゃ</rt></ruby>ほどサービス<ruby>満点<rt>まんてん</rt></ruby>の<ruby>旅行会社<rt>りょこうがいしゃ</rt></ruby>はないと<ruby>思<rt>おも</rt></ruby>うんです。」（我是覺得沒有大洋旅行社服務那麼好的旅行社了。）

歴屆試題 121

（　）今日はきのう ＿＿＿＿＿ 忙しくありません。　　　➡ 96年領隊人員日語
　　①とおり　　　　②ほど　　　　　③ながら　　　　　④と

▶▶ 老師講解

　　本題的關鍵字顯然就是後面的「<ruby>忙<rt>いそが</rt></ruby>しくありません」，既然出現否定語尾，空格應該填入「ほど」，構成「沒有〜那麼〜」最恰當。正確答案為選項②，構成的句子是「<ruby>今日<rt>きょう</rt></ruby>はきのうほど<ruby>忙<rt>いそが</rt></ruby>しくありません。」（今天沒有昨天那麼忙。）

▌題庫045　〜ば〜ほど

説明　假定形加上辭書形再加上「ほど」，構成的「〜ば〜ほど」可以用來表達「愈〜愈〜」。

歷屆試題 122

（　）するめは噛めば噛む＿＿＿＿＿味が出るね。病み付きになりそう。

⟹ 94年領隊人員日語

　　① のに　　　　　② しか　　　　　③ ほど　　　　　④ から

➡ 老師講解

　　「噛めば噛む」這個結構已經出現了假定形和辭書形，所以後面當然要加上「ほど」。正確答案為選項③，構成的句子是「するめは噛めば噛むほど味が出るね。病み付きになりそう。」（魷魚絲愈嚼愈有味道呀！都快迷上了。）

歷屆試題 123

（　）台湾のビーフジャーキーは噛めば＿＿＿＿＿おいしいです。それをご家族の方々
　　　やお友達へのお土産としては最適ではないでしょうか。　　⟹ 100年導遊人員日語

　　① 噛めると　　　② 噛むほど　　　③ 噛み付くほど　　④ 食いしばると

➡ 老師講解

　　空格前已經出現了假定形「噛めば」，後面加上辭書形「噛む」以及「ほど」最合理。正確答案為選項②，構成的句子是「台湾のビーフジャーキーは噛めば噛むほどおいしいです。それをご家族の方々やお友達へのお土産としては最適ではないでしょうか。」（臺灣的牛肉乾愈嚼愈好吃。把那當做給家人、朋友的土產是再合適也不過了吧！）

歷屆試題 124

（　）見れば見る＿＿＿＿＿、この形が出来上がったことが奇跡のように感じます。

⟹ 101年導遊人員日語

　　① ほど　　　　　② くらい　　　　③ だけ　　　　　④ ばかり

➡ 老師講解

　　「見れば見る」已經具備了假定形和辭書形，後面當然要加上「ほど」。正確答案為選項①，構成的句子是「見れば見るほど、この形が出来上がったことが奇跡のように感じます。」（愈看愈覺得，能夠完成這個形狀像是個奇蹟。）

（　）噛＿＿＿＿＿噛＿＿＿＿＿味が出る。　　　　　　　　　➡ 102年導遊人員日語

① めば、めば　　　　　　　　　　　② めば、むほど

③ んだり、んだり　　　　　　　　　④ んだり、まなかったり

▶▶ 老師講解

　　不是愈嚼愈有味道就是愈嚼愈好吃，各位考生，不要再說考題不會重複出現了。只要看到「噛<ruby>噛<rt>か</rt></ruby>む」，幾乎就是考這個句型了。正確答案為選項②，構成的句子是「<ruby>噛<rt>か</rt></ruby>めば<ruby>噛<rt>か</rt></ruby>む<ruby>ほど<rt>あじ</rt></ruby>味<ruby>が出<rt>で</rt></ruby>る。」（愈嚼愈有味道。）

▌ 題庫046　～さえ～ば

説明　「さえ」本來用來表示「連～」，但若後面出現了假定形，意思就成了「只要～的話」。

（　）漢字が読めさえ＿＿＿＿＿、日本語はそんなに難しくないと思う。

　　　　　　　　　　　　　　　　　　　　　　　　　　　➡ 97年領隊人員日語

① すれば　　　② なれば　　　③ あれば　　　④ できれば

▶▶ 老師講解

　　「さえ」只能放在名詞之後，因此若是想在動詞裡塞入「さえ」，唯一的方法就是將動詞變成ます形之後再加上「さえ」。可是此時動詞的語尾已經被砍斷了，所以只好補他一個「する」，因此就會構成「ます形＋さえ＋すれば」。正確答案為選項①，構成的句子是「<ruby>漢字<rt>かんじ</rt></ruby>が<ruby>読<rt>よ</rt></ruby>めさえすれば、<ruby>日本語<rt>にほんご</rt></ruby>はそんなに<ruby>難<rt>むずか</rt></ruby>しくないと<ruby>思<rt>おも</rt></ruby>う。」（我覺得只要會唸漢字，日文就不會那麼難了。）

（　）父は私の顔＿＿＿＿＿見れば、「がんばっているか。」と聞く。

　　　　　　　　　　　　　　　　　　　　　　　　　　　➡ 98年導遊人員日語

① まで　　　② しか　　　③ だけ　　　④ さえ

▶ 老師講解

　　「～さえ～ば」翻譯為「只要～的話」，如果沒有學會這個句型，一定會想要從「だけ」、「しか」中選一個，但其實是要加上「さえ」。正確答案為選項④，構成的句子是「父は私の顔さえ見れば、『がんばっているか。』と聞く。」（父親只要看到我，就會問「有沒有好好加油呀？」。）

歷屆試題 128

（　）交通が不便で＿＿＿＿＿なければ観光客が来る。　　　⟹ 99年領隊人員日語

　　① さえ　　　　　② しか　　　　　③ より　　　　　④ ばかり

▶▶ 老師講解

　　「不便」是ナ形容詞，要構成「～さえ～ば」這個句型必須先加上「である」，所以是將「不便である」變成「不便でさえあれば」。否定的話，就變成「不便でさえなければ」。正確答案為選項①，構成的句子是「交通が不便でさえなければ観光客が来る。」（只要交通不會不方便，觀光客就會來。）

歷屆試題 129

（　）この機械は100円だまを入れ＿＿＿＿＿すれば動き出します。　⟹ 102年領隊人員日語

　　① しか　　　　　② ほど　　　　　③ より　　　　　④ さえ

▶▶ 老師講解

　　空格前的「入れ」是動詞ます形，空格後是「する」構成的假定形「すれば」，還有什麼好說的？當然是填入「さえ」。正確答案為選項④，構成的句子是「この機械は100円だまを入れさえすれば動き出します。」（這台機器只要投入一百圓就會開始動。）

▌題庫047　～すら、～ですら

説明　「すら」的功能和「さえ」非常類似，都常翻譯為「連～」。「ですら」
　　　則是將「すら」之前加上表示範圍的「で」構成的。

（　）昔は、中学校はもちろん、小学校＿＿＿＿＿行けない人が多かった。

➡ 93年領隊人員日語

　　①から　　　　　②まで　　　　　③だけ　　　　　④すら

➡ **老師講解**

　　這一題牽涉到了「～はもちろん」這個句型，這個句型中文常說成「不要說是～，甚至還～」，後面常常會出現「さえ」或是「すら」，就像中文說成「甚至連～」一樣。正確答案為選項④，構成的句子是「昔は、中学校はもちろん、小学校すら行けない人が多かった。」（過去，不要說是國中，就連沒能上小學的人都很多。）

（　）山下博士は世界的に有名な学者である。その博士＿＿＿＿＿解けなかった問題
　　を、どうして学生の私が解けようか。

➡ 104年領隊人員日語

　　①にもまして　　②たりとも　　　　③をおいて　　　④ですら

➡ **老師講解**

　　「すら」主要的功能是提出一個極端的情況，來涵蓋所有狀況。常出現的不外乎「連小孩都懂」，或是「連博士都不懂」。正確答案為選項④，構成的句子是「山下博士は世界的に有名な学者である。その博士ですら解けなかった問題を、どうして学生の私が解けようか。」（山下博士是世界知名的學者。連那位博士都解不開的問題，身為學生的我哪能解得開呢？）

▌ 題庫048　～なりに、～なりの

説明　「なり」用來表示特有的、獨特的，常翻譯為「～自己的」。不過這裡的「獨特」並不是很正面的說法，往往帶有「不充分」、「奇怪」的感覺。

（　）子供には子供＿＿＿＿＿の考え方があるから、あまり干渉したくない。

➡ 94年領隊人員日語

　　①こそ　　　　　②さえ　　　　　③しか　　　　　④なり

▶▶ 老師講解

　　因為「なり」帶有不充分的意思，所以前面最常接的是「子供」。此外，也很常放在「わたし」之後成為謙虛一點的說法。但是一般是不可以放在上位者之後的喔！正確答案為選項④，構成的句子是「子供には子供なりの考え方があるから、あまり干渉したくない。」（小孩有小孩自己的想法，所以我不想干涉太多。）

歷屆試題 **133**

（　）お客様にはお客様＿＿＿＿＿＿の過ごし方がございますので、強制はいたしません。
➡ 96年導遊人員日語
　　① なり　　　　　② よう　　　　　③ ずつ　　　　　④ より

▶▶ 老師講解

　　「なり」一般不會用在上位者，但是這裡不只加在「お客様」之後，還用了敬語，顯然帶有諷刺的感覺，該客人的生活習慣應該是較為特別的。正確答案為選項①，構成的句子是「お客様にはお客様なりの過ごし方がございますので、強制はいたしません。」（客人有客人過生活的方式，所以不會去強制。）

▌題庫049　〜いかん

説明　這個句型要注意兩個地方，第一、「いかん」的漢字是「如何」，意思正是「如何」；第二、「いかん」要直接放在名詞之後。

歷屆試題 **134**

（　）地球温暖化を食い止められるかどうかは、全地球一人一人の努力＿＿＿＿＿＿にかかっている。
➡ 99年導遊人員日語
　　① いかん　　　② しだい　　　③ しまつ　　　④ そばから

▶▶ 老師講解

　　如果句尾沒有「〜にかかっている」，這一題應該加上「しだい」。但是因為「〜にかかっている」表示了「關係到〜」，所以就要加上「いかん」才恰當。正確答案為選項①，構成的句子是「地球温暖化を食い止められるかどうかは、全地球一人一人の努力いかんにかかっている。」（能否遏止地球暖化，和全世界每個人的努力程度有關。）

（　）結果＿＿＿＿＿＿、次の対策を考えます。　　　　　　　　　⇒ 101年導遊人員日語

　　① うちに　　　　② こととで　　　　③ ゆえで　　　　④ いかんで

▶▶ 老師講解

　　「いかん」的重點絕對在於它可以直接放在名詞之後，四個選項中只有「いかん」可以直接連接名詞，不選它要選誰呢？正確答案為選項④，構成的句子是「結果いかんで、次の対策を考えます。」（依結果如何，再來考慮下一個對策。）

（　）あさってのパーティーに参加するかどうかはその日体調＿＿＿＿＿、決めさせていただきます。　　　　　　　　　　　　　　　　⇒ 104年領隊人員日語

　　① いかんで　　　② 問わず　　　　③ かかわらず　　　④ 限らず

▶▶ 老師講解

　　本題的選項有好幾個功能接近，但只有「いかん」可以直接連接名詞。此外，「いかん」後面常常加上「で」，此時的「で」通常用來表示方法。正確答案為選項①，構成的句子是「あさってのパーティーに参加するかどうかはその日体調いかんで、決めさせていただきます。」（是否參加後天的宴會，請讓我依當天的身體狀況如何決定。）

┌──┐

▌題庫050　〜がてら

説明　表示利用進行某個行為時順便做另一件事，常翻譯成「順便」，會放在名詞或是動詞ます形之後。

└──┘

（　）散歩＿＿＿＿＿＿、パンを買いに行こう。　　　　　　　　　⇒ 102年領隊人員日語

　　① かぎり　　　　② どころか　　　　③ がかり　　　　④ がてら

▶▶ 老師講解

　　「がてら」雖然常翻譯為「順便」，但其實是用來表達「做一件事得到兩個功效」，有點像閩南語諺語「一兼二顧，摸蛤仔兼洗褲」。正確答案為選項④，構成的句子是「散歩がてら、パンを買いに行こう。」（出門散散步順便去買麵包吧。）

（　）市政府の付近一帯は広場になっており、近くに名所もあるので、散歩

　　　　　＿＿＿＿見物するのもいい。　　　　　　　　　　　➡ 104年導遊人員日語

　　① までに　　　　② がてら　　　　③ うちに　　　　④ あまり

▶▶ 老師講解

　　「がてら」前面最常接的就是「散歩<ruby>散歩<rt>さんぽ</rt></ruby>」，因為出門走走順便做點事情是最合情合理的「順便」。正確答案為選項②，構成的句子是「<ruby>市政府<rt>しせいふ</rt></ruby>の<ruby>付近一帯<rt>ふきんいったい</rt></ruby>は<ruby>広場<rt>ひろば</rt></ruby>になっており、<ruby>近<rt>ちか</rt></ruby>くに<ruby>名所<rt>めいしょ</rt></ruby>もあるので、<ruby>散歩<rt>さんぽ</rt></ruby>がてら<ruby>見物<rt>けんぶつ</rt></ruby>するのもいい。」（市政府附近是廣場，附近也有知名景點，所以散散步順便參觀也不錯。）

▌題庫051　～ずくめ

説明　「ずくめ」有「滿是～」、「全是～」的意思，要放在名詞之後，前面的
　　　名詞通常是正面的事情或是顏色。

（　）去年は息子の結婚、孫の誕生と、めでたいこと＿＿＿＿一年だった。

　　　　　　　　　　　　　　　　　　　　　　　　　　　　➡ 97年領隊人員日語

　　① だらけの　　　② まみれの　　　③ ずくめの　　　④ みたいの

▶▶ 老師講解

　　「まみれ」指的是不舒服的液體、小東西沾滿全身；「だらけ」也是「滿是」，但不限定「沾滿」，也可以是滿臉皺紋或是滿是錯誤。「ずくめ」所表達的「滿是」則不會是物品，而是事件，且通常會是好事。正確答案為選項③，構成的句子是「<ruby>去年<rt>きょねん</rt></ruby>は<ruby>息子<rt>むすこ</rt></ruby>の<ruby>結婚<rt>けっこん</rt></ruby>、<ruby>孫<rt>まご</rt></ruby>の<ruby>誕生<rt>たんじょう</rt></ruby>と、めでたいことずくめの<ruby>一年<rt>いちねん</rt></ruby>だった。」（去年兒子結婚、孫子出生，是喜事連連的一年。）

（　）彼女はいつも黒＿＿＿＿のかっこうをしている。　　➡ 103年領隊人員日語

　　① むき　　　② だらけ　　　③ まみれ　　　④ ずくめ

　　「ずくめ」前面若是出現顏色，就像中文裡的「清一色」，而且最常出現在「ずくめ」前面的顏色是黑色。正確答案為選項④，構成的句子是「彼女<ruby>彼女<rt>かのじょ</rt></ruby>はいつも<ruby>黒<rt>くろ</rt></ruby>ずくめのかっこうをしている。」（她總是打扮得一身黑。）

▌題庫052　～っぽい

説明　「っぽい」表示帶有某種傾向，常翻譯為「有點～」、「容易～」。

歷屆試題 141

（　）中華航空のカウンターの前に立っている＿＿＿＿＿服を着た男性が現地ガイドですから、あの人の前に集合してください。

　　　　　　　　　　　　　　　　　　　　　　　　　　➠ 98年導遊人員日語

　① 黒がましい　　② 黒っぽい　　　　③ 黒くさい　　　　④ 黒ったらしい

▶▶ 老師講解

　　「っぽい」前面若是出現顏色，表示雖然不完全是，但大致上是。例如「黒<ruby>黒<rt>くろ</rt></ruby>っぽい」就像中文說的「有點黑黑的」。正確答案為選項②，構成的句子是「中華航空<ruby>中華航空<rt>ちゅうかこうくう</rt></ruby>のカウンターの前<ruby>前<rt>まえ</rt></ruby>に立<ruby>立<rt>た</rt></ruby>っている<ruby>黒<rt>くろ</rt></ruby>っぽい<ruby>服<rt>ふく</rt></ruby>を<ruby>着<rt>き</rt></ruby>た<ruby>男性<rt>だんせい</rt></ruby>が<ruby>現地<rt>げんち</rt></ruby>ガイドですから、あの<ruby>人<rt>ひと</rt></ruby>の<ruby>前<rt>まえ</rt></ruby>に<ruby>集合<rt>しゅうごう</rt></ruby>してください。」（站在華航櫃台前穿著黑黑的衣服的男性是當地導遊，所以請在他前面集合！）

歷屆試題 142

（　）息子は成人式をむかえたのに、話し方や行動が＿＿＿＿＿心配です。

　　　　　　　　　　　　　　　　　　　　　　　　　　➠ 103年領隊人員日語

　　① 子供みたいに　② 子供らしくて　　③ 子供なようで　④ 子供っぽくて

▶▶ 老師講解

　　「っぽい」前面很常出現「<ruby>子供<rt>こども</rt></ruby>」，所謂的「有點小孩的感覺」就像是我們常說的「孩子氣」。正確答案為選項④，構成的句子是「<ruby>息子<rt>むすこ</rt></ruby>は<ruby>成人式<rt>せいじんしき</rt></ruby>をむかえたのに、<ruby>話<rt>はな</rt></ruby>し<ruby>方<rt>かた</rt></ruby>や<ruby>行動<rt>こうどう</rt></ruby>が<ruby>子供<rt>こども</rt></ruby>っぽくて<ruby>心配<rt>しんぱい</rt></ruby>です。」（兒子明明都快二十歲了，但言行舉止還很孩子氣，真令人擔心。）

▌ 題庫053　～ぬきで、～ぬきに、～ぬきの

説明　「ぬき」源自於動詞「抜く」，意思是「去除」。構成複合詞語尾時用來
　　　表示「不含～」、「沒有～」。

歴屆試題 **143**

（　）今の社会は、インターネット＿＿＿＿＿考えられません。　➡ 101年導遊人員日語

　　　① ぬきには　　　② をひかえ　　　③ にひきかえ　　　④ までなら

▶▶ 老師講解

　　「インターネット」原本應該是表示「去除」的動詞「抜く」的受詞，直譯的話
是「去除網路」的意思。構成句型「～ぬき」即可用來表示「不含網路」、「沒有網
路」。正確答案為選項①，構成的句子是「今の社会は、インターネットぬきには考
えられません。」（現今的社會要是沒有網路實在是令人難以想像。）

▌ 題庫054　～ぬく

説明　前一個句型裡的「ぬき」是接尾語用法，這裡的「ぬく」則是複合動詞用
　　　法，放在動詞ます形之後，用來表示「努力、辛苦地做到最後」。這是因
　　　為動詞「抜く」除了「去除」，另外還能表達「通過」。

歴屆試題 **144**

（　）苦しい山道だったが、最後までがんばり＿＿＿＿＿、やっと頂上にたどりつい
　　　た。
　　　　　　　　　　　　　　　　　　　　　　　　　　➡ 104年領隊人員日語

　　　① かけて　　　② すぎて　　　③ かねて　　　④ ぬいて

▶▶ 老師講解

　　複合動詞有很多，但是如果要表達辛辛苦苦才完成，一定會用到「ぬく」。正確
答案為選項④，構成的句子是「苦しい山道だったが、最後までがんばりぬいて、
やっと頂上にたどりついた。」（雖然是很辛苦的山路，但是努力到最後，終於到達
了山頂。）

題庫055 〜っぱなし

説明　「っぱなし」源自於他動詞「放す」，意思是「放開」。構成複合詞之後，用來表達「放任不管」的意思。

歷屆試題 145

（　）部屋に戻ると、窓が開け＿＿＿＿＿になっていて、机の上の書類が地面に散らばっていた。

➡ 96年導遊人員日語

① わたし　　　② どめ　　　　③ ほうだい　　　④ っぱなし

▶ 老師講解

　　「っぱなし」雖然源自於動詞「放す」，且前面要接動詞ます形，但卻不是構成複合動詞，而是當複合名詞使用，用來表達某個原本該做的事沒有做。正確答案為選項④，構成的句子是「部屋に戻ると、窓が開けっぱなしになっていて、机の上の書類が地面に散らばっていた。」（一回到房間，窗戶就這樣開著，桌上的文件散落一地。）

題庫056　〜向き

説明　「向き」源自於自動詞，常翻譯為「適合〜」。

歷屆試題 146

（　）夏＿＿＿＿＿の服はありませんか。

➡ 102年導遊人員日語

① ふり　　　　② むき　　　　③ てき　　　　④ ぎみ

▶ 老師講解

　　「向き」的「適合」指的是自然而然的適合，例如此句裡的「適合夏天的衣服」令人聯想到的是短的、薄的、透氣的衣服。正確答案為選項②，構成的句子是「夏むきの服はありませんか。」（沒有適合夏天的衣服嗎？）

題庫057　～向け

説明　「向け」源自於他動詞，雖然也會翻譯為「適合～」，但因為具有他動性，所以表示的「適合」是為了某個目的而特別進行的行為結果，所以有時也可翻譯成「為了～」。

歷屆試題 **147**

（　）甲「この本、5さいのむすめがとても好きなんですよ。」

乙「_____。」　　　　　　　　　　　　　　⇒ 98年領隊人員日語

　　① こども向けの本なんですね

　　② 大人向けの本なんですね

　　③ 専門家向けでおもしろくないですね

　　④ 小さい子には悪いんですね

▶▶ 老師講解

　　前面出現了「5さいのむすめ」，所以「こども向け」比較適合。正確答案為選項①，構成的句子是「『この本、5さいのむすめがとても好きなんですよ。』『こども向けの本なんですね。』」（「這本書我五歲的女兒很喜歡喔！」「是寫給小孩看的書呀！」）

歷屆試題 **148**

（　）観光客_____のおみやげ店へ行って、買い物をする予定です。

　　　　　　　　　　　　　　　　　　　　　　　　⇒ 103年導遊人員日語

　　① むけ　　　　② ため　　　　③ めあて　　　　④ あいて

▶▶ 老師講解

　　以免税店、購物站為例，這些地方是特別為了讓遊客購物的，因此要使用「向け」。正確答案為選項①，構成的句子是「観光客むけのおみやげ店へ行って、買い物をする予定です。」（預定到為觀光客成立的名產店購物。）

説明　「切る」是他動詞，意思是「剪斷、切斷」，構成複合動詞時，用來表示「將某件事全部做完」。「切れる」是「切る」的自動詞，也可視為「切る」的能力形，意思是「斷」、「能弄斷」。

歴屆試題 149

（　）台湾には＿＿＿＿＿の夜市がありますが、それぞれの特徴があります。

➡ 101年領隊人員日語

① おびただしい　　　　　　　　② 盛大な

③ 数えられない　　　　　　　　④ 数え切れないほど

▶ 老師講解

　　將「数える」和「切れる」複合之後，構成的「数え切れる」是「數完」；否定用法「数え切れない」則是「數不完」的意思。正確答案為選項④，構成的句子是「台湾には数え切れないほどの夜市がありますが、それぞれの特徴があります。」（臺灣有數不完的夜市，各自有其特色。）

歴屆試題 150

（　）私は今まで、数え切れないほど、インタビューを受けて来ましたので、混乱してしまうのです。下線部の意味を一つ選びなさい。　　➡ 102年導遊人員日語

① 数えないほど　　　　　　　　② 知らないほど

③ 多すぎて数えられないほど　　④ 数えて切れないほど

▶ 老師講解

　　從這一題就可理解前一題為何不能選「数えられない」了，因為「数えられない」只表示「無法數」，必須要「多すぎて数えられない」才是「多得無法數」，意思才能和「数え切れない」對應。正確答案為選項③，構成的句子是「私は今まで、数え切れないほど、インタビューを受けて来ましたので、混乱してしまうのです。」（我到現在接受了數不盡的訪問，所以腦子一片混亂。）

歷屆試題 151

（　）「計画は必ず実行する」と彼は強く言い＿＿＿＿＿＿。　　⇒ 103年導遊人員日語

　　① 切った　　　　② 終わった　　　　③ 過ぎた　　　　④ 損なった

▶▶ 老師講解

　　「<ruby>切<rt>き</rt></ruby>る」除了表達動作之完成，還能表達非常肯定的感覺，以「<ruby>言<rt>い</rt></ruby>い<ruby>切<rt>き</rt></ruby>る」來說，就像中文的「斷言」。正確答案為選項①，構成的句子是「『<ruby>計画<rt>けいかく</rt></ruby>は<ruby>必<rt>かなら</rt></ruby>ず<ruby>実行<rt>じっこう</rt></ruby>する』と彼は強く言い<u>切った</u>。」（他非常肯定地說「計畫一定會實現」。）

歷屆試題 152

（　）台湾料理の種類は豊富で、ちょっとやそっとで＿＿＿＿＿＿。　　⇒ 104年導遊人員日語

　　① 食べかねる　　　　　　　　　　② 食べきれない

　　③ 食べるわけにはいかない　　　　④ 食べるわけがない

▶▶ 老師講解

　　「<ruby>食<rt>た</rt></ruby>べ<ruby>切<rt>き</rt></ruby>る」是「吃完」，「<ruby>食<rt>た</rt></ruby>べ<ruby>切<rt>き</rt></ruby>れる」則可說成「可以吃完」，這就是為什麼可以將這個句型裡的「切れる」視為「切る」的能力形。正確答案為選項②，構成的句子是「<ruby>台湾<rt>たいわん</rt></ruby><ruby>料理<rt>りょうり</rt></ruby>の<ruby>種類<rt>しゅるい</rt></ruby>は<ruby>豊富<rt>ほうふ</rt></ruby>で、ちょっとやそっとで<u><ruby>食<rt>た</rt></ruby>べきれない</u>。」（臺菜種類繁多，不是那麼容易吃得完的。）

┃ 題庫059　～かねる

説明　「～かねる」源自於動詞「かねる」，這個動詞有「想很多」的意思。既然「想很多」就會不敢做，因此構成複合動詞「～かねる」之後，常翻譯為「難以～」。

歷屆試題 153

（　）台湾にせよ、日本にせよ、子どもたちにとっては、正月に＿＿＿＿＿のは、なにより「お年玉」です。

　　　　　　　　　　　　　　　　　　　　　　　　　⇒ 103年導遊人員日語

　　① 待ちかねている　　　　　　　② 待ちかねない

　　③ 待ちそこねている　　　　　　④ 待ちに待たない

　　「かねる」和「かねない」一不小心就會搞混，請先記住，帶有肯定語尾的「かねる」意思其實是「難以～」。正確答案為選項①，構成的句子是「台湾<ruby>台湾<rt>たいわん</rt></ruby>にせよ、日本<ruby>本<rt>ほん</rt></ruby>にせよ、<ruby>子<rt>こ</rt></ruby>どもたちにとっては、<ruby>正月<rt>しょうがつ</rt></ruby>に<ruby>待<rt>ま</rt></ruby>ちかねているのは、なにより『お<ruby>年玉<rt>としだま</rt></ruby>』です。」（不管臺灣還是日本，對小孩來說，過年最期待的就是壓歲錢了。）

▌題庫060　～かねない

説明　「～かねない」也源自於動詞「かねる」，因為是否定用法，所以「かねない」直譯的話是「不會想太多」，在此衍生為「有可能～」。

歷屆試題 154

（　）今回の水害は、二次災害を＿＿＿＿＿ものであり、1日も早く対策を練り出さなくてはならない。　　　　　　　　　　　　　　　　　　　➡ 101年領隊人員日語
　　　①引き起こしまい　　　　　　　②引き起こしかねない
　　　③引き起こしかたくない　　　　④引き起こしまずい

▶▶ 老師講解

　　帶有否定語尾的「かねない」意思其實是「有可能」，先簡單這麼記就能輕鬆找到答案了。正確答案為選項②，構成的句子是「<ruby>今回<rt>こんかい</rt></ruby>の<ruby>水害<rt>すいがい</rt></ruby>は、<ruby>二次災害<rt>にじさいがい</rt></ruby>を<ruby>引<rt>ひ</rt></ruby>き<ruby>起<rt>お</rt></ruby>こしかねないものであり、<ruby>1日<rt>いちにち</rt></ruby>も<ruby>早<rt>はや</rt></ruby>く<ruby>対策<rt>たいさく</rt></ruby>を<ruby>練<rt>ね</rt></ruby>り<ruby>出<rt>だ</rt></ruby>さなくてはならない。」（這次的水災有可能會引起二次災害，一定要盡早想出對策。）

歷屆試題 155

（　）あの人なら悪いことを＿＿＿＿＿。　　　　　　　➡ 101年導遊人員日語
　　　①やりまい　　　②やろう　　　③やりできない　　④やりかねない

▶▶ 老師講解

　　「～かねない」屬於複合動詞句型，因此連接方式是「ます形＋かねない」。此外，「まい」前面若是第一類動詞，應用辭書形連接；「やろう」是意向形，不能直接用來描述他人的行為；「できない」則無法構成複合動詞，因此要排除前三個選

項。正確答案為選項④，構成的句子是「あの人なら悪いことをやりかねない。」（如果是那個人，有可能會做壞事。）

歴屆試題 **156**

（ ）座視すれば国際問題に＿＿＿＿＿かねない。　　　　➡ 103年領隊人員日語

　　　① なら　　　　　② なり　　　　　③ なる　　　　　④ なれ

▶▶ 老師講解

　　「～かねない」為複合動詞用法，因此這類的題目只要找出動詞ます形就可以了。正確答案為選項②，構成的句子是「座視すれば国際問題になりかねない。」（如果坐視不管，有可能會成為國際問題。）

歴屆試題 **157**

（ ）緊張のため、食べ物がのどを通らない日が続いたが、このままでは病気になり＿＿＿＿＿。　　　　➡ 104年領隊人員日語

　　　① かねない　　　② かねる　　　　③ きれる　　　　④ きれない

▶▶ 老師講解

　　「～かねない」是「有可能」、「～かねる」是「難以～」，這樣記的話，一瞬間就能找到答案了吧！正確答案為選項①，構成的句子是「緊張のため、食べ物がのどを通らない日が続いたが、このままでは病気になりかねない。」（因為緊張，所以好幾天食不下嚥，再這樣下去有可能會生病。）

歴屆試題 **158**

（ ）台風シーズンには、台風が停滞して1週間ずっと移動できないということにも＿＿＿＿＿。　　　　➡ 104年導遊人員日語

　　　① ならないではいられない　　　② ならざるをえない

　　　③ なりえない　　　　　　　　　④ なりかねない

▶▶ 老師講解

　　「～ないではいられない」是「不得不～」；「～ざるをえない」是「不得已～」；「～えない」是「不能～」；「～かねない」是「有可能～」，最符合句意的

是「〜かねない」。正確答案為選項④，構成的句子是「台風シーズンには、台風が停滞して１週間ずっと移動できないということにもなりかねない。」（颱風季的時候，也有可能會因為颱風停滯，一個星期無法移動。）

▌ 題庫061　〜たて

説明　「たて」放在動詞ます形之後會構成複合名詞，表示某個動作剛完成，中文常説成「剛〜」。

歷屆試題 159

（　）炊き＿＿＿＿＿のご飯ほどおいしいものはない。　　　　　➡ 103年導遊人員日語

①　すぎ　　　　②　あげ　　　　③　たて　　　　④　かけ

▶ 老師講解

「たて」通常會用在烹飪上，例如剛煮好的飯、剛烤好的麵包是最常見的。正確答案為選項③，構成的句子是「炊きたてのご飯ほどおいしいものはない。」（沒有剛煮好的飯那麼好吃的東西了。）

▌ 題庫062　〜やすい

説明　「やすい」放在動詞ます形之後會構成複合形容詞，表示某個動作做起來很輕鬆或是很容易發生，中文常説成「容易〜」。

歷屆試題 160

（　）台湾は湿度が高くて、夏場はかなり蒸し暑くなり、かびなども＿＿＿＿＿から、長期滞在の予定なら、除湿機などの対策が必要かと思う。　　➡ 98年導遊人員日語

①　生えにくい　　②　生きやすい　　③　生きにくい　　④　生えやすい

▶ 老師講解

這一題要先區分出「生える」和「生きる」的不同。「生える」是生長，例如長牙、長草；「生きる」是活著。接下來要了解「かび」是黴菌，所以要用「生える」。最後則是「〜やすい」是「容易〜」、「〜にくい」是「不容易〜」。正確答案為選項④，構成的句子是「台湾は湿度が高くて、夏場はかなり蒸し暑くなり、かびなども生えやすいから、長期滞在の予定なら、除湿機などの対策が必要かと思

う。」（臺灣濕度很高，夏天會變得非常悶熱，很容易發霉，所以如果是長期停留的話，我覺得除濕機等等設備是必要的吧！）

▌題庫063　～にくい

説明　「にくい」放在動詞ます形之後會構成複合形容詞，表示某個動作做起來不輕鬆或是不容易發生，中文常説成「不容易～」。

歷屆試題 161

（　）火事のとき、燃え＿＿＿＿＿＿カーテンがいいです。　　　　➡ 99年導遊人員日語
　　　① づらい　　　　② にくい　　　　③ がたい　　　　④ むずかしい

▶▶ 老師講解

　　「～づらい」、「～がたい」、「～にくい」都有「難以～」的意思，簡單區分的話，差別在於「～づらい」表達心中感到困難、「～がたい」表達不容易做到、「～にくい」表達不容易發生。正確答案為選項②，構成的句子是「火事のとき、燃えにくいカーテンがいいです。」（火災時，要不易燃的窗簾才好。）

▌題庫064　～がたい

説明　「がたい」放在動詞ます形之後會構成複合形容詞，表示某個動作不容易做到，中文常説成「難以～」。

歷屆試題 162

（　）夕べ夜市でおいしいとは＿＿＿＿＿＿キウイジュースを飲んだ。　➡ 97年導遊人員日語
　　　① 言わかたい　　② 言いかたい　　③ 言わがたい　　④ 言いがたい

▶▶ 老師講解

　　「～がたい」這個句型的字源是「難い」，第一個音節本來沒有濁音，但是成為句型「～がたい」之後就都音變成「が」了，接下來只要找出前面是動詞ます形的選項就可以了。正確答案為選項④，構成的句子是「夕べ夜市でおいしいとは言いがたいキウイジュースを飲んだ。」（昨晚在夜市喝了不能説是好喝的奇異果汁。）

▎題庫065 〜み

説明 將某些形容詞的語幹加上「み」，就能將形容詞名詞化。

歷屆試題 163

（ ）沢を歩く時は、急な深＿＿＿＿＿にはまらないよう、ゆっくり進んでください。

➡ 96年導遊人員日語

① さ ② み ③ き ④ め

▶ 老師講解

　　「さ」和「み」是形容詞名詞化的兩個語尾，「さ」通常表達的是物理上的特質，例如「深さ」指的是「深度」；「み」則是具有真正將形容詞轉為名詞的功能，例如「深み」應該說成「深處」。正確答案為選項②，構成的句子是「沢を歩く時は、急な深みにはまらないよう、ゆっくり進んでください。」（走在沼澤時，為了不要陷入驟深處，請慢慢前進！）

▎題庫066 〜という（1）

説明 「という」出現在兩個名詞之間時，常用來表達「叫做〜」、「稱為〜」。

歷屆試題 164

（ ）「ホスピタリティ精神」＿＿＿＿＿言葉を知っていますか。 ➡ 95年導遊人員日語

① という ② との ③ のいう ④ がいう

▶ 老師講解

　　「という」裡的「と」是表示內容的助詞，「いう」則是「言う」這個字，因此可以翻譯為「叫做〜」、「稱為〜」，不過有時候翻譯為「〜這個」會比較貼切喔！正確答案為選項①，構成的句子是「『ホスピタリティ精神』という言葉を知っていますか。」（你知道「服務精神」這個字嗎？）

▌題庫067 ～という（2）

説明　當「という」出現在兩個相同的名詞之間，用來表示所有的該物。例如「AというA」就是「所有的A」。

歷屆試題 165

（　）かみなりが落ちて、工場の中の機械　　　　　機械がすべて止まってしまった。

➡ 104年領隊人員日語

　　①いわば　　　　　②いわゆる　　　　③という　　　　④といった

▶▶ 老師講解

　　把「という」前後都加上「機械（き かい）」，直譯的話是「叫做機器的機器」，其實要表達的就是「所有的機器」。正確答案為選項③，構成的句子是「かみなりが落（お）ちて、工場（こうじょう）の中（なか）の機械（き かい）という機械（き かい）がすべて止（と）まってしまった。」（打雷，工廠裡所有的機器全都都停了。）

▌題庫068 ～というのは

説明　把「という」後面的名詞用「の」代替，構成「～というのは」之後，用於解釋字詞，常説成「所謂的～」。

歷屆試題 166

（　）紅葉狩りというのは、野山へ紅葉を見に　　　　　。　　➡ 96年領隊人員日語
　　①行くことです　　　　　　　　②行きます
　　③行こうことです　　　　　　　④行けます

▶▶ 老師講解

　　前面的「～というのは」告訴我們這不是動作句，而是用來解釋字詞，因此後面必須以「～ことです」結束才恰當，正確答案為選項①。構成的句子是「紅葉狩（もみじ が）りというのは、野山（の やま）へ紅葉（こうよう）を見（み）に行（い）くことです。」（所謂的賞楓，就是去山裡看楓葉。）

題庫069　～あっての

説明　「あっての」也是會出現在兩個名詞之間的句型，「あって」源自於動詞「ある」，這個句型用來表示「有～才有～」。

歷屆試題 167

（　）ビジネスにおいては、まず、お客さん ＿＿＿＿＿ 営業であることを忘れてはならない。

⟹ 104年領隊人員日語

　①あっての　　　②に先立ち　　　③ながらの　　　④に伴い

▶▶ 老師講解

　　「あっての」的判斷關鍵在於必須出現在兩個名詞之間，而這一題的四個選項也只有「あっての」符合這個用法。正確答案為選項①，構成的句子是「ビジネスにおいては、まず、お客さんあっての営業であることを忘れてはならない。」（做生意首先不能忘記有客人才有業務這件事。）

題庫070　～ならでは

説明　「ならでは」裡的「なら」是表示前提的假定「なら」，這個句型用來表示「只有～（才有的）」

歷屆試題 168

（　）季節ごとの玉山の美しい風景はこの土地 ＿＿＿＿＿ 見られない。

⟹ 97年領隊人員日語

　　①ならでは　　　②だけでは　　　③ばかりでは　　　④まででは

▶▶ 老師講解

　　「ならでは」後面的動詞會是否定語尾，但意思上卻用來表示「只有在某個地方才辦得到的」，這就是為何不能使用「だけ」來表達。正確答案為選項①，構成的句子是「季節ごとの玉山の美しい風景はこの土地ならでは見られない。」（玉山四季的美景是只有這個地方才看得到的。）

歷屆試題 169

（　）台湾はあらゆる種類の中華料理を味わえるグルメの王国。なかでも台湾＿＿＿＿＿＿＿の屋台の食べ歩きはどこでも楽しめる。

➠ 103年導遊人員日語

　　① だけでの　　　　② とあって　　　　③ にとって　　　　④ ならでは

▶▶ **老師講解**

　　「ならでは」後面的動詞否定常會省略，而直接加上「の」。因為在這個句型之下，這個動詞是可想而知的，例如這一題省略的一定是「食べられない」。正確答案為選項④，構成的句子是「台湾はあらゆる種類の中華料理を味わえるグルメの王国。なかでも台湾ならではの屋台の食べ歩きはどこでも楽しめる。」（臺灣是可以吃到各式中華料理的美食王國。而且不管在哪裡，都能享受只有臺灣才有的路邊攤邊走邊吃的樂趣。）

歷屆試題 170

（　）伝統の技を守り続ける古いお店が多く残っているのは京都＿＿＿＿＿＿のことです。

➠ 104年領隊人員日語

　　① ならでは　　　　② といえども　　　　③ ともなると　　　　④ なりとも

▶▶ **老師講解**

　　「ならでは」不只可以用「の」代替後面的動詞，後面要修飾的名詞也可直接用「こと」表達。正確答案為選項①，構成的句子是「伝統の技を守り続ける古いお店が多く残っているのは京都ならではのことです。」（留有很多持續守護傳統技藝的老店，這是京都才有的。）

┌───┐
│ **▎題庫071　～べからざる**

　説明　「べからざる」和「べからず」意思相同，都是「不可以」。差別在於「べからず」用於句尾，「べからざる」則用來修飾名詞。
└───┘

（　）林君のような立派な若者こそ、わがチームにとって欠く＿＿＿＿人材なのだ。

➡ 99年導遊人員日語

　① にあたらない　② わけがない　　　③ までもない　　④ べからざる

▶▶ **老師講解**

　　「にあたらない」和「までもない」都常翻譯為「不需要」；「わけがない」則是「不可能」，因此表示「不可以」的「べからざる」最恰當。正確答案為選項④，構成的句子是「林君のような立派な若者こそ、わがチームにとって欠くべからざる人材なのだ。」（像林先生這樣優秀的年輕人才是我們團隊不可或缺的人才。）

第二單元

動詞句型

▌題庫072　～て（1）

説明　助詞「で」可以表示原因理由，因此動詞て形也能表達原因理由。此時的原因會是較自然、非人為的事情，一般中文可以不用特別翻譯出來。

歷屆試題 172

（　）かぜを引いて、＿＿＿＿＿＿。　　　　　　　　　　　➡ 102年領隊人員日語

　　　① 学校を休もう　　　　　　　　　　② 薬を飲んでください

　　　③ 学校を休め　　　　　　　　　　　④ 学校を休んだ

▶▶ 老師講解

　　動詞て形表示的原因是非人為的，所以句尾也不能有「人為」，因此無論是意向形、命令形或是請託用法等帶有說話者意志的句型都不可以。句尾出現過去式則很恰當，因為都已經發生了，所以當然不帶意志。正確答案為選項④，構成的句子是「かぜを引いて、学校を休んだ。」（感冒，沒去上課。）

▌題庫073　～て（2）

説明　動詞て形最常見的用法是用來表示順序，此時前後兩個行為必須是同一個人的意志動作，翻譯時可以說成「然後」，也可以不特別翻譯出來。

歷屆試題 173

（　）ネクタイを＿＿＿＿＿パーティーに出席します。　　　➡ 93年領隊人員日語

　　　① しながら　　　② して　　　　③ すると　　　④ したり

▶▶ 老師講解

　　「ネクタイをする」和「パーティーに出席する」這兩個行為明顯存在先後關係，所以使用表示順序的形最恰當。正確答案為選項②，構成的句子是「ネクタイをしてパーティーに出席します。」（打上領帶參加宴會。）

題庫074 ～ないで

説明 「～ないで」可視為動詞形的て形之一，既然「～て」可以表示順序，「～ないで」也能表示順序，只是此時的「順序」指的是「不～然後～」或是「不做～而做～」。

歷屆試題 174

( ) 朝ごはんを＿＿＿＿＿来ましたから、おなかがすきました。　　→ 93年領隊人員日語

① 食べて　　　　② 食べながら　　　③ 食べなくて　　④ 食べないで

▶▶ 老師講解

後面出現了「肚子餓」，所以前面的早餐應該沒有吃，要選表示否定的「食べないで」才恰當。正確答案為選項④，構成的句子是「朝ごはんを食べないで来ましたから、おなかがすきました。」（沒吃早餐就來了，所以肚子很餓。）

歷屆試題 175

( ) 私は紹興酒に氷砂糖を入れ＿＿＿＿＿飲む。　　→ 95年領隊人員日語

① なく　　　　② なくて　　　　③ ないて　　　④ ないで

▶▶ 老師講解

「加糖喝」、「不加糖喝」這都是順序的表達，既然確定是順序，就要使用「～ないで」。正確答案為選項④，構成的句子是「私は紹興酒に氷砂糖を入れないで飲む。」（我紹興酒都不加冰糖喝。）

歷屆試題 176

( ) わたしはうちへ＿＿＿＿＿寮でお正月を過ごしたんだ。　　→ 96年領隊人員日語

① 帰らなくて　　　　　　　　② 帰らなかったで

③ 帰っていなかったで　　　　④ 帰らないで

▶▶ 老師講解

各位應該已經發現，考「～ないで」時，選項中都會有「～なくて」。這是因為動詞ない形的て形有「～ないで」和「～なくて」兩種，「～ないで」表示順序、「～なくて」表示因果關係。不過實際測驗時，幾乎都是以測驗「順序」為主。正確

答案為選項④，構成的句子是「わたしはうちへ帰<ruby>帰<rt>かえ</rt></ruby>らないで寮<ruby>寮<rt>りょう</rt></ruby>でお正月<ruby>正月<rt>しょうがつ</rt></ruby>を過<ruby>過<rt>す</rt></ruby>ごしたんだ。」（我沒有回家，在宿舍過年。）

歷屆試題 **177**

（　）迷子になると大変だから、単独行動＿＿＿＿＿、必ず誰かと一緒に行動してください。

⟹ 99年導遊人員日語

　　① しないで　　　② しなくて　　　③ してなくて　　④ していらないで

▶▶ 老師講解

　　這一題的選項中還是同時存在「～ないで」和「～なくて」，請優先考慮表示順序的「～ないで」。正確答案為選項①，構成的句子是「迷子<ruby>迷子<rt>まいご</rt></ruby>になると大変<ruby>大変<rt>たいへん</rt></ruby>だから、単独行動<ruby>単独行動<rt>たんどくこうどう</rt></ruby>しないで、必<ruby>必<rt>かなら</rt></ruby>ず誰<ruby>誰<rt>だれ</rt></ruby>かと一緒<ruby>一緒<rt>いっしょ</rt></ruby>に行動<ruby>行動<rt>こうどう</rt></ruby>してください。」（要是迷路就糟了，所以請不要單獨行動，請一定要結伴同行！）

▎ 題庫075　～ずに

説明　「～ずに」是「～ないで」的古語用法，變化時原則上只要將語尾的「ないで」改成「ずに」就好了。不過例外的是「しないで」要變成「せずに」。

歷屆試題 **178**

（　）努力も＿＿＿＿＿ずに成功しようとは虫がよすぎる。

⟹ 93年領隊人員日語

　　① せ　　　　　② し　　　　　　③ さ　　　　　　④ す

▶▶ 老師講解

　　空格後面已經出現了「ずに」，這一題明顯要測驗的是考生會不會「する」變成「～ずに」時的特殊變化規則。正確答案為選項①，構成的句子是「努力<ruby>努力<rt>どりょく</rt></ruby>もせずに成功<ruby>成功<rt>せい</rt></ruby>しようとは虫<ruby>虫<rt>むし</rt></ruby>がよすぎる。」（居然完全不努力還想要成功，真是太不要臉了。）

題庫076 ～と

説明 常體句子之後加上「と」，可以用來表示必然的結果，常翻譯為「一～就～」。

歷屆試題 179

（ ）この写真を＿＿＿＿＿日本へ旅行に行ったことを思い出す。　　➡ 93年導遊人員日語

　　① 見ようとし　　② 見たところ　　③ 見るには　　④ 見ると

▶▶ 老師講解

　　「～と」用來表示必然的結果，在這一題裡，的確是要表達「見る」和「思い出す」的必然性。正確答案為選項④，構成的句子是「この写真を見ると日本へ旅行に行ったことを思い出す。」（一看到這張照片，就會想到去日本旅遊的事。）

歷屆試題 180

（ ）国境の長いトンネルを抜ける＿＿＿＿＿雪国であった。　　➡ 97年領隊人員日語

　　① と　　　　　② なら　　　　③ ので　　　　④ から

▶▶ 老師講解

　　這個句子應該是川端康成的《雪國》裡的第一句話，一定會發生、一定會出現的事情，就是所謂的「必然的結果」。正確答案為選項①，構成的句子是「国境の長いトンネルを抜けると雪国であった。」（通過穿越國界的長長的隧道，就是雪國。）

題庫077 ～たら

説明 「～たら」是最常見的假定句型，連接時是將前面的句子變成常體的過去形再加上「ら」，常翻譯為「～的話」。

歷屆試題 181

（ ）バリ島へ＿＿＿＿＿、ダンスが見たいです。　　➡ 93年領隊人員日語

　　① 行ったら　　② 行けば　　　③ 行くと　　　④ 行っては

　　句尾出現表示願望的「～たい」時，原則上就不能使用「～ば」或是「～と」，只能使用「～たら」。正確答案為選項①，構成的句子是「バリ島へ行ったら、ダンスが見たいです。」（去峇里島的話，我想觀賞舞蹈。）

歷屆試題 182

（　）旅行先は、＿＿＿＿＿すぐご連絡いたします。　　　　　➡ 95年導遊人員日語

　　　① 決まったら　　② 決まって　　　　③ 決まると　　　④ 決まるなら

▶▶ 老師講解

　　「～たら」和「～なら」的差異在時間的先後，「～たら」前後行為的時間關係是「先後」；「～なら」表示前提，所以前後行為的時間是「後先」。正確答案為選項①，構成的句子是「旅行先は、決まったらすぐご連絡いたします。」（旅遊地點確認之後立刻會跟您聯絡。）

歷屆試題 183

（　）買いに行くのが＿＿＿＿＿、ネットでも買えるよ。　　　　➡ 97年導遊人員日語

　　　① 嫌だら　　　② 嫌のなら　　　③ 嫌かったら　　④ 嫌だったら

▶▶ 老師講解

　　這一題測驗的是假定相關用法的連接方式，「嫌」是ナ形容詞，若要接「～たら」，要成為「嫌だったら」；若要接「～なら」，則是「嫌なら」。正確答案為選項④，構成的句子是「買いに行くのが嫌だったら、ネットでも買えるよ。」（不喜歡出門去買的話，網路上也買得到喔！）

歷屆試題 184

（　）もし、自分のまちがいに＿＿＿＿＿、すぐにあやまるべきです。

　　　　　　　　　　　　　　　　　　　　　　　　　　　　➡ 98年領隊人員日語

　　　① 気づいたら　　② 気づいて　　　③ 気づいても　　④ 気に入ったら

▶▶ 老師講解

　　「～たら」的逆態用法是「～ても」，所以要從前後文來判斷，是要用假定表達「～的話」，還是要用逆態假定表達「就算～的話」。正確答案為選項①，構成的句子是「もし、自分のまちがいに気づいたら、すぐにあやまるべきです。」（如果發現是自己的錯的話，應該立刻道歉！）

歴屆試題 **185**

（　）台南に＿＿＿＿＿＿すぐ帰りのチケットを買ってくださいね。　　▶ 99年導遊人員日語

　　　①つくとき　　　②つくと　　　　　③ついたら　　　④つく場合

▶▶ 老師講解

　　這一題的測驗重點在於「～と」和「～たら」的判斷，句尾出現帶有說話者的意志的請託句型「～てください」，不能夠使用「～と」。正確答案為選項③，構成的句子是「台南についたらすぐ帰りのチケットを買ってくださいね。」（到了臺南之後，請立刻買回程票喔！）

歴屆試題 **186**

（　）新しいMRTが＿＿＿＿＿＿、また遊びに来てください。　　▶ 103年導遊人員日語

　　　①できるとき　　②できては　　　　③できるなら　　④できたら

▶▶ 老師講解

　　這一題的測驗重點在於「～たら」和「～なら」的判斷，就時間關係來看，「捷運通車」應該在「來玩」之前發生，所以時間關係為「先後」。正確答案為選項④，構成的句子是「新しいＭＲＴができたら、また遊びに来てください。」（新捷運通車之後，請再來玩！）

▌ **題庫078　～ば**

説明　「～ば」是最基本的假定形，重點在表達前後的邏輯、因果上的關係，中
　　　文常說成「如果～的話」。

（　）彼の言っていることが真実　　　　　　、それは大変な発見だ。　➡ 103年領隊人員日語

　　① では　　　　　② であれ　　　　　③ であり　　　　　④ であれば

▶▶ 老師講解

　　「～ば」的功能就是「假設」，所以常常用於推理、用來表示兩者的邏輯關係。正確答案為選項④，構成的句子是「彼の言っていることが真実<ruby>であれば<rt></rt></ruby>、それは大変な発見だ。」（如果他說的是真的，那就是個重大的發現。）

■ **題庫079　～なら**

説明　「～なら」是帶有前提的假定，常翻譯為「如果要～的話」。若前後都是動作性動詞時，後面的動作會先發生。

（　）もう一度その国へ　　　　　　前と違った季節に行ってみたい。　➡ 93年導遊人員日語

　　① 行ったら　　　② 行くと　　　　③ 行けば　　　　④ 行くなら

▶▶ 老師講解

　　當「～と」、「～ば」、「～たら」、「～なら」這四個假定用法都出現時，答案通常是「～なら」，因為「～なら」的時間關係和其他三個假定用法相反。正確答案為選項④，構成的句子是「もう一度その国へ<ruby>行くなら<rt></rt></ruby>前と違った季節に行ってみたい。」（如果要再去一次那個國家的話，我想在和之前不同的季節去。）

（　）洋服を　　　　　　、隣の店のほうがいいよ。　➡ 95年領隊人員日語

　　① 買ったら　　　② 買えば　　　　③ 買うなら　　　④ 買うと

▶▶ 老師講解

　　四個假定用法都出現了，答案應該就是「～なら」。除了時間關係的特殊性，「～なら」的「前提」也是判斷的重點。正確答案為選項③，構成的句子是「洋服を<ruby>買うなら<rt></rt></ruby>、隣の店のほうがいいよ。」（如果要買西服的話，隔壁那家店比較好喔！）

歷屆試題 190

（　）Ａ：歴史の本をちょっと読みたい。どれがいいかな。　　➡ 95年導遊人員日語

　　　Ｂ：＿＿＿＿＿、これがいいよ。

　　① 読むと　　　　② 読んだら　　　　③ 読めば　　　　④ 読むなら

▶▶ **老師講解**

　　這一題還是四個假定用法都出現了，而且對話是一問一答，所以有很明確的「前提」，當然還是要用「〜なら」。正確答案為選項④，構成的句子是「『歴史の本をちょっと読みたい。どれがいいかな。』『読むなら、これがいいよ。』」（「我想看點歷史書。不知道哪本好呀！」「要看的話，這本很不錯喔！」）

歷屆試題 191

（　）一冊全部読む時間が＿＿＿＿＿、せめて前半だけでも目を通してほしかった。

　　　　　　　　　　　　　　　　　　　　　　　　　➡ 102年導遊人員日語

　　　① なくては　　　② ないなら　　　③ ないと　　　④ ないが

▶▶ **老師講解**

　　這一題有點難度，不能用逆態接續「〜が」是因為前後句的時態無法配合；不能使用「〜と」是因為後面有「〜てほしい」這類表示意志的句型。最適合的是「〜なら」，用來表示前提。正確答案為選項②，構成的句子是「一冊全部読む時間がないなら、せめて前半だけでも目を通してほしかった。」（如果沒時間讀完整本，本來希望你至少看一下前半部。）

歷屆試題 192

（　）Ａ：今度の休みに山へ行くつもりです。　　➡ 103年領隊人員日語

　　　Ｂ：山へ＿＿＿＿＿、必ずレインコートを持っていきなさい。

　　① 行くと　　　　②行けば　　　　③行ったら　　　　④行くなら

▶▶ **老師講解**

　　四個假定用法都在選項中出現，而且又是對話句，當然要用「〜なら」。正確答案為選項④，構成的句子是「『今度の休みに山へ行くつもりです。』『山へ行くな

ら、必ずレインコートを持っていきなさい。』」（「這次休假打算去爬山。」「要去爬山的話，一定要帶雨衣去！」）

▌ 題庫080　～（ら）れる（1）

説明　「～（ら）れる」是動詞被動形語尾，原本主動句的主詞，在變成被動句之後，會成為句子裡的對象，後面的助詞要變成「に」，此時成為最基本的被動句，常稱為「一般被動」。

歷屆試題 193

（　）この童謡は昔から、人々に＿＿＿＿＿＿＿。　　　⮕ 94年導遊人員日語

　　① 親んだ　　　　　　　　　　② 親んでいる

　　③ 親しまれている　　　　　　④ 親しめる

▶▶ **老師講解**

　　「人々」的行為本來是「親しむ」，但是句子裡「人々」後面的助詞是「に」，動詞就必須變成被動「親しまれる」。正確答案為選項③，構成的句子是「この童謡は昔から、人々に親しまれている。」（這首童謠從以前大家就很熟悉。）

歷屆試題 194

（　）もともと行くつもりはなかったんですが、陳さんに＿＿＿＿＿行ったんです。

⮕ 94年導遊人員日語

　　① 誘って　　　　② 誘われて　　　　③ 誘れて　　　　④ 誘おう

▶▶ **老師講解**

　　這個句子的主詞是說話者自己，而「陳さん」後面已經有「に」，因此動詞應該要用被動。正確答案為選項②，構成的句子是「もともと行くつもりはなかったんですが、陳さんに誘われて行ったんです。」（原本沒有打算要去，但是受到陳先生的邀約就去了。）

歷屆試題 195

（　）集合時間に遅れたので、ガイドに＿＿＿＿＿。　　⮕ 98年導遊人員日語

　　① 注意した　　　② 注意される　　　③ 注意された　　　④ 注意する

▶▶ 老師講解

　　「ガイド」原本是「注意する」的行為者，但後面已經出現助詞「に」，動詞就應該變成被動。此外，最後不要忘記分辨應使用哪種時態。正確答案為選項③，構成的句子是「集合時間に遅れたので、ガイドに注意された。」（集合遲到，被導遊提醒了。）

歷屆試題 196

（　）温暖な海＿＿＿＿＿囲まれた台湾では、どこへ行っても新鮮な魚介類が楽しめる。

➡ 100年導遊人員日語

①で　　　　②に　　　　③へ　　　　④を

▶▶ 老師講解

　　「囲まれる」是「囲む」的被動形，因此「海」要加的助詞是「に」。正確答案為選項②，構成的句子是「温暖な海に囲まれた台湾では、どこへ行っても新鮮な魚介類が楽しめる。」（在被溫暖的海洋包圍的臺灣，不管去哪裡都能享受新鮮的魚貝類。）

歷屆試題 197

（　）彼は上司＿＿＿＿＿さんざん怒られた。　　➡ 101年領隊人員日語

①より　　　②により　　　③に　　　　④で

▶▶ 老師講解

　　「彼」是主詞，動詞是被動，「上司」後面當然要加上「に」。正確答案為選項③，構成的句子是「彼は上司にさんざん怒られた。」（他被上司罵得很慘。）

歷屆試題 198

（　）あの2人は大きい声でけんかして、隣の人に＿＿＿＿＿しまいました。

➡ 103年領隊人員日語

① 聞こえさせて　② 聞かれて　　　③聞かされて　　④聞いて

— 103 —

老師講解

「隣の人」後面的助詞是「に」，因此填入的動詞必須是被動形。正確答案為選項②，構成的句子是「あの2人は大きい声でけんかして、隣の人に聞かれてしまいました。」（那兩個人大聲吵架，被隔壁的人聽到了。）

題庫081 ～（ら）れる（2）

説明 當他人的行為造成自己的身體部位受傷或是物品損傷時，構成的就是所有物被動句。所有物被動的重點在於主詞是受害者、對象是加害者、受詞則是受害部位。

歷屆試題 199

（ ）A：「実は、昨夜パーティーで黒いスーツを＿＿＿＿しまったんです。」

B：「じゃ、急いでクリーニングに出した方がいいですね。」 ➡ 93年導遊人員日語

① 汚されて　　② 汚れて　　③ 汚染　　④ 汚点

老師講解

「スーツ」後面出現了表示受詞的助詞「を」，因此動詞必須選擇他動詞「汚す」變成的被動形「汚される」。正確答案為選項①，構成的句子是「『実は、昨夜パーティーで黒いスーツを汚されてしまったんです。』『じゃ、急いでクリーニングに出した方がいいですね。』」（「其實，在昨天的宴會上黑西裝被弄髒了。」「那麼，趕快送洗比較好呀！」）

歷屆試題 200

（ ）金さんは洋子さんにめがねを＿＿＿＿困っている。 ➡ 96年領隊人員日語

① 無くさせて　　② 無くして　　③ 無くせて　　④ 無くされて

老師講解

他動詞「無くす」的意思是「弄丟」，不需要對象。但是句子裡出現了對象「洋子さん」，所以動詞要變成被動形「無くされる」（被弄丟）才合理。正確答案為選項④，構成的句子是「金さんは洋子さんにめがねを無くされて困っている。」（金先生被洋子小姐弄丟了眼鏡很傷腦筋。）

▌題庫082　～（ら）れる（3）

無生物主語被動

説明　如果將行為者省略，原本的受詞會成為被動句的主詞，此時就構成無生物主語被動，又可稱為「以物為主詞的被動」。主要用來表達和自己無直接關係的社會事實。

歷屆試題 201

（　）客：宿泊料には朝食が＿＿＿＿か。　　　　　　　　　　➡ 95年導遊人員日語

　① 含まれています　　　　　　　　② 含みます

　③ 含ませます　　　　　　　　　　④ 含めます

▶▶ 老師講解

　　「朝食（ちょうしょく）」後面的助詞是「が」，所以必須將他動詞「含む（ふく）」變成被動形「含（ふく）まれる」。正確答案為選項①，構成的句子是「宿泊料（しゅくはくりょう）には朝食（ちょうしょく）が含（ふく）まれていますか。」（住宿費用含早餐嗎？）

歷屆試題 202

（　）台湾では、2009年から煙害防止法を実施し、電車内、レストラン、ホテル客室など、屋内での喫煙が制限＿＿＿＿。　　　➡ 99年導遊人員日語

　① する　　　　② している　　　　③ される　　　　④ されている

▶▶ 老師講解

　　「喫煙（きつえん）」後面的助詞是「が」，是句子的主詞，因此後面的動詞必須是被動形。此外，因為描述的是既定事實，所以語尾使用「～ている」才恰當。正確答案為選項④，構成的句子是「台湾（たいわん）では、200９年（にせんきゅうねん）から煙害防止法（えんがいぼうしほう）を実施（じっし）し、電車内（でんしゃない）、レストラン、ホテル客室（きゃくしつ）など、屋内（おくない）での喫煙（きつえん）が制限（せいげん）されている。」（在臺灣，從二〇〇九年開始實施菸害防治法，電車裡、餐廳、飯店客房等等室內吸菸都受到限制。）

歷屆試題 203

（　）この古い建物が改築の危機に＿＿＿＿ています。　　　➡ 101年導遊人員日語

　① さらし　　　② さらり　　　③ さらさせ　　　④ さらされ

▶ 老師講解

　　這一題從「建物が」這個結構可以判斷後面應該出現的是被動形，但是哪一個選項才會是被動形呢？動詞被動形的語尾一般記成「～（ら）れる」，如果是第一類動詞的話，會先出現一個a段音再出現「れる」。接下來只要找出哪一個選項符合此規則，就算不懂單字也能輕鬆找出答案。正確答案為選項④，構成的句子是「この古い建物が改築の危機にさらされています。」（這棟舊建築面臨了改建的危機。）

歷屆試題 **204**

（　）台湾では大晦日に各地で恒例のカウントダウンイベントが＿＿＿＿＿、各会場で人気歌手がライブを展開、各テレビ局が生中継しました。　　➡ 103年導遊人員日語

　　① 行い　　　　　　② 行われ　　　　　③ 実行され　　　　④ 進行し

▶ 老師講解

　　「カウントダウンイベント」後面有「が」，所以應該從選項中找出被動形。「行われる」和「実行される」都是被動，但是「行われる」才能表達「（被）舉行」。正確答案為選項②，構成的句子是「台湾では大晦日に各地で恒例のカウントダウンイベントが行われ、各会場で人気歌手がライブを展開、各テレビ局が生中継しました。」（在臺灣，除夕各地都會舉行例行的跨年晚會，每個會場都會有人氣歌手現場演出，每家電視台都會實況轉播。）

▌ 題庫083　～（ら）れる（4）

説明　日文有個很大的特色，就是自動詞也能構成被動句，這個時候稱為「自動詞被動句」。此時用來表示某個原本和自己無關的他人的行為，造成了自己的受害，原本自動詞的主詞在被動句裡會成為加害者。

歷屆試題 **205**

（　）にわか雨に＿＿＿＿＿、髪の毛も洋服もびしょ濡れだった。　　➡ 94年領隊人員日語

　　① 降れば　　　　② 降るが　　　　　③ 降られて　　　　④ 降ったから

▶▶ 老師講解

　　「雨が降る」形成的被動句是最常見的自動詞被動句，這一題裡的「雨」後面的助詞是「に」，所以要加上的是被動形「降られる」。正確答案為選項③，構成的句子是「にわか雨に降られて、髪の毛も洋服もびしょ濡れだった。」（被突來的大雨淋得頭髮和衣服都濕答答的。）

歷屆試題 206

（　）好きな人に結婚＿＿＿＿＿＿＿、彼は今とても悲しがっています。　➡ 95年領隊人員日語
　　　① させてしまって　　　　　　　② されてしまって
　　　③ させられてしまって　　　　　④ させてもらって

▶▶ 老師講解

　　結婚的是喜歡的人，但新郎不是自己，從「好きな人に」這個結構就要判斷出「結婚」的語尾動詞應該是「される」。正確答案為選項②，構成的句子是「好きな人に結婚されてしまって、彼は今とても悲しがっています。」（喜歡的人結婚了，他現在感到非常悲傷。）

歷屆試題 207

（　）あれほど念を押したにもかかわらず、お客さんに1時間も遅れて＿＿＿＿＿＿＿、
　　　スケジュールが大幅に狂ってしまった。　➡ 96年導遊人員日語
　　　① 来れて　　　② 来られて　　　③ 来らされて　　　④ 来さされて

▶▶ 老師講解

　　「お客さん」本來應該是「来る」的主詞，但是後面的助詞是「に」，所以動詞要變成「来られる」。正確答案為選項②，構成的句子是「あれほど念を押したにもかかわらず、お客さんに1時間も遅れて来られて、スケジュールが大幅に狂ってしまった。」（儘管那樣地提醒了，客人還是晚來了有一個小時，行程大幅延誤。）

歷屆試題 208

（　）毎晩子供に＿＿＿＿＿＿＿。　➡ 101年導遊人員日語
　　　① 泣いている　　② 泣きました　　③ 泣かれている　　④ 泣かせている

哭的應該是小孩，為了表達小孩哭讓說話者感到很困擾，就會用被動表達這句話。關鍵的判斷，當然還是在「子供」後面出現了助詞「に」。正確答案為選項③，構成的句子是「毎晩子供に泣かれている。」（每天晚上被小孩哭得受不了。）

歷屆試題 209

（　）今日試験があるのに、昨日友達＿＿＿＿＿＿全然勉強ができませんでした。

➡ 103年領隊人員日語

　　①に来られて　　　　　　　　　②が来てくれて
　　③に来させられて　　　　　　　④が来ていただいて

▶▶ 老師講解

自動詞被動表達了說話者受害的感覺，授受動詞構成的行為授受表達了說話者的謝意。這一題即使授受用法使用上結構正確，但從句尾的「勉強できない」判斷，還是必須用受害的方式呈現。正確答案為選項①，構成的句子是「今日試験があるのに、昨日友達に来られて全然勉強ができませんでした。」（明明今天有考試，但是昨天朋友來了，害得我完全無法讀書。）

歷屆試題 210

（　）試験の前の晩に友達に遊びに＿＿＿＿＿＿、勉強ができなくなった。

➡ 104年領隊人員日語

　　①来て　　　　②来させて　　　③来てくれて　　④来られて

▶▶ 老師講解

顯然的，「友達が来る」變成的「友達に来られる」是自動詞被動最常出的一題，只要確定「友達」後面加的是「に」就可以了。正確答案為選項④，構成的句子是「試験の前の晩に友達に遊びに来られて、勉強ができなくなった。」（考試前一個晚上朋友來玩，害得我無法讀書。）

題庫084　～（さ）せる（1）

説明　「～（さ）せる」是使役動詞語尾，將自動詞變成使役形就能夠成自動詞使役句。自動詞使役句的重點在於因為是自動詞變成的使役句，所以原本的行為者在使役句裡會變成受詞。

歴屆試題 211

（　）楽しい旅行を実現＿＿＿＿＿ために、事前の綿密な計画は欠かせない。

➡ 94年領隊人員日語

　　① しよう　　　　② させる　　　　③ される　　　　④ させられる

▶ **老師講解**

　　這一題算是自動詞使役句的高難度考題，因此「実現（じつげん）する」是不容易判斷自他性的動詞。即便如此，選項①「しよう」還特別將語尾改成一般不用來修飾名詞的意向形，避免讓考生誤選，老師只能說，題目出得很有人情味。「実現（じつげん）する」很像他動詞，但其實是自動詞。「旅行（りょこう）」本來是「実現（じつげん）する」的主詞，但這裡加上了「を」成為了受詞，表示動詞必須變成使役動詞才可以。正確答案為選項②，構成的句子是「楽（たの）しい旅行（りょこう）を実現（じつげん）させるために、事前（じぜん）の綿密（めんみつ）な計画（けいかく）は欠（か）かせない。」（為了實現開心的旅遊，事前縝密的計畫是不可或缺的。）

歴屆試題 212

（　）先生は健一さんをいちばん前の席に＿＿＿＿＿。

➡ 96年領隊人員日語

　　① すわらせた　　② すわられた　　　③ すわった　　　④ すわれた

▶ **老師講解**

　　這一題簡單多了，「座（すわ）る」是典型的自動詞，自動詞不需要受詞，但句子裡卻出現了「健一（けんいち）さんを」，因此要將這個自動詞變成使役動詞。正確答案為選項①，構成的句子是「先生（せんせい）は健一（けんいち）さんをいちばん前（まえ）の席（せき）にすわらせた。」（老師要健一同學坐到最前面的座位。）

（　）王さんは日本語を習っている15歳の息子を夏休みに一人で日本へ＿＿＿＿＿＿＿。

➡ 96年導遊人員日語

① 行きました　　　　　　　　　② 行かれました
③ 行かされました　　　　　　　④ 行かせました

▶ 老師講解

　　「行<ruby>く<rt>い</rt></ruby>」是典型自動詞，「<ruby>息子<rt>むすこ</rt></ruby>」後面出現了「を」，所以應該要將「行く」變成使役動詞。正確答案為選項④，構成的句子是「<ruby>王<rt>おう</rt></ruby>さんは<ruby>日本語<rt>にほんご</rt></ruby>を<ruby>習<rt>なら</rt></ruby>っている１５<ruby>歳<rt>さい</rt></ruby>の<ruby>息子<rt>むすこ</rt></ruby>を<ruby>夏休<rt>なつやす</rt></ruby>みに<ruby>一人<rt>ひとり</rt></ruby>で<ruby>日本<rt>にほん</rt></ruby>へ<ruby>行<rt>い</rt></ruby>かせました。」（王先生讓他學日文的十五歲的兒子暑假一個人去日本。）

（　）観光バスから降りると、ガイドは交通安全のために必ず旅客に歩道を＿＿＿＿＿＿＿。

➡ 98年導遊人員日語

① 歩かせる　　　② 並ばせる　　　③ 歩かされる　　　④ 並ばされる

▶ 老師講解

　　「<ruby>歩<rt>ある</rt></ruby>かせる」和「<ruby>並<rt>なら</rt></ruby>ばせる」都是自動詞變成的使役動詞，「<ruby>歩道<rt>ほどう</rt></ruby>を」後面的「を」並不是受詞的「を」，而是移動路線的「を」，所以應該使用移動自動詞「<ruby>歩<rt>ある</rt></ruby>く」變成的使役動詞「<ruby>歩<rt>ある</rt></ruby>かせる」。正確答案為選項①，構成的句子是「<ruby>観光<rt>かんこう</rt></ruby>バスから降りると、ガイドは<ruby>交通安全<rt>こうつうあんぜん</rt></ruby>のために<ruby>必<rt>かなら</rt></ruby>ず<ruby>旅客<rt>りょかく</rt></ruby>に<ruby>歩道<rt>ほどう</rt></ruby>を<ruby>歩<rt>ある</rt></ruby>かせる。」（一從遊覽車下來，為了安全，導遊一定要讓旅客走在人行道上。）

▌題庫085　～（さ）せる（2）

説明　將他動詞變成使役形就構成他動詞使役句，他動詞使役句的重點在於他動詞變成使役動詞之後，原本的主詞會變成對象，受詞則是不須改變。

（　）先生が生徒一人一人に、自分の進路を＿＿＿＿＿＿た。　　➡ 100年領隊人員日語

① 述べさせ　　　② 述べさせられ　　　③ 述べられ　　　④ 述べられさせ

▶▶ 老師講解

　　他動詞使役句的測驗方式較單純，只要找出使役者和受使者，然後再確認動詞變化是否正確就可以了。正確答案為選項①，構成的句子是「先生が生徒一人一人に、自分の進路を述べさせた。」（老師要學生一個一個說自己畢業後的規劃。）

歷屆試題 **216**

（　　）父は兄に自分の会社を＿＿＿＿＿つもりだそうです。　　　➡ 104年領隊人員日語

　　① 経営する　　　② 経営される　　　③ 経営させる　　　④ 経営

▶▶ 老師講解

　　句子裡面有使役者「父」、受使者「兄」、受詞「会社」，確認是使役句型之後，動詞就應該使用使役形。正確答案為選項③，構成的句子是「父は兄に自分の会社を経営させるつもりだそうです。」（聽說父親打算讓哥哥經營自己的公司。）

┃ 題庫086　～（さ）せる（3）

説明　基本的使役句型表達強制或允許，但若是情感相關動詞形成的使役動詞就不會有強制或允許的意思，因此另分一類，稱為情感使役句，翻譯時一般說成「讓～」。此外，這一類動詞是自動詞居多，構成的使役句還是要依自動詞使役句的規則，原本主動句裡的主詞會成為使役句裡的受詞。

歷屆試題 **217**

（　　）添乗員はよく冗談を言って、客＿＿＿＿＿笑わせます。　　　➡ 97年導遊人員日語

　　① に　　　　　② を　　　　　③ と　　　　　④ が

▶▶ 老師講解

　　笑的是客人，領隊做的事是讓客人笑，因此客人會是句子裡的受詞。正確答案為選項②，構成的句子是「添乗員はよく冗談を言って、客を笑わせます。」（領隊常常開玩笑讓客人笑。）

（　）彼は猿まねをしてみんな＿＿＿＿＿笑わせました。　　　　　　　　➡ 100年領隊人員日語

①と　　　　　　②に　　　　　　③で　　　　　　④を

▶▶ 老師講解

　　情感使役句不是讓人哭就是讓人笑，只要記住這個時候的「人」都會是受詞就好了。正確答案為選項④，構成的句子是「彼は猿<ruby>猿<rt>さる</rt></ruby>まねをしてみんなを笑<ruby>笑<rt>わら</rt></ruby>わせました。」（他學猴子逗大家笑。）

┃ 題庫087　～（さ）せられる、～される（1）

説明　將使役句變成被動句就構成使役被動句，句子就從原本站在使役者的角度變成站在受使者的角度，表達出「受迫」、「被逼」的感覺。

（　）お土産店へ行くと、たくさん＿＿＿＿＿＿のがいやです。　　　　➡ 95年導遊人員日語

①買う　　　　　②買わされる　　　　③買われる　　　　④買られる

▶▶ 老師講解

　　買東西本來應該是你情我願，正常的購物情況應該是表示主動的「買<ruby>買<rt>か</rt></ruby>う」，但為了表示心不甘情不願的受迫感，就要用使役被動「買<ruby>買<rt>か</rt></ruby>わされる」。正確答案為選項②，構成的句子是「お土産店<ruby>お土産店<rt>みやげてん</rt></ruby>へ行<ruby>行<rt>い</rt></ruby>くと、たくさん買<ruby>買<rt>か</rt></ruby>わされるのがいやです。」（討厭一到了名產店就被逼著東買西買。）

（　）わたしは友達に三十分待たされた。つまり、＿＿＿＿＿＿。　　　➡ 96年領隊人員日語

　　　　①友達が三十分待った

　　　　②わたしも友達も三十分遅れた

　　　　③わたしは友達と一緒に三十分待った

　　　　④友達が三十分遅れた

▶▶ 老師講解

　　「待たされる」是「待つ」的使役被動形，因此主詞「わたし」是被迫等待的人，朋友則是遲到的人。正確答案為選項④，構成的句子是「わたしは友達に三十分<ruby>待<rt>ま</rt></ruby>たされた。つまり、<u>友達が三十分遅れた。</u>」（我被迫等了朋友三十分鐘。也就是，朋友遲到了三十分鐘。）

歷屆試題 221

（　）子供がロビーの飾り物を壊してしまって、ホテルに弁償＿＿＿＿＿＿＿。

➡ 96年導遊人員日語

① させられました　　　　　② されました
③ させました　　　　　　　④ さされました

▶▶ 老師講解

　　「賠償」是誰也不願意的吧，因此就要使用使役被動形表達「被要求賠償」。正確答案為選項①，構成的句子是「子供がロビーの飾り物を壊してしまって、ホテルに<u>弁償させられました。</u>」（孩子弄壞了大廳的裝飾品，被飯店要求賠償。）

歷屆試題 222

（　）子どもの頃、よく母から買い物に＿＿＿＿＿＿。　➡ 97年導遊人員日語

① 行かれる　　② 行かれた　　③ 行かされる　　④ 行かされた

▶▶ 老師講解

　　這一題看起來是測驗使役被動，其實前兩個選項是錯誤的動詞變化，所以只要從後兩個選項選出正確的時態就好了。正確答案為選項④，構成的句子是「子どもの頃、よく母から買い物に<u>行かされた。</u>」（小時候常常被媽媽叫去買東西。）

歷屆試題 223

（　）我被老師罰站了五分鐘。　➡ 99年領隊人員日語

① 私は先生に五分間立たせられました。
② 私は先生に五分間立たれました。
③ 私は先生に五分間立たせました。
④ 私は先生に五分間立ちました。

所謂「被罰站」，應該會用到「立つ」的使役被動形「立<ruby>た<rt>た</rt></ruby>せられる」，表達類似「被逼著站」這樣的概念。選項①「<u>私は先生に五分間立たせられました。</u>」才是正確答案。

（　）小学校の時に、両親にバイオリンを＿＿＿＿＿＿。　　　　　➡ 99年導遊人員日語

　　① 習われました　　　　　　　　　　② 習わせました

　　③ 習われさせました　　　　　　　　④ 習わせられました

▶ 老師講解

　　學小提琴不會是父母，因此使役用法不恰當，必須用使役被動表達「被逼著學」才適合。正確答案為選項④，構成的句子是「小学校の時に、両親にバイオリンを<u>習わせられました。</u>」（小學時被父母逼著學小提琴。）

（　）子供のころ、母に野菜を食べ＿＿＿＿＿ました。　　　　　➡ 102年導遊人員日語

　　① させられ　　　② させ　　　③ され　　　④ さし

▶ 老師講解

　　因為使役句帶有強制或允許的意涵，所以不可能是小時候強制媽媽、或是允許媽媽吃青菜，而是小孩被媽媽逼著吃青菜才合理，因此要想辦法用使役被動完成這個動詞。正確答案為選項①，構成的句子是「子供のころ、母に野菜を食べ<u>させられました</u>。」（小時候被媽媽逼著吃青菜。）

┃ **題庫088　～（さ）せられる、～される（2）**

説明　使役被動句除了表示受迫、被逼，還能表達「自發」。所謂的「自發」，
　　　指的是自然而然發生，常翻譯為「不禁」、「不由得」。

（　）921大震災で災害から学ぶということの重要性、必要性を改めて＿＿＿＿＿。

➡ 97年導遊人員日語

① 考えせされました　　　　　② 考えさせられました

③ 考えさせできました　　　　④ 考えせれました

▶▶ 老師講解

　　「考（かんが）える」的使役被動形是「考（かんが）えさせられる」，只要熟悉動詞變化，這一題非常簡單，因為其他選項的動詞變化都是錯誤的。正確答案為選項②，構成的句子是「９２１大震災（きゅうにいちだいしんさい）で災害（さいがい）から学（まな）ぶということの重要性（じゅうようせい）、必要性（ひつようせい）を改（あらた）めて考（かんが）えさせられました。」（由於九二一大地震，不禁讓我們重新思考從災害中學習的重要性和必要性。）

（　）少年犯罪のニュースを聞くたびに、今の教育のあり方について＿＿＿＿＿。

➡ 104年領隊人員日語

① 考えられる　　　　　　　　② 考えさせる

③ 考えさせられる　　　　　　④ 考えかねる

▶▶ 老師講解

　　構成「自發」的使役被動句的動詞，通常是「考（かんが）える」、「心配（しんぱい）する」這些跟思考相關的動詞，因此可以把這些動詞當作這個句型的關鍵字。正確答案為選項③，構成的句子是「少年犯罪（しょうねんはんざい）のニュースを聞（き）くたびに、今（いま）の教育（きょういく）のあり方（かた）について考（かんが）えさせられる。」（每當聽到少年犯罪的新聞，不禁就會思考現在的教育應有的樣子。）

▌題庫089　～てある

說明　「～てある」用來表示動作結束後物品存在的狀態，因此主詞是物品，而前面的動詞必為他動詞。

（　）西瓜はちゃんと冷蔵庫の中に＿＿＿＿＿＿。　　　　　　　　⇒ 94年導遊人員日語

　　　① 入れてあります　　　　　　　　　② 入りました

　　　③ 入りませんでした　　　　　　　　④ 入れません

▶▶ 老師講解

　　「入る」是自動詞、「入れる」是他動詞，句子的主詞是「西瓜」，因此「入れてある」會是正確的說法。正確答案為選項①，構成的句子是「西瓜はちゃんと冷蔵庫の中に入れてあります。」（西瓜好好地放在冰箱裡。）

（　）ホテルの予約はもう＿＿＿＿＿＿から、心配ありません。　　⇒ 95年領隊人員日語

　　　① する　　　　　② している　　　　③ してある　　　　④ しておく

▶▶ 老師講解

　　「する」是他動詞，因此使用「～てある」表示結果狀態最合理。正確答案為選項③，構成的句子是「ホテルの予約はもうしてあるから、心配ありません。」（飯店已經訂好了，所以不用擔心。）

（　）ドアに部屋番号が書いて＿＿＿＿＿＿から、よく確認してから入ってください。

　　　　　　　　　　　　　　　　　　　　　　　　　　　　　　⇒ 95年導遊人員日語

　　　① います　　　　② いました　　　　③ あります　　　　④ ありました

▶▶ 老師講解

　　「部屋番号」後面已經加上了表示主詞的「が」，因此他動詞「書く」之後只有可能使用「～てある」。此外，「～てある」強調結果狀態，一般不需變成過去形。正確答案為選項③，構成的句子是「ドアに部屋番号が書いてありますから、よく確認してから入ってください。」（門上寫有房號，請仔細確認後再進入。）

歷屆試題 231

（　）駅の駐輪場に自転車がたくさん＿＿＿＿＿＿。　　　　　➡ 97年導遊人員日語

① 並んてあります　　　　　　　　　② 放してあります

③ 止めてあります　　　　　　　　　④ 止まってあります

▶▶ **老師講解**

　　「止(と)まる」是自動詞、「止(と)める」是他動詞，他動詞才可以接「～てある」，因此「止(と)めてある」才是正確的說法。正確答案為選項③，構成的句子是「駅(えき)の駐輪場(ちゅうりんじょう)に自転車(じてんしゃ)がたくさん止(と)めてあります。」（車站的腳踏車停車處停有許多腳踏車。）

歷屆試題 232

（　）全客室にはインターネット接続用のイーサネットポートとケーブルが＿＿＿＿＿＿。

　　　　　　　　　　　　　　　　　　　　　　　　　　　　➡ 97年導遊人員日語

① 備わってあります　　　　　　　　② 備いてあります

③ 備っておきます　　　　　　　　　④ 備えてあります

▶▶ **老師講解**

　　「備(そな)わる」是自動詞、「備(そな)える」是他動詞，因此要用「備(そな)える」構成「備(そな)えてある」。正確答案為選項④，構成的句子是「全客室(ぜんきゃくしつ)にはインターネット接続用(せつぞくよう)のイーサネットポートとケーブルが備(そな)えてあります。」（每間客房都備有連接網路的乙太網路連接埠和網路線。）

歷屆試題 233

（　）ここには無料の日本語DMや有料の地図も＿＿＿＿＿＿。　➡ 101年導遊人員日語

① 置いています　　　　　　　　　　② 置いております

③ 置いてあります　　　　　　　　　④ 置かれてあります

▶▶ **老師講解**

　　「置(お)く」是絕對他動詞，而且這句話不像是進行式，因此要加上「～てある」表示狀態。正確答案為選項③，構成的句子是「ここには無料(むりょう)の日本語(にほんご)ＤＭ(ディーエム)や有料(ゆうりょう)の地図(ち)も置(お)いてあります。」（這裡放有免費的日文DM和需付費的地圖。）

説明　「～ている」除了用來表示進行式，還能表示狀態。此時的狀態指的是自然的狀態、眼前的狀態。

歷屆試題 234

（　）エアコンが＿＿＿＿から涼しいです。　　　➡ 93年領隊人員日語

　　①ついている　　②ついてある　　③つけている　　④つける

➤➤ 老師講解

　　「つく」是自動詞、「つける」是他動詞，狀態句主要測驗的是自他動詞和「ている」、「てある」的對應是否正確。只要記住「自動詞＋ている」、「他動詞＋てある」基本上就可以應付絕大多數的題目。正確答案為選項①，構成的句子是「エアコンがついているから涼しいです。」（冷氣開著，所以很涼快。）

歷屆試題 235

（　）もし、あの時、あなたのアドバイスを＿＿＿＿、今は成功していただろう。

➡ 94年導遊人員日語

　　①聞いたら　　②聞かれたら　　③聞いていたら　　④聞こうとしても

➤➤ 老師講解

　　這一題看起來像是測驗「～たら」，其實測驗的是「～ている」。若是當時有「聽建議」，那應該是「狀態」而非「行為」，所以要使用「聞いている」變成的「聞いていたら」，而不是「聞く」變成的「聞いたら」。正確答案為選項③，構成的句子是「もし、あの時、あなたのアドバイスを聞いていたら、今は成功していただろう。」（若是當時有聽你的建議，現在已經成功了吧！）

歷屆試題 236

（　）店員：ただ今満席でして、どちらも＿＿＿＿おりません。　➡ 95年導遊人員日語

　　①あいて　　②あけて　　③ついて　　④つけて

▶▶ 老師講解

　　先要知道「あく」是自動詞、「あける」是他動詞，而「おる」是「いる」的謙讓語，因此「おりません」就是「いません」。既然如此，前面要接的是自動詞。此外，「つく」雖然也是自動詞，但不符合本題的句義。正確答案為選項①，構成的句子是「ただ今満席でして、どちらもあいておりません。」（現在客滿，沒有任何空位。）

歴屆試題 237

（　）客：すみません、ランチにはコーヒーが出ますか。

　　　　店員：はい、＿＿＿＿＿。

▶ 95年導遊人員日語

　　① ついてあります　　　　　　　② つけてあります

　　③ついております　　　　　　　④ つけております

▶▶ 老師講解

　　「つく」是自動詞、「つける」是他動詞，「おります」是「います」的謙讓語，因此正確的組合是「つけてあります」和「ついております」。可是這一題裡所描述的內容跟行為無關，單純表達狀態，所以只能使用「自動詞＋ている」這個句型。正確答案為選項③，構成的句子是「『すみません、ランチにはコーヒーが出ますか。』『はい、ついております。』」（「不好意思，午餐有附咖啡嗎？」「是的，有。」）

歴屆試題 238

（　）雪をかぶった山々が湖に＿＿＿＿＿いるわ。まるで鏡のようだ。

▶ 96年導遊人員日語

　　① 映して　　　　② 映んで　　　　③ 映せて　　　　④ 映って

▶▶ 老師講解

　　「映る」是自動詞、「映す」是他動詞，空格之後已經有「いる」，因此要使用「自動詞＋ている」這個句型。正確答案為選項④，構成的句子是「雪をかぶった山々が湖に映っているわ。まるで鏡のようだ。」（湖面映照著覆蓋了白雪的山巒耶。就好像鏡子一樣。）

（　）夜空に星が＿＿＿＿＿＿。　　　　　　　　　⇒ 100年領隊人員日語

① かがやかせている　　　　　　　② かがやいている

③ かがやせいている　　　　　　　④ かがやきている

▶▶ 老師講解

「輝く」是自動詞、「輝かせる」是他動詞，每個選項的語尾都有「ている」，因此要使用「自動詞＋ている」這個句型。正確答案為選項②，構成的句子是「夜空に星がかがやいている。」（星星在夜空中閃爍。）

（　）国道沿いには何軒もの温泉施設が＿＿＿＿＿＿。　　⇒ 101年導遊人員日語

① 軒が並んでいます　　　　　　　② 軒が並んであります

③ 軒を並べています　　　　　　　④ 軒を並べてあります

▶▶ 老師講解

這一題有點難度，但是至少先辨別出「並ぶ」是自動詞、「並べる」是他動詞，就能先排除選項②（自動詞不會接「てある」）和選項④（「てある」前面的助詞應該是「が」）。選項①看起來很正確，但是句子會變成有兩個主詞。選項③「軒を並べています」雖然是他動詞加上「ている」，但因為前面的助詞是「を」，符合他動詞和受詞的關係，用法正確。正確答案為選項③，構成的句子是「国道沿いには何軒もの温泉施設が軒を並べています。」（省道沿線上有好幾間溫泉設施。）

（　）田中さんの電話番号を＿＿＿＿＿人はいませんか。　　⇒ 102年導遊人員日語

① 知る　　　　② 知るの　　　　③ 知っている　　④ 知って

▶▶ 老師講解

「知る」幾乎都是以「知っている」呈現，是表示狀態的「～ている」最典型的用法之一。只要用到這個字，幾乎就一定是「～ている」結尾。正確答案為選項③，構成的句子是「田中さんの電話番号を知っている人はいませんか。」（有沒有知道田中先生電話號碼的人呢？）

歷屆試題 242

（　）スーパーの良い点は、値段が安いこと、商品が＿＿＿＿＿ので、一つの店で買い物が全部済むことなどである。　　　　　　　　　⮕ 103年領隊人員日語

① そろえておく　② そろえている　　③ そろっている　④ そろってある

▶▶ 老師講解

　　「揃う」是自動詞、「揃える」是他動詞，「商品」後面已經加上了「が」成為主詞，因此正確的組合只有「揃っている」。正確答案為選項③，構成的句子是「スーパーの良い点は、値段が安いこと、商品がそろっているので、一つの店で買い物が全部済むことなどである。」（超市的好處是價格便宜、商品齊全，在一家店就可以買完全部的東西。）

歷屆試題 243

（　）台中が発祥の太陽餅は、円形でパイ風の皮に包まれていて、餡に水あめが＿＿＿＿＿。　　　　　　　　　　　　　　　　　⮕ 103年導遊人員日語

① 入れています　　　　　　　　　② 入っています

③ 入られています　　　　　　　　④ 入ってあります

▶▶ 老師講解

　　只要知道「入る」是自動詞、「入れる」是他動詞，馬上就能找出答案了吧！正確答案為選項②，構成的句子是「台中が発祥の太陽餅は、円形でパイ風の皮に包まれていて、餡に水あめが入っています。」（發源於臺中的太陽餅，在圓形、有派皮感覺的外皮裡包著的內餡是麥芽糖。）

▌題庫091　〜ておく

説明　「〜ておく」有表達「事前準備」、「事後處置」、「維持原狀」的功能，常見的中譯是「先〜」。

（　）友達が来るので、冷蔵庫にビールを＿＿＿＿＿。　　➡ 93年領隊人員日語

    ① 入っています　　　　　　　　② 入っておきます

    ③ 入れておきます　　　　　　　④ 入れてしまいました

▶▶ 老師講解

    「ビール」後面已經出現了「を」，所以後面不能接自動詞。把啤酒拿去冰是因為朋友要來，符合「事前準備」的概念，所以加上「～ておく」最恰當。正確答案為選項③，構成的句子是「友達が来るので、冷蔵庫にビールを入れておきます。」（因為朋友要來，所以先把啤酒拿去冰。）

（　）お花見の日は、みんなで相談して＿＿＿＿＿ください。　　➡ 93年領隊人員日語

    ① あって　　　　② いて　　　　③ おいて　　　　④ しまって

▶▶ 老師講解

    討論賞櫻的日子是賞櫻這件事的準備行為，所以要加上表示事前準備的「～ておく」。正確答案為選項③，構成的句子是「お花見の日は、みんなで相談しておいてください。」（賞櫻的日子請大家一起先討論一下！）

（　）皆さま、荷物をまとめて＿＿＿＿＿ください。取りに行きますから。

                                                   ➡ 95年導遊人員日語

    ① みて　　　　② おいて　　　　③ きて　　　　④ いって

▶▶ 老師講解

    待會要去拿行李，所以要「先」打包，符合「事前準備」。正確答案為選項②，構成的句子是「皆さま、荷物をまとめておいてください。取りに行きますから。」（各位，請先將行李整理好！我會過去拿。）

歷屆試題 247

（　）園内をゆっくり見て回るには、最低でも2時間は見て＿＿＿＿＿ほうが無難
だ。

➡ 96年導遊人員日語

① とった　　　② きた　　　③ おいた　　　④ あけた

▶▶ 老師講解

　　因為前面出現了「最低でも2時間は」，表示參觀時間也有可能延長，因此「見
ておく」也是一種「事前準備」。正確答案為選項③，構成的句子是「園内をゆっく
り見て回るには、最低でも2時間は見ておいたほうが無難だ。」（要好好的參觀園
區，至少要參觀兩個小時比較說得過去！）

歷屆試題 248

（　）冷房中は窓を閉め＿＿＿＿＿こと。

➡ 103年導遊人員日語

①てくれ　　　②ている　　　③てある　　　④ておく

▶▶ 老師講解

　　在開冷氣的時候應該已經把窗戶關起來了，所以此處的「～ておく」應該是「維
持原狀」。正確答案為選項④，構成的句子是「冷房中は窓を閉めておくこと。」
（開冷氣時，要保持窗戶關閉！）

歷屆試題 249

（　）お父さんは毎日早く出かけるのだから、日曜日くらいは＿＿＿＿＿。

➡ 103年導遊人員日語

① 寝てあげなさい　　　　　　② 寝られてしまいなさい

③ 寝てしまいなさい　　　　　④ 寝かせておきなさい

▶▶ 老師講解

　　「寝る」是自動詞、「寝かせる」是他動詞，這一題應該是「寝かせる」加上
「ておく」較適合，用來表示「維持原狀」。正確答案為選項④，構成的句子是「お
父さんは毎日早く出かけるのだから、日曜日くらいは寝かせておきなさい。」（爸
爸每天都很早出門，所以至少星期天讓他睡一下！）

■ 題庫092　～てくる

說明　「～てくる」表示某個行為由遠而近或是持續變化。

歷屆試題 **250**

（　）歩いていたら、知らない人が話しかけ＿＿＿＿＿。　　➡ 95年領隊人員日語
　　①た　　　　　②ていた　　　　③てきた　　　　④ていった

▶▶ 老師講解

　　「～てくる」表示由遠而近、「～ていく」表示由近而遠，這個句子是陌生人來搭話，所以一定是由遠而近。正確答案為選項③，構成的句子是「歩いていたら、知らない人が話しかけてきた。」（在路上走著，結果一個陌生人來跟我搭訕。）

■ 題庫093　～てしまう

說明　「～てしまう」有兩個功能，一個是表示動作全部完成；一個是表示說話者不滿、遺憾、懊惱等心裡負面的感覺。

歷屆試題 **251**

（　）船旅を楽しむときの必需品は、履きなれた靴である。船のなかは意外と歩き
　　回る機会が多く、気取った靴などでは足が＿＿＿＿＿。　➡ 100年導遊人員日語
　　① 疲れてしまう　② 疲れておく　　　③ 疲れてみる　　④ 疲れてある

▶▶ 老師講解

　　沒有人喜歡很累吧？所以「疲れる」是屬於較負面的詞彙，後面加上表示負面情緒的「～てしまう」很恰當。正確答案為選項①，構成的句子是「船旅を楽しむときの必需品は、履きなれた靴である。船のなかは意外と歩き回る機会が多く、気取った靴などでは足が疲れてしまう。」（享受郵輪旅遊時的必需品是一雙慣穿的鞋。在船裡，走來走去的機會意外地多，如果穿的是只有好看的鞋子，腳會很累。）

題庫094 ～てみる

説明 「～てみる」表示動作的嘗試，常翻譯為「試著～」。

歴届試題 252

（　）たとえば、ブタ肉とイノシシの肉を_____と、一般にブタ肉のほうがうまい。

➡ 100年導遊人員日語

① くらべてある　　　　　　② くらべてほしい

③ くらべてみせる　　　　　④ くらべてみる

▶▶ 老師講解

　　「みる」原意是「看」，構成補助動詞「～てみる」表達了試著進行某個行為，看看會有什麼結果。正確答案為選項④，構成的句子是「たとえば、ブタ肉とイノシシの肉をくらべてみると、一般にブタ肉のほうがうまい。」（例如，試著比較豬肉和山豬肉，一般來說豬肉比較好吃。）

題庫095 ～をやる、～をあげる、～をさしあげる

説明 授受動詞「あげる」表示「給予」，主詞通常是説話者自己。若是給予的對象是小孩或是動、植物，會使用「やる」。若給予的對象是上位者，會使用「さしあげる」。

歴届試題 253

（　）高雄の柴山というハイキングコースで、一匹の小猿にお菓子を_____ら、何匹もの猿に囲まれてしまった。

➡ 96年導遊人員日語

① やった　　　② もらった　　　③ くれた　　　④ さしあげた

▶▶ 老師講解

　　給予的對象是「小猿」，所以應該是使用「やる」才恰當。正確答案為選項①，構成的句子是「高雄の柴山というハイキングコースで、一匹の小猿にお菓子をやったら、何匹もの猿に囲まれてしまった。」（在高雄柴山的健行路線上，給了一隻小猴子零食，結果就被好幾隻猴子給圍住了。）

（　）毎日庭の植木や花に水を＿＿＿＿＿。　　　　　　　⟹ 97年導遊人員日語

　　① やります　　　② あげます　　　③ くれます　　　④ もらいます

▶▶ 老師講解

　　給予的對象是「植木」和「花」，所以要用「やる」。正確答案為選項①，構成
的句子是「毎日庭の植木や花に水をやります。」（每天給院子裡的樹和花澆水。）

（　）お土産にお茶を＿＿＿＿＿と、喜ばれますよ。　　　　⟹ 99年導遊人員日語

　　① あげる　　　② もらう　　　③ いただく　　　④ くれる

▶▶ 老師講解

　　這一題一不小心就會選成「もらう」或「いただく」，這兩個選項不正確的原因
是「喜ばれる」是被動形，所以行為是「あげる」才恰當。正確答案為選項①，構成
的句子是「お土産にお茶をあげると、喜ばれますよ。」（送茶葉當禮物的話，對方
會很開心喔！）

▌ 題庫096　～てあげる

説明　在「あげる」之前加上動詞て形，句子就成為行為授受句。「～てあげ
　　　る」用來表達主動為他人做某件事，主詞通常為説話者自己，常翻譯為
　　　「我幫～」。

（　）道に迷っている子に、地図を書いて＿＿＿＿＿。　　　⟹ 94年領隊人員日語

　　① 頂いた　　　② 下さった　　　③ もらった　　　④ あげた

▶▶ 老師講解

　　「子」後面的助詞是「に」，表示「子」是動作的對象，主詞應該是説話者自
己，因此空格之後要加上表示提供協助的「あげる」。正確答案為選項④，構成的句
子是「道に迷っている子に、地図を書いてあげた。」（幫迷路的孩子畫了地圖。）

歷屆試題 257

（　）道に迷った日本人の観光客に「故宮博物院へ行きたいですが」と言われた
　　　ら、あなたは、教えて＿＿＿＿＿ますか。　　　　　　　　➡ 93年導遊人員日語

　　　① くれ　　　　　② もらい　　　　　③ ください　　　　④ あげ

▶ **老師講解**

　　「～てあげる」的主詞通常是第一人稱，但若是問句，主詞就會變成第二人稱。
本題符合這樣的變化規則，因此要填入的授受動詞是「あげる」。正確答案為選項
④，構成的句子是「道に迷った日本人の観光客に『故宮博物院へ行きたいですが』
と言われたら、あなたは、教えてあげますか。」（如果有迷路的日本人告訴你他想
去故宮博物院，你會告訴他怎麼走嗎？）

■ **題庫097　～をもらう、～をいただく**

説明　授受動詞「もらう」表示「獲得」，主詞通常是説話者自己。如果是從上
　　　位者獲得東西時，會以較有禮貌的「いただく」表達。

歷屆試題 258

（　）彼氏に＿＿＿＿＿ネックレスを落としてしまい、もう気が気でない。

　　　　　　　　　　　　　　　　　　　　　　　　　　　➡ 94年領隊人員日語

　　　① もらった　　　② 賜った　　　　③ あげた　　　　④ 承った

▶ **老師講解**

　　既然是自己弄丟東西，這個東西應該是從別人那裡得到的，不會是已經送給別人
的東西，所以應該使用「もらう」才恰當。正確答案為選項①，構成的句子是「彼氏
にもらったネックレスを落としてしまい、もう気が気でない。」（弄丟了從男朋友
那裡得到的項鍊，心裡一片混亂。）

題庫098 ～てもらう、～ていただく

説明 在「もらう」之前加上動詞て形，句子就成為行為授受句。「～てもらう」用來表達請求他人為自己做某件事，主詞通常為説話者自己，常翻譯為「我請～」。

歷屆試題 259

（　）A：「先週からずっと頭が痛いんです。」

B：「早めに、お医者さんに　　　　　方がいいですよ。」 ➡ 93年導遊人員日語

① 見てもらった　② 見に行く　　③ 見た　　　　④ 見てくれた

▶ 老師講解

　　中文的「看醫生」變成日文之後，應該説成「請醫生看」，而且「お医者さん」後面已經出現了表示對象的助詞「に」，因此「見る」之後要加上授受動詞「もらう」才恰當。正確答案為選項①，構成的句子是「『先週からずっと頭が痛いんです。』『早めに、お医者さんに見てもらった方がいいですよ。』」（「上個星期開始頭一直很痛。」「盡早請醫生幫你檢查一下比較好喔！」）

歷屆試題 260

（　）お荷物は、ベルマンに運んで　　　　　ますから、ドアの外に出してください。

➡ 95年導遊人員日語

①くれ　　　　②もらい　　　　③あげ　　　　④やり

▶ 老師講解

　　「ベルマン」後面已經加上了表示對象的助詞「に」，所以應該是説話者自己請求行李員的協助，因此要加上的授受動詞是「もらう」。正確答案為選項②，構成的句子是「お荷物は、ベルマンに運んでもらいますから、ドアの外に出してください。」（您的行李會請行李員來搬，所以請放到房門外。）

歷屆試題 261

（　）先生に基本から＿＿＿＿＿＿ので、よくわかりました。　　　　➡ 97年導遊人員日語

　　① 教えてくれた　　　　　　　② 教えてくださった

　　③ 教えてもらった　　　　　　④ 教えていただいた

▶ **老師講解**

　　「先生」後面的助詞是「に」，是動作的對象，且這個對象是上位者，所以要說得有禮貌一點，因此使用「いただく」較恰當。正確答案為選項④，構成的句子是「先生に基本から教えていただいたので、よくわかりました。」（因為請老師從基礎開始教，所以相當了解。）

歷屆試題 262

（　）場所がよく分からなかったので、フロントの人に教えて＿＿＿＿＿＿。

　　　　　　　　　　　　　　　　　　　　　　　　　　　➡ 98年領隊人員日語

　　① くれません　　　　　　　　② もらってくれました

　　③ もらいました　　　　　　　④ くれました

▶ **老師講解**

　　「フロントの人」後面的助詞是「に」，因此「フロントの人」是動作的對象，所以要使用的是「もらう」。正確答案為選項③，構成的句子是「場所がよく分からなかったので、フロントの人に教えてもらいました。」（因為不太了解地點，所以請櫃台的人告訴我。）

歷屆試題 263

（　）おさないときに父に早く死なれたので、母一人で兄弟3人を育てて＿＿＿＿＿＿。

　　　　　　　　　　　　　　　　　　　　　　　　　　　➡ 99年導遊人員日語

　　① あげた　　　② もらった　　　③ くれた　　　④ いただいた

▶ **老師講解**

　　雖然是授受動詞題，但這一題其實測驗的是敬語的觀念。母親雖然是自己的長輩，但這句話是說給別人聽的，如果使用了敬語，也只是對他人表達敬意。且對別人提到自己母親時也不能使用敬語，因此這裡加上基本的「もらう」就可以了。正確答

案為選項②，構成的句子是「おさないときに父に早く死なれたので、母一人で兄弟３人を育ててもらった。」（因為很小的時候父親就過世了，所以母親一個人帶大我們三兄弟。）

歷屆試題 264

（　）多くの観客＿＿＿＿＿、ありがとうございます。　　　⇒ 101年領隊人員日語

①　に集まってくださいまして　　　　　②　に集まっていただきまして

③　が集まってあげまして　　　　　　　④　を集まっていただきまして

▶▶ 老師講解

本題關鍵在於「観客」後面要接什麼助詞，如果加上「が」，適合的是「くださる」；如果加上「に」，適合的是「いただく」。正確答案為選項②，構成的句子是「多くの観客に集まっていただきまして、ありがとうございます。」（非常感謝這麼多觀眾的到來。）

歷屆試題 265

（　）私はあまりおすしは好きではないので、友達に＿＿＿＿＿。　⇒ 103年領隊人員日語

①　食べてもらいました　　　　　　　　②　食べられました

③　食べさせられました　　　　　　　　④　食べてくれました

▶▶ 老師講解

「友達」後面已經加上了表示對象的助詞「に」，因此使用的授受動詞應該是「もらう」。正確答案為選項①，構成的句子是「私はあまりおすしは好きではないので、友達に食べてもらいました。」（我不太喜歡壽司，所以請朋友幫我吃。）

歷屆試題 266

（　）あなたの知恵を＿＿＿＿＿。　　　　　　　　　　　⇒ 103年領隊人員日語

①　借りてもらいたい　　　　　　　　　②　借りてあげたい

③　貸してもらいたい　　　　　　　　　④　貸してあげたい

▶▶ 老師講解

　　句子沒有出現主詞、沒有出現對象是要怎麼判斷呢？每個選項都有表示第一人稱的願望「～たい」，那麼主詞當然是說話者自己。此外，一般應該會希望求助別人的智慧，而不會狂妄地要借人智慧，因此使用「もらう」較合理。最後，不要忘了「貸<ruby>貸<rt>か</rt></ruby>す」是借給人；「借<ruby>借<rt>か</rt></ruby>りる」是跟人借，這兩個字要正確辨別。正確答案為選項③，構成的句子是「あなたの知<ruby>知<rt>ちえ</rt></ruby>恵を貸<ruby>貸<rt>か</rt></ruby>してもらいたい。」（想要請你借給我智慧。）

歷屆試題 267

（　）そんなこと＿＿＿＿＿困ります。＿＿＿＿＿に最も正しい言い方を入れなさい。

➡ 104年導遊人員日語

① してもらっては　　　　　　② してやっては
③ してくれては　　　　　　　④ してあげては

▶▶ 老師講解

　　「困<ruby>困<rt>こま</rt></ruby>る」是情感相關詞彙，主詞通常為說話者自己。既然主詞是自己，所以表達的是對方的行為讓自己困擾，為了維持句子裡的主詞不變，加上「もらう」是最恰當的表達。正確答案為選項①，構成的句子是「そんなことしてもらっては困<ruby>困<rt>こま</rt></ruby>ります。」（你做那種事我會很困擾。）

▌題庫099　～てもらえませんか、～ていただけませんか

説明　「～てもらえませんか」是「～てください」較客氣的説法，用來要求別人為自己做件事，可以翻譯成「能不能請你～？」。變成「～ていただけませんか」之後，禮貌程度又更上一層，就像中文「能不能請您～？」這樣的表達方式。

歷屆試題 268

（　）A：あのう、すみません。シャッターを＿＿＿＿＿ませんか。
　　　B：はい。では、チーズ。

➡ 101年領隊人員日語

① 押してもらえ　　　　　　② 押されてもらい
③ 押させてもらえ　　　　　④ お押しにし

▶▶ 老師講解

　　從對話來看，可以知道是請別人幫忙拍照，因此應該使用「～てもらえません
か」這個句型。正確答案為選項③，構成的句子是「『あのう、すみません。シャッ
ターを押してもらえませんか。』『はい。では、チーズ。』」（「那個，不好意
思。能不能請你幫我拍個照呢？」「好呀！那麼，笑一個！」）

▌ **題庫100　～（さ）せていただけませんか**

　説明　「～ていただけませんか」是「能不能請您～？」，那麼加上使役動詞的
　　　　「～（さ）せていただけませんか」就成為了「能不能請您讓我～？」這
　　　　個句型用很客氣的方式請求對方同意自己做某件事。

歷屆試題 269

（　）この仕事、わたしに＿＿＿＿＿。　　　　　　　⇒ 93年領隊人員日語
　　　① やらせてあげませんか　　　　　　② やらせていただけませんか
　　　③ やってあげませんか　　　　　　　④ やっていただけませんか

▶▶ 老師講解

　　「あげる」和「もらう」構成的授受句主詞幾乎都是說話者自己，因此這一題裡
「わたし」後面的「に」，應該是使役動詞的對象，所以要使用「～(さ)せていただ
けませんか」這句型。正確答案為選項②，構成的句子是「この仕事、わたしにやら
せていただけませんか。」（這份工作，能不能請您讓我來做呢？）

歷屆試題 270

（　）この台湾観光情報誌、＿＿＿＿＿いただけませんでしょうか。⇒ 101年領隊人員日語
　　　① 読まれて　　　　② 読まされて　　　　③ 読ませて　　　　④ お読みして

▶▶ 老師講解

　　句尾已經出現了「いただけませんでしょうか」，所以前面只能加上「読んで」
或「読ませて」。正確答案為選項③，構成的句子是「この台湾観光情報誌、読ませ
ていただけませんでしょうか。」（這份臺灣觀光資訊雜誌，能不能請您讓我看一下
呢？）

題庫101　〜をくれる、〜をくださる

説明　授受動詞「くれる」表示「給我」，主詞一定不是說話者自己，而會是他人。如果是上位者給說話者自己東西時，會以較有禮貌的「くださる」表達。

歷屆試題 271

（　）大学の合格祝いに父が私に腕時計を＿＿＿＿＿＿。　　　➡ 97年導遊人員日語

①　くれました　　　　　　　　　②　くださいました

③　やりました　　　　　　　　　④　あげました

▶▶ **老師講解**

　　主詞不是自己，因此不可使用「あげる」這一類的授受動詞，而且「父」是謙稱詞，這句話應該是說給他人聽的，因此即使父親輩分比較高，也不可以使用敬語。正確答案為選項①，構成的句子是「大学の合格祝いに父が私に腕時計をくれました。」（家父送我手錶當作考上大學的禮物。）

題庫102　〜てくれる、〜てくださる

説明　在「くれる」之前加上動詞て形，句子就成為行為授受句。「〜てくれる」用來表達他人為自己做某件事，主詞一定是他人，常翻譯為「〜幫我」。如果主詞是上位者的話，就會說成「〜てくださる」表達敬意。

歷屆試題 272

（　）よかった。会議の前に根回しをしておいたので、皆さんが私に賛成して

＿＿＿＿＿＿。　　　➡ 95年導遊人員日語

①　くれた　　　　②　あげた　　　　③　もらった　　　　④　いただいた

▶▶ **老師講解**

　　「皆さん」後面有表示主詞的「が」，「私」後面則是表示對象的「に」，因此要使用的授受動詞是「くれる」。正確答案為選項①，構成的句子是「よかった。会議の前に根回しをしておいたので、皆さんが私に賛成してくれた。」（太好了。因為開會前先跟大家打過招呼、疏通過，所以大家都贊成我。）

（　）母が＿＿＿＿＿お弁当が懐かしいなあ！また食べたいね。　　➡ 95年導遊人員日語

① 作ってやった　　　　　　　　② 作ってあげた

③ 作ってもらった　　　　　　　④ 作ってくれた

➡ **老師講解**

　　「母（はは）」後面有表示主詞的「が」，因此要加上的授受動詞是「くれる」。正確答案為選項④，構成的句子是「母（はは）が作（つく）ってくれたお弁当（べんとう）が懐（なつ）かしいなあ！また食（た）べたいね。」（好懷念母親做給我的便當呀！好想再吃呀！）

（　）私が気分が悪くなってしゃがみこんでいた時、お客様が気遣って背中をさすって

　　　　＿＿＿＿＿。　　　　　　　　　　　　　　　　　　　　➡ 96年導遊人員日語

① いらっしゃいました　　　　　② くださいました

③ いただきました　　　　　　　④ さしあげました

➡ **老師講解**

　　授受動詞相關題目只要主詞不是說話者自己，就要使用「くれる」類的授受動詞，所以關鍵在於主詞的判斷。這一句的主詞不是一開始的「私（わたし）」，而是後面的「お客様（きゃくさま）」。正確答案為選項②，構成的句子是「私（わたし）が気分（きぶん）が悪（わる）くなってしゃがみこんでいた時（とき）、お客様（きゃくさま）が気遣（きづか）って背中（せなか）をさすってくださいました。」（我感到不舒服一直蹲著的時候，客人擔心地幫我揉揉背。）

（　）先日車で駅まで＿＿＿＿＿、ありがとうございました。　　➡ 97年導遊人員日語

① 送ってくれ　　　　　　　　　② 送ってくれて

③ 送ってくださって　　　　　　④ 送ってくださりて

➡ **老師講解**

　　這一題其實「送（おく）ってくれて」和「送（おく）ってくださって」都可以，但是因為語尾「ありがとうございました」是較客氣的表達，所以使用較尊敬的「くださる」較恰當。正確答案為選項③，構成的句子是「先日車（せんじつくるま）で駅（えき）まで送（おく）ってくださって、ありがとうございました。」（謝謝您前幾天開車送我到車站。）

（　） 「林先生は、私に辞書を貸してくださいました。」同じ意味の文はどれか。

➡ 102年領隊人員日語

　　① 私は林先生に辞書を貸して差し上げました。

　　② 私は林先生に辞書を貸していただきました。

　　③ 林先生は私に辞書を貸してあげました。

　　④ 林先生は私に辞書を貸していただきました。

▶▶ 老師講解

　　其實「～てくれる」和「～てもらう」表達的是同一個事實，不過要小心的是句子裡的主詞和對象必須對調。因此較客氣的「～てくださる」和「～ていただく」也能表達同一個事實，只要找出和原句的主詞、對象互換的選項就可以了。正確答案為選項②，兩個句子各為「林先生は、私に辞書を貸してくださいました。」（林老師借了我字典。）、「私は林先生に辞書を貸していただきました。」（我請林老師借我字典。）

▌題庫103　～てください

説明　將「ください」前面加上動詞て形構成的「～てください」是最基本的請託句型，用來表示要求對方做某件事。常翻譯為「請～」。

（　） 皆さん、この雲の変化はとても面白いですよ。じっくり＿＿＿＿＿ください。

➡ 95年領隊人員日語

　　① 見て　　　　② 見せて　　　　③ 見させて　　　④ 見させられて

▶▶ 老師講解

　　這個句子是要求別人做事，因此應該加上「見て」。正確答案為選項①，構成的句子是「皆さん、この雲の変化はとても面白いですよ。じっくり見てください。」（各位，這朵雲的變化非常有意思喔！請仔細看一下！）

（　）どうぞ、使＿＿＿＿＿。　　　　　　　　　　　　　　⟹ 95年領隊人員日語

　　①ってください　　　　　　　　　②わせてください

　　③ってもいいです　　　　　　　　④っていただきます

▶▶ 老師講解

　　一開始出現的「どうぞ」告訴我們這裡是要求別人做事，所以應該加上「～てく
ださい」才恰當。正確答案為選項①，構成的句子是「どうぞ、使ってください。」
（請用！）

（　）どうか試して＿＿＿＿＿。　　　　　　　　　　　　⟹ 102年導遊人員日語

　　①みられます　　　　　　　　　　②みてください

　　③みさせます　　　　　　　　　　④みさせていただきます

▶▶ 老師講解

　　「どうか」和「どうぞ」功能類似，都是「請～」，所以後面加上「～てくださ
い」最恰當。正確答案為選項②，構成的句子是「どうか試してみてください。」
（請你試試！）

▌題庫104　～てくださいませんか

説明　「～てくださいませんか」和「～ていただけませんか」一樣是很有禮貌
　　　的請託説法，常翻譯為「請您～好嗎？」

（　）私にもう少し分かりやすく説明＿＿＿＿＿。　　　　⟹ 100年領隊人員日語

　　①してもらいませんか　　　　　　②してあげませんか

　　③してくださいませんか　　　　　④してやりませんか

▶▶ 老師講解

　　「私」後面的助詞是「に」，表示「私」是對象。只要確定主詞不是自己，就應該使用「くれる」類的授受動詞。正確答案為選項③，構成的句子是「私にもう少し分かりやすく説明してくださいませんか。」（請您說得再簡單一點好嗎？）

歷屆試題 **281**

（　）丁寧に依頼する場合、次の言い方で適切でないのはどれですか。

➡ 104年導遊人員日語

　　① 保証人になってくださいますか。
　　② 保証人になってくださいませんか。
　　③ 保証人になってくださいませんでしょうか。
　　④ 保証人になっていただけませんか。

▶▶ 老師講解

　　這一題要先知道「～てくださいませんか」和「～ていただけませんか」都是非常客氣的請託句型，所以相關用法都會是正確的。判斷重點在於「～てくださいませんか」後面的否定如果變成肯定，「～てくださいますか」不是用來表達請託，而是單純詢問對方意願，並非常見的說話方式。因此不適當的說法是選項①，其他三個正確選項都是表達「請您當我的保證人好嗎？」。

第三單元

複合助詞

説明　「～として」是表示內容的助詞「と」和表示行為的動詞「する」構成
　　　的，用來表示以某個立場、身分、或資格，常翻譯為「做為～」。

歴屆試題 **282**

（　）台湾はウーロン茶の生産地　　　　　有名だ。　　　　　　➡ 95年領隊人員日語
　　　① とは　　　　　② として　　　　　③ といえば　　　④ といったら

▶▶ 老師講解

　　「とは」有「所謂的～」、「居然～」兩個意思；「として」是「做為～」；
「といえば」和「といったら」都是「說到～的話」。正確答案為選項②，構成的句
子是「台湾はウーロン茶の生産地として有名だ。」（臺灣做為烏龍茶的生產地很有
名。）

歴屆試題 **283**

（　）台北は最新の情報発信基地　　　　　外国人旅行者にとって魅力満載の観光都
　　　市です。　　　　　　　　　　　　　　　　　　　　　　➡ 97年導遊人員日語
　　　① にあたって　　② について　　　　③ として　　　　④ とあって

▶▶ 老師講解

　　「にあたって」是「在～之時」；「について」是「關於～」；「として」是
「做為～」；「とあって」是「由於～」。複合助詞考題就是要把每個複合助詞都當
作單字記熟，如此一來就能立刻找到答案。正確答案為選項③，構成的句子是「台北
は最新の情報発信基地として外国人旅行者にとって魅力満載の観光都市です。」
（臺北做為最新情報發送基地，對外籍旅客來說，是個相當有吸引力的觀光城市。）

■ 題庫106 ～を～として

説明　把「として」放在他動詞句裡，就成了「～を～として」，常翻譯為「把
　　　～當做～」或是「以～為～」。

（　）この町は漁村＿＿＿＿＿知られていましたが、現在は旅行のスポットに生まれ
　　　変わりました。

➡ 95年導遊人員日語

　　①をして　　　　　②にして　　　　　③として　　　　　④がして

▶▶ 老師講解

　　　看過這一題，大家一定想，說好的「～を～として」呢？「知られる」是被動
形，因此這句話是無生物主語被動句，受詞已經變成了主詞，當然找不到「を」。正
確答案為選項③，構成的句子是「この町は漁村として知られていましたが、現在は
旅行のスポットに生まれ変わりました。」（這個鎮過去做為漁村相當知名，不過現
在化身為旅遊景點了。）

（　）首相を団長＿＿＿＿＿日本政府代表団は、近ごろアメリカを訪問する。

➡ 96年領隊人員日語

　　①にする　　　　　②にしよう　　　　　③とした　　　　　④とする

▶▶ 老師講解

　　　選項找不到「として」，這是因為現在要修飾的是後面的「日本政府代表団」，
因此接下來要從「とする」、「とした」這兩個選項找出正確的時態。正確答案為選
項④，構成的句子是「首相を団長とする日本政府代表団は、近ごろアメリカを訪問
する。」（以首相為團長的日本政府代表團，最近要訪問美國。）

> ▌**題庫107　～にあたって**
>
> 説明　「～にあたって」是表達時間的複合助詞，常翻譯為「在～之時」、「在
> 　　　～之際」。

（　）開会＿＿＿＿＿あたり、社長からおことばをいただきたいと思います。

➡ 100年領隊人員日語

　　①で　　　　　　　②と　　　　　　　　③に　　　　　　　　④を

　　只要記住「〜にあたって」是表達時間的複合助詞，就能夠記住前面的助詞是「に」。此外，複合助詞語尾用ます形代替て形是很常見的用法，通常意思沒有不同。正確答案為選項③，構成的句子是「開会<ruby>開会<rt>かいかい</rt></ruby>にあたり、<ruby>社長<rt>しゃちょう</rt></ruby>からおことばをいただきたいと<ruby>思<rt>おも</rt></ruby>います。」（開會之際，想請社長為我們說句話。）

歷屆試題 287

（　）日本では古くから、家を建てたり土木工事をする前に、必ず「地鎮祭」を行ってきました。この儀式を行うわけは作業をする＿＿＿＿＿、その土地のケガレを清め祓って、土地に宿る神霊を鎮めるためで、作業にとりかかる前の、いわば安全祈願のお祭りです。

　　　　　　　　　　　　　　　　　　　　　　　　　　　　⟹ 103年導遊人員日語

　　①において　　　②につき　　　　③にあって　　　④に当たって

➡️ 老師講解

　　「〜にあたって」的字源是可以表示「正當〜（的時候）」、「正值〜」的動詞「<ruby>当<rt>あ</rt></ruby>たる」，因此「〜に<ruby>当<rt>あ</rt></ruby>たって」也是正確的說法。正確答案為選項④，構成的句子是「<ruby>日本<rt>にほん</rt></ruby>では<ruby>古<rt>ふる</rt></ruby>くから、<ruby>家<rt>いえ</rt></ruby>を<ruby>建<rt>た</rt></ruby>てたり<ruby>土木工事<rt>どぼくこうじ</rt></ruby>をする<ruby>前<rt>まえ</rt></ruby>に、<ruby>必<rt>かなら</rt></ruby>ず『<ruby>地鎮祭<rt>じちんさい</rt></ruby>』を<ruby>行<rt>おこな</rt></ruby>ってきました。この<ruby>儀式<rt>ぎしき</rt></ruby>を<ruby>行<rt>おこな</rt></ruby>うわけは<ruby>作業<rt>さぎょう</rt></ruby>をするに<ruby>当<rt>あ</rt></ruby>たって、その<ruby>土地<rt>とち</rt></ruby>のケガレを<ruby>清<rt>きよ</rt></ruby>め<ruby>祓<rt>はら</rt></ruby>って、<ruby>土地<rt>とち</rt></ruby>に<ruby>宿<rt>やど</rt></ruby>る<ruby>神霊<rt>しんれい</rt></ruby>を<ruby>鎮<rt>しず</rt></ruby>めるためで、<ruby>作業<rt>さぎょう</rt></ruby>にとりかかる<ruby>前<rt>まえ</rt></ruby>の、いわば<ruby>安全祈願<rt>あんぜんきがん</rt></ruby>のお<ruby>祭<rt>まつ</rt></ruby>りです。」（日本自古在蓋房子等土木工程之前，一定會舉行「地鎮祭」。舉行這個儀式的緣由是為了施工之際淨化土地的穢氣，鎮住居住在土地中的神靈，也可說是施工前祈求安全的祭典。）

▌題庫108　〜にかかわる

説明　「<ruby>関<rt>かか</rt></ruby>わる」是「有關係」的意思，構成「〜にかかわる」之後，用來表示有重大關係，中文常說成「關係到〜」、「關乎〜」。

（　）このようなスキャンダルが報道されては、会社の名誉＿＿＿＿＿から、善処し
てくれ。　　　　　　　　　　　　　　　　　　　　　　➡ 99年導遊人員日語

① にたえる　　　　　　　　　② にほかならない

③ にかかわる　　　　　　　　④ にかんする

▶▶ 老師講解

　　「～にかかわる」用來表示有重大關係，因此前面最常出現的是「命（いのち）」、「名
誉（めいよ）」這些名詞。正確答案為選項③，構成的句子是「このようなスキャンダルが報道（ほうどう）
されては、会社（かいしゃ）の名誉（めいよ）にかかわるから、善処（ぜんしょ）してくれ。」（這樣的醜聞要是被報
導，會關係到公司的名譽，你給我好好處理！）

┃ 題庫109　～に限（かぎ）って

説明　「限（かぎ）る」是「限定」的意思，構成「～に限（かぎ）って」之後，用來表示只要在
　　　某種狀況下，就一定會發生某件事，中文常說成「只要～」。

（　）試験のとき＿＿＿＿＿、答えが思い出せない。　　➡ 99年導遊人員日語

① に限って　　　② において　　　③ にかけて　　　④ につけて

▶▶ 老師講解

　　跟「限定」有關的「～に限（かぎ）って」讓這個句子傳達出「平常都會的東西到了考試
時卻都忘了」。正確答案為選項①，構成的句子是「試験（しけん）のときに限（かぎ）って、答えが思（おも）
い出（だ）せない。」（只要是考試的時候，答案就想不出來。）

（　）娘の大学入試の日に＿＿＿＿＿、天気が悪いなんて。　　➡ 102年導遊人員日語

① 限って　　　② 限ると　　　③ 限ったら　　　④ 限るなら

▶▶ 老師講解

　　「～に限（かぎ）って」常出現在不順心的狀況，所以前後事項的關聯性也是判斷的重要
依據。正確答案為選項①，構成的句子是「娘（むすめ）の大学入試（だいがくにゅうし）の日（ひ）に限（かぎ）って、天気（てんき）が悪（わる）い
なんて。」（居然只要女兒考大學的日子，天氣就不好。）

（　）忙しいときに限って、友達が遊びに来る。　　　　　　　➡ 103年領隊人員日語

　　　① 友達は私が忙しいときも、忙しくないときも遊びにくる。

　　　② 友達は私が忙しいときも、忙しくないときも遊びに来ない。

　　　③ 友達は私が忙しいときに遊びに来ないが、忙しくないときに遊びに来る。

　　　④ 友達は私が忙しくないときに遊びに来ないが、忙しいときに遊びに来る。

▶▶ 老師講解

　　「～に限って」表示只有在某個時候才會發生某件事，也就是如果不是那種狀況，就不會發生那件事。正確答案為選項④，題目句及答案句各是「忙しいときに限って、友達が遊びに来る。」（只要在忙的時候，朋友就會來。）、「友達は私が忙しくないときに遊びに来ないが、忙しいときに遊びに来る。」（朋友在我不忙的時候不會來，但是在我忙的時候就會來。）

■ 題庫110　～から～にかけて

説明　「～から～にかけて」和「～から～まで」類似，都用來表示起點和終點，常翻譯為「從～到～」。

（　）四月から九月に　　　　　　愛知万国博覧会が開催されると聞いている。

　　　　　　　　　　　　　　　　　　　　　　　　➡ 94年領隊人員日語

　　　① おいて　　　　② かけて　　　　③ そって　　　　④ よって

▶▶ 老師講解

　　「四月」和「九月」都是時間名詞，最適合的就是「～から～にかけて」這個句型。正確答案為選項②，構成的句子是「四月から九月にかけて愛知万国博覧会が開催されると聞いている。」（聽說從四月到九月舉行愛知萬國博覽會。）

（　）台北から宜蘭　　　　　　、海岸の風景がすばらしいと言われています。

　　　　　　　　　　　　　　　　　　　　　　　　➡ 94年導遊人員日語

　　　① によって　　　② に対して　　　③ にかけて　　　④ にかかって

▶▶ 老師講解

「台北」和「宜蘭」都是時間名詞，最適合的就是「～から～にかけて」這個句型。正確答案為選項③，構成的句子是「台北から宜蘭にかけて、海岸の風景がすばらしいと言われています。」（人家說從臺北到宜蘭，海岸的景緻非常漂亮。）

歷屆試題 294

（　）瑞芳から九份、金瓜石＿＿＿＿＿の一帯は、日本統治時代に金鉱町として繁栄した。　　➡ 104年導遊人員日語

　　① をのぞんで　　② にわたって　　③ にかぎって　　④ にかけて

▶▶ 老師講解

既然「～から～にかけて」表示起點和終點，所以前面的名詞不是地點名詞就是時間名詞，簡單確認之後就能輕鬆找到答案。正確答案為選項④，構成的句子是「瑞芳から九份、金瓜石にかけての一帯は、日本統治時代に金鉱町として繁栄した。」（從瑞芳到九份、金瓜石一帶，在日治時期作為產金礦的小鎮非常繁榮。）

┃ 題庫111　～にかけては

説明　「～にかけては」常翻譯為「在～方面」，一定會用於正面的事情。

歷屆試題 295

（　）発想力＿＿＿＿＿ひとより優れているという自信があります。➡ 101年導遊人員日語

　　① にかけては　　② にかかっては　　③ にかわっては　　④ にかいては

▶▶ 老師講解

「～にかけては」一定會用在好事，所以判斷的關鍵在於後面是否帶有對他人的讚美或是對自己的自信。正確答案為選項①，構成的句子是「発想力にかけてはひとより優れているという自信があります。」（在創造力方面，我有優於他人的自信。）

歷屆試題 296

（　）語学に＿＿＿＿＿は彼の右に出る者はいない。　　➡ 103年領隊人員日語

　　① おうじて　　② あたって　　③ かこつけて　　④ かけて

第三單元 複合助詞

「彼の右に出る者はいない」是「無人能出其右」的意思，這個時候一定是讚美，當然要使用「～にかけては」。正確答案為選項④，構成的句子是「語学にかけては彼の右に出る者はいない。」（在語文能力上，沒有人能贏過他。）

▌題庫112 ～に際して

説明 「～に際して」是時間相關的複合助詞，類似中文裡的「在～之際」。

歷屆試題 297

（ ）帰国＿＿＿＿＿先生の研究室に行って挨拶をしてください。 ➡ 104年領隊人員日語

　①に際して　　②に関して　　③を通して　　④によって

▶▶ 老師講解

這一題裡的「帰国」應該和「挨拶をする」在時間上有一定的相關性，所以加上「～に際して」最恰當。正確答案為選項①，構成的句子是「帰国に際して先生の研究室に行って挨拶をしてください。」（要回國的時候，請到老師研究室打聲招呼。）

▌題庫113 ～にしたがって

説明 「従う」原本的意思是「跟從」、「跟隨」，構成句型「～にしたがって」後，用來表示前後一同進行變化，常翻譯為「隨著～」。

歷屆試題 298

（ ）経済の発展＿＿＿＿＿人々の関心事も変化してきた。 ➡ 104年導遊人員日語

　①による　　②にとって　　③にしたがって　④において

▶▶ 老師講解

句子裡有「変化する」、也有表示持續變化的「～てくる」，因此使用一起發生變化的「～にしたがって」最恰當。正確答案為選項③，構成的句子是「経済の発展にしたがって人々の関心事も変化してきた。」（隨著經濟發展，人們關心的事情也漸漸改變了。）

題庫114 ～に対して (1)

説明 「～に対して」的基本用法是表示對人、對事的態度，中文常翻譯為「對於～」。

歷屆試題 299

（ ）先生＿＿＿＿＿、あんな言い方は大変失礼ですよ。 ➡ 94年導遊人員日語

①にとって　②に対して　③について　④によって

▶▶ 老師講解

　　句子後面的「失礼」是一種態度，所以應該加上「～に対して」。正確答案為選項②，構成的句子是「先生に対して、あんな言い方は大変失礼ですよ。」（那種說話方式，對老師相當沒有禮貌喔！）

歷屆試題 300

（ ）彼の無責任の発言＿＿＿＿＿みんなは猛烈に攻撃を加えた。 ➡ 104年領隊人員日語

①において　②に際して　③によって　④に対して

▶▶ 老師講解

　　這裡所謂的態度，未必只是心裡的想法，還包含了某些作為，因此從「攻撃を加える」就能找出答案了。正確答案為選項④，構成的句子是「彼の無責任の発言に対してみんなは猛烈に攻撃を加えた。」（對於他不負責的發言，大家加以強烈抨擊。）

題庫115 ～に対して (2)

説明 「～に対して」除了可以表示「態度」，還能用來表達「對比」，常翻譯為「相對於～」。

歷屆試題 301

（ ）日本語には、「明るい」という言葉に＿＿＿＿＿「暗い」という言葉がある。

➡ 96年領隊人員日語

①対して　②として　③関して　④結んで

　　從空格前後出現了相對的詞彙「明<ruby>明<rt>あか</rt></ruby>るい」和「暗<ruby>暗<rt>くら</rt></ruby>い」就能確定應該使用「對比」相關句型。正確答案為選項①，構成的句子是「<ruby>日<rt>に</rt></ruby><ruby>本<rt>ほん</rt></ruby><ruby>語<rt>ご</rt></ruby>には、『<ruby>明<rt>あか</rt></ruby>るい』という<ruby>言<rt>こと</rt></ruby><ruby>葉<rt>ば</rt></ruby>に<u><ruby>対<rt>たい</rt></ruby>して</u>『<ruby>暗<rt>くら</rt></ruby>い』という<ruby>言<rt>こと</rt></ruby><ruby>葉<rt>ば</rt></ruby>がある。」（相對於「明るい」，日文裡有「暗い」這個字。）

■ 題庫116　〜について

説明　「〜について」用來表示要說明的對象、主題，常翻譯為「關於〜」。

歷屆試題 **302**

（　）国際結婚　　　　　　ディスカッションをしました。　　　　　➠ 102年導遊人員日語

　　　①に対して　　　②にとって　　　③について　　　④によると

➠ 老師講解

　　「<ruby>国<rt>こく</rt></ruby><ruby>際<rt>さい</rt></ruby><ruby>結<rt>けっ</rt></ruby><ruby>婚<rt>こん</rt></ruby>」是「ディスカッションをする」的主題，因此要加上「〜について」。正確答案為選項③，構成的句子是「<ruby>国<rt>こく</rt></ruby><ruby>際<rt>さい</rt></ruby><ruby>結<rt>けっ</rt></ruby><ruby>婚<rt>こん</rt></ruby><u>について</u>ディスカッションをしました。」（關於國際婚姻，進行了討論。）

■ 題庫117　〜につれて

説明　「〜につれて」用來表示前後一同進行變化，常翻譯為「隨著〜」。

歷屆試題 **303**

（　）年をとる　　　　　　、考え方が大部変わってきた。　　　　　➠ 94年導遊人員日語

　　　①にとって　　　②について　　　③によって　　　④につれて

➠ 老師講解

　　「〜につれて」表達的變化通常是具有持續性的變化，因此後面常會伴隨著表示持續變化的補助動詞「〜てくる」或是「〜ていく」。正確答案為選項④，構成的句子是「<ruby>年<rt>とし</rt></ruby>をとる<u>につれて</u>、<ruby>考<rt>かんが</rt></ruby>え<ruby>方<rt>かた</rt></ruby>が<ruby>大<rt>だい</rt></ruby><ruby>部<rt>ぶ</rt></ruby>変<ruby>変<rt>か</rt></ruby>わってきた。」（隨著年齡的增加，想法也有了大幅度的改變。）

（　）グローバル化が進む　　　　　貧困問題が深刻さを増していく。

　　①について　　　②につれて　　　③にそって　　　④に応じて

▶ 老師講解

　　這一個句子裡雖然沒有明顯跟「變化」有關的單字出現，但句尾出現了表示持續變化的「〜ていく」，空格裡應該就要使用「〜につれて」這個句型。正確答案為選項②，構成的句子是「グローバル化が進む<ruby>か<rt> </rt></ruby>むにつれて<ruby>ひんこんもんだい<rt> </rt></ruby>貧困問題が深刻さを増していく。」（隨著全球化進展，貧窮問題愈來愈嚴重。）

┃ **題庫118　〜にとって**

説明　「〜にとって」用來表示某個人、事、物之於某人的意義，常翻譯為「對於〜來説」。

（　）優勝できたのは、私　　　　　このうえない喜びです。　　

　　①に対して　　　②によって　　　③の場合　　　④にとって

▶ 老師講解

　　「〜にとって」表示「之於人的意義」，所以要找出意義在哪裡，這一題的意義就是「喜び」。正確答案為選項④，構成的句子是「優勝できたのは、私にとってこのうえない喜びです。」（能夠奪冠，對我來說是至高無上的喜悅。）

（　）昔、多くの人　　　　　大学は入りたくても入れない憧れの存在だった。

　　①にたいして　　②にとって　　　③について　　　④によって

這一題的「憧れの存在」是「大学」對於「多くの人」的意義。正確答案為選項②，構成的句子是「昔、多くの人<u>にとって</u>大学は入りたくても入れない憧れの存在だった。」（在過去，對許多人來說，大學是想進也進不去的令人嚮往的地方。）

歷屆試題 307

（　）お年寄りの方　　　　　この段差はちょっと厳しいと思う。　　　　➡ 99年導遊人員日語

　　①に対して　　　②にとって　　　③について　　　④に関して

▶ 老師講解

這一題的「厳しい」是「段差」對於「お年寄りの方」的意義。正確答案為選項②，構成的句子是「お年寄りの方<u>にとって</u>この段差はちょっと厳しいと思う。」（對年長者來說，我覺得這個高低落差有點辛苦。）

歷屆試題 308

（　）日本の大学生　　　　　、友人との付き合いが一番重要なことだ。

➡ 103年領隊人員日語

　　　①に対して　　　②にとって　　　③に関して　　　④によって

▶ 老師講解

這一題的「重要」是「付き合い」對於「大学生」的意義。正確答案為選項②，構成的句子是「日本の大学生<u>にとって</u>、友人との付き合いが一番重要なことだ。」（對於日本的大學生來說，交朋友是最重要的事。）

歷屆試題 309

（　）台湾のデパートが遅い時間まで営業しているのも、日本人　　　　　新鮮な驚きです。　　　　➡ 103年導遊人員日語

　　①に対しては　　②については　　③にしては　　④にとっては

▶ 老師講解

如何選擇「〜に対して」還是「〜にとって」，是這兩個句型的主要測驗方向。「〜に対して」是「態度」，所以主詞通常是人。換句話說，如果主詞是「事情」，

通常就會用到「～にとって」。正確答案為選項④，構成的句子是「台湾のデパートが遅い時間まで営業しているのも、日本人にとっては新鮮な驚きです。」（臺灣的百貨公司開到很晚，這對日本人來說也是很新鮮的驚奇。）

歷屆試題 310

（　）台湾では建物の中での喫煙が禁止されております。愛煙家の方に＿＿＿＿＿、ご不便かと存じますが、どうかご協力のほどお願い申し上げます。

➡ 100年導遊人員日語

　　①ついて　　　②対して　　　　③関して　　　　④とって

▶▶ 老師講解

　　這一題雖然沒有出現明顯的主詞，不過應該就是第一句話所提到的事情，所以要使用「～にとって」才恰當。正確答案為選項④，構成的句子是「台湾では建物の中での喫煙が禁止されております。愛煙家の方にとって、ご不便かと存じますが、どうかご協力のほどお願い申し上げます。」（在臺灣，建築物裡禁止吸煙。雖然我覺得對癮君子來說也許會很不方便，不過還是麻煩各位協助！）

▌題庫119　～にひかえて

説明　動詞「控える」功能很多，其中一個就是表示「面臨」，成複合助詞句型「～にひかえて」後，也一樣翻譯為「面臨～」。

歷屆試題 311

（　）重要な会議をあした＿＿＿＿＿、みんながてんてこまいだ。　➡ 99年導遊人員日語
　　①にあたって　　②にあって　　　　③にひかえて　　④において

▶▶ 老師講解

　　「～にひかえて」的完整結構其實是「～を～にひかえて」，「を」前面放的是面臨的事情，「に」前面則通常是日期、時間。因此要從兩個助詞前面的名詞判斷是否會用到這個文法。正確答案為選項③，構成的句子是「重要な会議をあしたにひかえて、みんながてんてこまいだ。」（面臨明天的重要會議，大家忙得不可開交。）

説明　「～にもまして」是由「に」「も」「まして」三個結構構成的，常翻譯
　　　為「更甚於～」或是「更勝於～」。

歷屆試題 **312**

（　）私自身の結婚問題にもまして気がかりなのは姉の離婚問題です。

➡ 103年領隊人員日語

　　　① 私は姉の離婚問題よりもっと心配なのは自分の結婚問題です。
　　　② 私は自分の結婚問題よりもっと心配なのは姉の離婚問題です。
　　　③ 姉は私の結婚問題よりもっと心配なのは自分の離婚問題です。
　　　④ 姉は自分の離婚問題よりもっと心配なのは私の結婚問題です。

▶▶ 老師講解

　　　「～にもまして」是「更甚於～」的意思，因此後面的事情會比前面的事情更顯
得重要，因此符合題目句的是選項②。兩個句子各是「私自身（わたしじしん）の結婚問題（けっこんもんだい）にもまして
気（き）がかりなのは姉（あね）の離婚問題（りこんもんだい）です。」（在意姊姊的離婚問題更甚於我自己的結婚問
題。）、「私（わたし）は自分（じぶん）の結婚問題（けっこんもんだい）よりもっと心配（しんぱい）なのは姉（あね）の離婚問題（りこんもんだい）です。」（比起
自己的結婚問題，我更擔心的是姊姊的離婚問題。）

■ 題庫121　～によって（1）

説明　「～によって」功能相當多，最常見的用法是表示原因、手段，不過只要
　　　記住常翻譯為「依～」、「以～」、「由～」、「用～」、「因～」，應
　　　該就可以理解是什麼功能。

歷屆試題 **313**

（　）法律＿＿＿＿＿＿未成年者の運転は、禁じられています。　　➡ 95年導遊人員日語
　　　①にとって　　　②にとして　　　③によって　　　④について

▶▶ 老師講解

　　就像中文說的「依法禁止」，這裡要加上的就是「～によって」。正確答案為選項③，構成的句子是「法律によって未成年者の運転は、禁じられています。」（依法禁止未成年人開車。）

歴屆試題 314

（　）不必要な造形や不合理な構造＿＿＿＿＿建材の浪費は持続性を無視したものだ。

⇒ 97年領隊人員日語

① による　　　② でより　　　③ でる　　　④ になる

▶▶ 老師講解

　　就像大部分的複合助詞一樣，「～によって」的語尾也能變化。因為這裡要修飾的是空格之後的名詞，所以「～によって」會變成「～による」。正確答案為選項①，構成的句子是「不必要な造形や不合理な構造による建材の浪費は持続性を無視したものだ。」（由於不必要的造型和不合理的結構所造成的建材浪費，忽略了永續性。）

歴屆試題 315

（　）大陸奥地に分散して保管されていた故宮の財宝は、日本の敗戦＿＿＿＿＿南京に戻された。

⇒ 104年導遊人員日語

① にもとづき　　② をつうじて　　③ によって　　④ にかけて

▶▶ 老師講解

　　這裡的「敗戦」應該是「戻される」的原因。正確答案為選項③，構成的句子是「大陸奥地に分散して保管されていた故宮の財宝は、日本の敗戦によって南京に戻された。」（原本分散在大陸內地保存的故宮的財寶，由於日本戰敗而被送回南京。）

説明　無生物主語被動句通常省略行為者，不過如果還是要表達行為者的話，必須用「〜によって」表示。這裡的「〜によって」就是用來表示無生物主語被動句的行為者，常翻譯為「由〜」。

歷屆試題 **316**

（　）中国では、最も古い紙は、東漢時代の蔡倫＿＿＿＿＿作られたと言われている。

➡ 93年導遊人員日語

　　①に対して　　　②によって　　　③にとって　　　④について

▶▶ 老師講解

　　「蔡倫」是「作る」的行為者，而「作られる」是被動形，所以要加入的是「〜によって」。正確答案為選項②，構成的句子是「中国では、最も古い紙は、東漢時代の蔡倫によって作られたと言われている。」（相傳在中國最早的紙，是由東漢的蔡倫發明的。）

■ 題庫123 〜によると

説明　「〜によると」出現在傳聞句時，表示消息來源，常翻譯為「根據〜」。

歷屆試題 **317**

（　）内政部の発表＿＿＿＿＿、10月6日現在で地震による死者の数は2295人、行方不明38人となっていたが、10月末に死者は2400人を超えた。

➡ 104年導遊人員日語

　　①からすると　　②について　　　③によって　　　④によると

▶▶ 老師講解

　　「内政部の発表」明顯是後面資訊的消息來源，所以要加上表示消息來源的「〜によると」。正確答案為選項④，構成的句子是「内政部の発表によると、10月6日現在で地震による死者の数は２２９５人、行方不明３８人となっていたが、10月末に死者は2400人を超えた。」（根據內政部的發表，到十月六日為止，地震造

成的死亡人數為二千二百九十五人，失蹤人數為三十八人，不過到十月底為止，死亡人數超過了二千四百人。）

題庫124　〜にわたって

説明　「亘る」有「貫穿」、「遍及」的意思，構成句型「〜にわたって」之後，用來表示說話者覺得很長的一段時間，常翻譯為「長達〜」。

歷屆試題 318

（　）彼は10年間_____わたって、研究してきた成果は今度の学会で発表したそうです。

➡ 94年導遊人員日語

①が　　　　②に　　　　③を　　　　④の

▶▶ **老師講解**

　　「〜にわたって」表示說話者覺得很長的一段時間，因此前面會出現時間的量。這個句型要小心的是量詞之後比較常出現的助詞會是表示通過的「を」，但這個句型使用的助詞是「に」。正確答案為選項②，構成的句子是「彼は10年間にわたって、研究してきた成果は今度の学会で発表したそうです。」（聽說他在這次的學會上發表了長達十年研究的成果。）

歷屆試題 319

（　）四月から四週間_____、台湾の内湾へ行けば蛍が星のように輝き飛びかうのが見られる。

➡ 95年導遊人員日語

①いたるまで　　②にわたって　　③にしては　　④にかけて

▶▶ **老師講解**

　　前面有「から」，一不小心就會選了「にかけて」。這裡的「四月」是起點，但「四週間」不是終點，而是量詞，所以應該填入「にわたって」較恰當。正確答案為選項②，構成的句子是「四月から四週間にわたって、台湾の内湾へ行けば蛍が星のように輝き飛びかうのが見られる。」（從四月開始長達四週的時間，去臺灣的內灣的話，就能看到像星星一樣滿天飛舞的螢火蟲。）

（　）金門島は数十年に＿＿＿＿＿戦時体制が解除されてから、近年、この島を訪れ
　　　る観光客の数も増えつつあります。　　　　　　　　　　➡ 100年導遊人員日語

　　　① 亘る　　　　　　② 貫く　　　　　　③ 及ぼす　　　　　④ 経過する

➡ **老師講解**

　　　「数十年」是量詞，且後面已經出現了助詞「に」，所以應該選擇「亘る」。正
確答案為選項①，構成的句子是「金門島は数十年に亘る戦時体制が解除されてか
ら、近年、この島を訪れる観光客の数も増えつつあります。」（金門解除了長達數
十年的軍事管制之後，近年來造訪這座島嶼的遊客人數逐漸增加。）

（　）一週間＿＿＿＿＿、環境問題についての世界的な会議が開かれた。

　　　　　　　　　　　　　　　　　　　　　　　　　　　➡ 104年領隊人員日語

　　　　① にかけて　　　② にわたって　　　③ におうじて　　④ において

➡ **老師講解**

　　　「一週間」是量詞，因此加上「にわたって」較恰當。正確答案為選項②，構成
的句子是「一週間にわたって、環境問題についての世界的な会議が開かれた。」
（長達一週，舉行了關於環境問題的世界級會議。）

┃ 題庫125　～のもとで、～のもとに

説明　「もと」常見的漢字是「元」，不過這個句型的「もと」通常寫成
　　　「下」，意思就像中文的「在～之下」。

（　）両親の了解の＿＿＿＿＿、2人は一ヶ月前に結婚した。　➡ 101年導遊人員日語
　　　① ほどに　　　　② よそに　　　　　③ もとに　　　　　④ ことに

➡ **老師講解**

　　　「在～的諒解下」，中文不也是會用到「下」嗎？只要知道「～のもとに」的用

法和中文的相關表達是很接近的，答案通常不會太難找。正確答案為選項③，構成的句子是「両親の了解のもとに、2人は一ヶ月前に結婚した。」（在父母的諒解下，兩個人在一個月前結婚了。）

歷屆試題 **323**

（　）後藤新平は1898年3月から児玉源太郎総督＿＿＿＿＿民政長官を務めた。

➡ 104年導遊人員日語

　　①のもとで　　　②によって　　　③ともに　　　④にしたがって

▶▶ 老師講解

　　就像中文「在～麾下」這樣的概念，「～のもとで」常常用來表達在誰的手下工作、或是受教於哪個老師。正確答案為選項①，構成的句子是「後藤新平は１８９８年３月から児玉源太郎総督のもとで民政長官を務めた。」（後藤新平從一八九八年三月起，在兒玉源太郎總督手下擔任民政長官。）

┌─────────────────────────────────────┐
│ ▌題庫126　～の際に   │
│ 説明　「～の際に」和「～に際して」結構上雖然有差異，但是功能相同，都是 │
│ 　　　用來表示「在～之時」、「在～之際」。 │
└─────────────────────────────────────┘

歷屆試題 **324**

（　）＿＿＿＿＿エレベーターを使わずに、階段をご利用ください。

➡ 103年導遊人員日語

　　①急ぐのときは　　②非常の際は　　　③非常の折は　　④急用際は

▶▶ 老師講解

　　「際」屬於名詞，因此和前面的名詞連接時，必須有「の」才可以。正確答案為選項②，構成的句子是「非常の際はエレベーターを使わずに、階段をご利用ください。」（緊急時請不要搭電梯，要使用樓梯！）

説明　「～はともかく」表示不在意前面的事情，常翻譯為「姑且不論～」、「不管～」。

歷屆試題 325

（　）理由＿＿＿＿、試験に遅れたら途中で教室に入ることは認めれません。

➡ 104年領隊人員日語

①　かと思うと
②　はともかくとして
③　はもとより
④　もさることながら

▶▶ 老師講解

　　「～はともかく」有前後無關的意思，因此後半部常會有「は」出現。此外，在「～はともかく」之後加上「として」形成的「～はともかくとして」意思是一樣的。正確答案為選項②，構成的句子是「理由<ruby>理由<rt>りゆう</rt></ruby>はともかくとして、試験<ruby>試験<rt>しけん</rt></ruby>に遅れたら途中<ruby>途中<rt>と</rt></ruby>で教室<ruby>教室<rt>きょうしつ</rt></ruby>に入<ruby>入<rt>はい</rt></ruby>ることは認<ruby>認<rt>みと</rt></ruby>めれません。」（不管原因，考試遲到就是不能中途進教室。）＊題目有誤，正確應為「認<u>め</u>られません」。

▌題庫128　～はもとより

説明　「～はもとより」和「～はもちろん」功能相同，意思都是「不要說～（甚至還～）」。

歷屆試題 326

（　）私は旅行が好きで、国内は＿＿＿＿、海外旅行までもどんどん出かけていく。

➡ 100年導遊人員日語

①　というよりも
②　よしあしに関わりなく
③　もとより
④　あるがまま

▶▶ 老師講解

　　「～はもとより」、「～はもちろん」這些句型表達了「前後都是～」，因此後面常會出現「も」、「まで」、「さえ」這些副助詞，所以要把這些副助詞當作這個

句型的關鍵字。正確答案為選項③，構成的句子是「私は旅行が好きで、国内はもとより、海外旅行までもどんどん出かけていく。」（我很喜歡旅遊，不要説是國內，甚至也常常去國外玩。）

▌題庫129 ～はおろか

説明 「～はおろか」的意思也是「不要説～（甚至還～）」，不同於「～はもとより」和「～はもちろん」的地方是「～はおろか」用於負面的事情。

歷屆試題 327

（　）父も母も、これまではただ仕事ひとすじで、人生を楽しむゆとりなどなかった。海外旅行は＿＿＿＿＿国内さえもほとんど見て回ったことがない。

➡ 104年導遊人員日語

①　おろか　　　　②　とわず　　　　③　かぎらず　　　　④　わずか

▶ 老師講解

　　「～はおろか」雖然是用於負面的事情，但基本功能和「～はもとより」和「～はもちろん」相同，後面一樣會出現「も」、「まで」、「さえ」這些關鍵字。正確答案為選項①，構成的句子是「父も母も、これまではただ仕事ひとすじで、人生を楽しむゆとりなどなかった。海外旅行はおろか国内さえもほとんど見て回ったことがない。」（父親和母親到現在為止都只顧著工作，沒有悠閒的享受過人生。不要說是國外旅遊，就連國內幾乎都沒去過。）

▌題庫130 ～をきっかけに

説明 「きっかけ」的意思是「契機」，構成句型「～をきっかけに」之後，意思就成為「以～為契機」。

歷屆試題 328

（　）短期交換留学が＿＿＿＿＿、彼女は日本で博士号を取ろうという決心をした。

➡ 99年導遊人員日語

①　かわきりになって　　　　　　②　きっかけとなって
③　あたりになって　　　　　　　④　おやりになって

　　「～をきっかけに」是這個句型最典型的結構，隨著使用的動詞不同，助詞也可能改變。例如這一題的動詞是「なる」，句型就成為了「～がきっかけと（なって）」。正確答案為選項②，構成的句子是「短期交換留学がきっかけとなって、彼女は日本で博士号を取ろうという決心をした。」（由於短期交換留學這個契機，她下定決心要在日本取得博士學位。）

▌題庫131　～を通じて、～を通して（1）

説明　「～を通じて」和「～を通して」雖然源自於不同的字，但都能表達「透過～」的意思。

歴屆試題 **329**

（　）今日ではインターネット＿＿＿＿＿＿、その日のうちに世界の出来事を知ることができる。

⇒ 104年領隊人員日語

　　①に対して　　　②を通して　　　③をめぐって　　　④に際して

▶▶ 老師講解

　　「～を通じて」和「～を通して」這個句型常翻譯為「透過」，前面常常會是一種「手段」，表示利用這個方式進行某件事。正確答案為選項②，構成的句子是「今日ではインターネットを通して、その日のうちに世界の出来事を知ることができる。」（在今日，透過網路就能在當天之內知道世界上發生的事。）

▌題庫132　～を通じて、～を通して（2）

説明　「～を通じて」和「～を通して」除了表示「透過～」，還能表示「整個～」，這個時候前面常會出現時間的量詞。

歴屆試題 **330**

（　）熱帯に位置する島は一年＿＿＿＿＿＿通じて気温が高い。　　⇒ 101年領隊人員日語

　　①に　　　　　　②を　　　　　　③が　　　　　　④も

▶▶ 老師講解

　　這個句型的「～を通じて」和「～を通して」前面會接時間的量詞，因此「を」並不是表示受詞，而是帶有通過概念的「を」，因此可以表示「整個～」。正確答案為選項②，構成的句子是「熱帯に位置する島は一年を通じて気温が高い。」（位於熱帶的島嶼一整年氣溫都很高。）

▋ 題庫133　～を問わず

説明　「問う」是「問」，因此否定的「問わず」是「不問」的意思，構成句型「～を問わず」之後，常翻譯為「不分～」。

歷屆試題 **331**

（　）大人や子供を_____、入場料は百元均一です。　　➠ 100年導遊人員日語

　　① 顧みず　　　② 問わず　　　③ 関わらず　　　④ 聞かず

▶▶ 老師講解

　　這一題只要記住這裡不是真的要「問」，而是表示不須區分的意思，就不會誤選為「聞かず」。正確答案為選項②，構成的句子是「大人や子供を問わず、入場料は百元均一です。」（不分大人小孩，入場費都是一百元。）

▋ 題庫134　～をぬきにして

説明　「抜く」有「去除」的意思，構成句型「～をぬきにして」之後，常用來表示「不含～」、「沒有～」的意思。

歷屆試題 **332**

（　）甲「もう時間です。伊藤さんがまだですが、会議を始めましょうか。」

　　　乙「いや、伊藤さんを_____大事な話ができないよ。」　　➠ 98年領隊人員日語

　　① いなくなる　　　　　　　② ぬきにしては

　　③ いないにすると　　　　　④ むいては

▶▶ 老師講解

　　只要找出「伊藤さん」後面的助詞是「を」，答案就呼之欲出了，因為其他選項都無法構成合理的句子。正確答案為選項②，構成的句子是「『もう時間です。伊藤さんがまだですが、会議を始めましょうか。』『いや、伊藤さんをぬきにしては大事な話ができないよ。』」（「時間已經到了，雖然伊藤先生還沒來，不過我們開始會議吧！」「不行，沒有伊藤先生就不能談重要的事情喔！」）

█ 題庫135　～をはじめ / ～をはじめとする

説明　「～をはじめ」常翻譯為「以～為首」，前面的名詞會是比較具有代表性的事物。

歷屆試題 333

（　　）台湾は3,952メートルの玉山＿＿＿＿＿＿3,000メートル級の高山が四十七も聳立する島である。

➡ 104年導遊人員日語

①からはじまり　②からはじめて　③をはじまりに　④をはじめとして

▶▶ 老師講解

　　「～をはじめ」和「～をはじめとして」意思沒有不同，如果要修飾後面的名詞，就會用「～をはじめとする」。這一題句出了臺灣最具代表性的山，使用這個句型最恰當。正確答案為選項④，構成的句子是「台湾は３９５２メートルの玉山をはじめとして3000メートル級の高山が四十七も聳立する島である。」（臺灣以三千九百五十二公尺的玉山為首，是一個聳立了高達四十七座三千公尺以上高山的島嶼。）

█ 題庫136　～をめぐって

説明　「巡る」的意思是「繞」，構成句型「～をめぐって」，用來表示某個問題點，常翻譯為「圍繞著～」、「針對著～」。

（　）父親の遺産を＿＿＿＿＿の争いは、日増しにひどくなっていった。

➡ 103年領隊人員日語

　　　① めぐって　　　② かけて　　　③ 通じて　　　④ ふまえて

▶▶ 老師講解

　　「～をめぐって」前面的名詞是「問題點」，這一題的「遺産」明顯就是問題點。正確答案為選項①，構成的句子是「父親の遺産をめぐっての争いは、日増しにひどくなっていった。」（圍繞在父親遺産的爭執日益嚴重。）

> ■ **題庫137　～をおいて**
>
> 説明　「置く」是「放」的意思，構成句型「～をおいて」之後，用來表達「除了這個以外沒有其他的了」，所以句尾一定是否定語尾。

（　）留学生会の代表を選ぶなら、チンさん＿＿＿＿＿。　　➡ 104年領隊人員日語

　　　① に違いない　　　　　　　　② にほかならない

　　　③ よりほかない　　　　　　　④ をおいてほかにない

▶▶ 老師講解

　　「～をおいて」的句型如果直譯的話，表示把某個人放到其他地方的話，沒有其他可以取代的了，是對這個人有極高評價的說話方式。正確答案為選項④，構成的句子是「留学生会の代表を選ぶなら、チンさんをおいてほかにない。」（如果要選留學生會的代表的話，除了陳同學以外，沒有其他人選了。）

> ■ **題庫138　～を皮切りに**
>
> 説明　「皮を切る」是「去皮」的意思，「皮切り」衍生為事物的開端。「～を皮切りに」表示從某處開始，之後接連不斷，常翻譯為「從～開始」。

（　）台北公演＿＿＿＿＿、台湾各地で演奏会を開く。　　　　　　⇨ 99年導遊人員日語

①　をこめて　　　②　をかわきりに　　　③　をかぎりに　　　④　をもって

▶▶ 老師講解

　　「～を皮切りに」表示從某件事開始，後面一個接著一個，最典型的考法就是演唱會之類的巡迴演出。正確答案為選項②，構成的句子是「台北公演をかわきりに、台湾各地で演奏会を開く。」（從臺北公演開始，要在臺灣各地舉行演奏會。）

■ 題庫139　～をよそに

説明　「余所」是「其他地方」，構成句型「～をよそに」表示把某個東西擺到其他地方，衍生為「不在乎～」、「不管～」的意思。

（　）不況に対する国民の不安を＿＿＿＿＿、首相は自らの地位を守ることに必死である。　　　　　　⇨ 104年領隊人員日語

①　そこに　　　②　よそに　　　③　あとに　　　④　ほかに

▶▶ 老師講解

　　「～をよそに」表示「不在乎～」、「不管～」，前面最常出現的是「不安」、「心配」這類的名詞。正確答案為選項②，構成的句子是「不況に対する国民の不安をよそに、首相は自らの地位を守ることに必死である。」（首相不在乎國人對於不景氣的不安，拚命守住自己的位子。）

■ 題庫140　～を限りに

説明　「限る」表示「限度」，構成句型「～を限りに」之後，有「以～為限」的意思，中文常説成「到～為止」。

（　）今回の野球大会を＿＿＿＿＿、私は選手生活から引退することにした。

➡ 104年領隊人員日語

　　① おいて　　　　② よそに　　　　③ 皮切りに　　　④ 限りに

▶▶ 老師講解

　　「～を限(かぎ)りに」最常用於「從此之後就不再做某件事」的情況下，所以「引退(いんたい)する」、「たばこをやめる」都是關鍵字。正確答案為選項④，構成的句子是「今回(こんかい)の野球大会(やきゅうたいかい)を限(かぎ)りに、私(わたし)は選手生活(せんしゅせいかつ)から引退(いんたい)することにした。」（這次的棒球賽之後，我決定要從球員生活退休了。）

┃ 題庫141　～をものともせずに

説明　「～をものともせずに」可以拆解為「を・もの・と・も・せずに」，
　　　意思是「不把～當作一回事」，中文可以直接說成「不在乎～」、「不在
　　　意～」。

（　）大雨を＿＿＿＿＿遊園地に行った。

➡ 97年領隊人員日語

　　① こととして　　② こととしなく　　③ ものとして　　④ ものともせずに

▶▶ 老師講解

　　前面「下大雨」、後面「去遊樂園」，顯然不把下大雨當作一回事，當然要用「～をものともせずに」。正確答案為選項④，構成的句子是「大雨(おおあめ)をものともせずに遊園地(ゆうえんち)に行(い)った。」（不在意大雨，還是去了遊樂園。）

第四單元

接續用法

説明　「〜以上」表示前後句之間理所當然的因果關係，常翻譯為「既然〜」。

歴届試題 340

（　）受験する＿＿＿＿＿、目標は合格することなのです。　　　➡ 97年導遊人員日語

　　　① 以上　　　　② 以来　　　　③ うえ　　　　④ なか

▶ 老師講解

　　「〜以上（いじょう）」除了表示因果關係，還帶有「既然〜當然要〜」的意思，要從這個概念來確認答案為何。正確答案為選項①，構成的句子是「受験する（じゅけん）以上（いじょう）、目標（もくひょう）は合格（ごうかく）することなのです。」（既然要參加考試，目標當然是合格。）

歴届試題 341

（　）アルバイトだろうが、正社員だろうが、給料をもらっている＿＿＿＿＿、プロとしてちゃんと仕事をしなさい。　　　➡ 102年導遊人員日語

　　　① ことから　　② ことだから　　③ だけあって　　④ 以上

▶ 老師講解

　　「〜以上（いじょう）」的句尾常帶有說話者的判斷、決定、要求，這一題是命令句型結束，符合「要求」。正確答案為選項④，構成的句子是「アルバイトだろうが、正社員（せいしゃいん）だろうが、給料（きゅうりょう）をもらっている以上（いじょう）、プロとしてちゃんと仕事（しごと）をしなさい。」（不管是兼職還是正職人員，既然拿薪水，就要當自己是專業人員好好工作！）

■ 題庫143　〜上で（うえ）

説明　「〜上で（うえ）」用來表示做了一個行為之後，基於該動作進行下一個行為。常翻譯為「〜之後」。

歴届試題 342

（　）論文のテーマは、先生に相談した＿＿＿＿＿決めたほうがいい。

　　　　　　　　　　　　　　　　　　　　　　　　　　➡ 101年導遊人員日語

　　　① てから　　　② のち　　　　③ 上で　　　　④ うちに

因為「～上で」強調前一個動作要先做，所以前面會是動詞た形。正確答案為選項③，構成的句子是「論文のテーマは、先生に相談した上で決めたほうがいい。」（論文題目和老師討論之後再決定比較好。）

┃ 題庫144　～うちに（1）

説明　「うち」本來是「裡面」的意思，構成句型「～うちに」用來表示在做某一件事情的期間，常翻譯為「在～當中」。

歷屆試題 **343**

（　）始めはピアノの稽古は好きじゃなかった。毎日練習＿＿＿＿＿＿、すきになった。

➡ 94年導遊人員日語

　①　したのに　　　②　しているうちに　③　するうちに　　④　するのに

▶▶ 老師講解

「～うちに」帶有「剛開始沒想到會有這樣的結果」的意思，符合這一題的內容。正確答案為選項②，構成的句子是「始めはピアノの稽古は好きじゃなかった。毎日練習しているうちに、すきになった。」（剛開始我不喜歡練鋼琴。但是在每天練習之中就喜歡上了。）

歷屆試題 **344**

（　）面白がっていろいろ試している＿＿＿＿＿＿、やめられなくなってしまった。

➡ 95年領隊人員日語

　①　なかで　　　②　うちに　　　③　あいだ　　　④　最中

▶▶ 老師講解

「～うちに」表示「在～當中」，因此前面的動詞最常出現ている形。正確答案為選項②，構成的句子是「面白がっていろいろ試しているうちに、やめられなくなってしまった。」（覺得很有意思而多方嘗試中，變得停不下來了。）

第四單元 接續用法

（　）しばらく会わない＿＿＿＿＿＿すっかり大きくなりましたね。　　⟹ 102年導遊人員日語

  ① だけ   ② まま   ③ うちに ④ あとで

▶▶ 老師講解

  「～うちに」前面除了動詞ている形，也有可能是動詞ない形，這是因為ない形也能表示持續性。正確答案為選項③，構成的句子是「しばらく会わないうちにすっかり<ruby>大<rt>おお</rt></ruby>きくなりましたね。」（一陣子沒見，長好大了呀！）

┃ **題庫145　～うちに（2）**

説明 「～うちに」另一個功能用來表示某個狀態變化之後會難以實現，所以要在變化之前行動，常翻譯為「趁著～」。

（　）阿里山のご来光を見るためには、夜が明けない＿＿＿＿＿＿、起きなければなりません。　　⟹ 97年導遊人員日語

  ① たびに ② うちに ③ わりに ④ とともに

▶▶ 老師講解

  兩個「～うちに」最大的差別在於這個「～うちに」後面一定會有動作性動詞，告訴對方趁著目前的狀態要做什麼事。正確答案為選項②，構成的句子是「<ruby>阿里山<rt>ありさん</rt></ruby>の<ruby>ご来光<rt>らいこう</rt></ruby>を<ruby>見<rt>み</rt></ruby>るためには、<ruby>夜<rt>よ</rt></ruby>が<ruby>明<rt>あ</rt></ruby>けないうちに、<ruby>起<rt>お</rt></ruby>きなければなりません。」（為了看阿里山日出，一定要趁天還沒亮就起床。）

（　）教えてもらったことを忘れない＿＿＿＿＿＿メモしておこう。　　⟹ 98年領隊人員日語

  ① そとに ② うちに ③ ようで ④ うちが

▶▶ 老師講解

  「天亮就來不及了」、「忘了就來不及了」，「～うちに」就是要表達這種「來不及」的感覺，所以才翻譯為「趁～」。正確答案為選項②，構成的句子是「<ruby>教<rt>おし</rt></ruby>えて

もらったことを忘れ_{わす}ないうちにメモしておこう。」（趁還沒有忘記學到的東西，先記下來吧！）

（　）台北に＿＿＿＿＿＿＿、ぜひグルメを堪能したり、台湾文化を体験したりしてください。

➡ 101年領隊人員日語

　　　① いるながら　　② いるうちに　　③ いる一方で　　④ いるおかげで

▶▶ 老師講解

　　「～うちに」前面的內容，一定是有變化可能的單字，例如這一題表示了會離開台北。此外「独身_{どくしん}のうちに」、「体_{からだ}が丈夫_{じょうぶ}なうちに」、「若_{わか}いうちに」都是常見的用法，請當作關鍵字記住。正確答案為選項②，構成的句子是「台北_{たいぺい}にいるうちに、ぜひグルメを堪能_{たんのう}したり、台湾文化_{たいわんぶんか}を体験_{たいけん}したりしてください。」（趁著在臺北，請務必享受美食、體驗臺灣文化！）

┃ 題庫146　～おかげで

説明　「～おかげで」用來表示正面的原因，常翻譯為「託～的福」、「拜～之所賜」。當然，說成「因為～」也是正確的。

（　）彼が応援に来てくれた＿＿＿＿＿＿＿、助かりました。

➡ 98年領隊人員日語

　　　① おかげで　　　② ためで　　　　③ うえに　　　　④ せいで

▶▶ 老師講解

　　這一題裡的原因是好的原因，所以要用「～おかげで」。正確答案為選項①，構成的句子是「彼_{かれ}が応援_{おうえん}に来_きてくれたおかげで、助_{たす}かりました。」（因為他來幫忙，所以得救了。）

第四單元
接續用法

▌題庫147　〜かぎり

説明　「限る」原本的意思是「限度」、「極限」，構成句型「〜かぎり」之後，用來表示在某個狀態持續期間，常翻譯為「只要〜」。

歷屆試題 350

（　）生きている＿＿＿＿＿＿では、精一杯生きていこうと思う。　　⇒ 97年導遊人員日語

①ほど　　　　　②だけ　　　　　③かぎり　　　　　④とおり

➡ 老師講解

　　「〜かぎり」除了「限度」、「極限」，也可思考為「界限」，因此才會翻譯為「只要〜」。正確答案為選項③，構成的句子是「生きているかぎりでは、精一杯生きていこうと思う。」（只要活著，我就想活得精彩。）

▌題庫148　〜かたわら

説明　「〜かたわら」用來表示同時擁有兩個身分或工作，常翻譯為「一面〜一面〜」。

歷屆試題 351

（　）大学に通う＿＿＿＿＿＿塾でアルバイトをしたおかげで、学費はなんとか払えた。　　⇒ 99年導遊人員日語

①かたがた　　　　②こととて　　　　③かたわら　　　　④それゆえ

➡ 老師講解

　　前面是讀大學、後面是打工，半工半讀就是同時有兩個身分。正確答案為選項③，構成的句子是「大学に通うかたわら塾でアルバイトをしたおかげで、学費はなんとか払えた。」（一面讀大學、一面在補習班打工，總算付得出學費。）

題庫149 〜かのよう

説明 「〜よう」有「推測」、「比喩」兩種功能，但若成為「〜かのよう」，
就只用來表示「比喩」，常翻譯為「就好像〜」。

歷屆試題 352

（ ）宝くじが当たった。とても信じられなくて、まるで夢を見ている＿＿＿＿＿。

➡ 104年領隊人員日語

① かのようだった　　　　　② ほかなかった

③ うえであった　　　　　④ おそれがあった

▶▶ 老師講解

　　只要有「まるで」，就一定要用比喩句型。正確答案為選項①，構成的句子是
「宝くじが当たった。とても信じられなくて、まるで夢を見ているかのようだっ
た。」（中彩券了。真是難以置信，就好像作夢一樣。）

歷屆試題 353

（ ）九份にはレトロな駄菓子店やカフェなどがあり、まるで時が止まった
　　　　　　＿＿＿＿＿錯覚におちいる。

➡ 104年導遊人員日語

① という　　　　② かいう　　　　③ とのような　　　④ かのような

▶▶ 老師講解

　　再說一次，只要有「まるで」，就一定要用比喩句型。正確答案為選項④，構成
的句子是「九份にはレトロな駄菓子店やカフェなどがあり、まるで時が止まったか
のような錯覚におちいる。」（九份有懷舊的雜貨店和咖啡廳，會陷入彷彿時間停止
的錯覺。）

第四單元

接續用法

▌題庫150　～からといって

說明　「～からといって」句型裡雖然有「から」，但卻不是表示因果關係，而是表示逆態接續的句型，因此要說成「雖然～但是～」

（　）おいしい＿＿＿＿＿といって、食べ過ぎてはいけないのよ。　　➡ 95年導遊人員日語

　　　① から　　　　　② ので　　　　　③ だから　　　　　④ なので

▶▶ 老師講解

　　這一題測驗是否熟悉這個句型，不能加上「ので」，要加上「から」才能構成這個句型。正確答案為選項①，構成的句子是「おいしいからといって、食べ過ぎてはいけないのよ。」（雖說很好吃，但也不能吃太多喔！）

（　）彼は社長だ。しかし、＿＿＿＿＿お金があるわけではない。　　➡ 101年領隊人員日語

　　　① だからこそ　　　② だからすると　　　③ だからといって　　④ だからとして

▶▶ 老師講解

　　「～からといって」可以直接出現在句首，不過此時要加上「だ」才能構成完整的結構。正確答案為選項③，構成的句子是「彼は社長だ。しかし、だからといってお金があるわけではない。」（他是社長。但並非他是社長就有錢。）

▌題庫151　～からには

說明　「～からには」和「～以上」功能幾乎相同，表示前後句之間理所當然的因果關係，常翻譯為「既然～」。

（　）やる＿＿＿＿＿には、最後までやりたいと思います。　　➡ 100年領隊人員日語

　　　① から　　　　　② まで　　　　　③ だけ　　　　　④ より

「〜からには」表示了原因，後面則有說話者的判斷、決心、要求。這一題的願望語尾，就是表達了說話者的決心。正確答案為選項①，構成的句子是「やる<u>からには</u>、最後_{さいご}までやりたいと思_{おも}います。」（既然要做，我就想做到最後。）

▌ 題庫152　〜から見_みると、〜から見_みれば

説明　「〜から見_みると」和「〜から見_みれば」用來表示觀察後得到的結果，常翻譯為「從〜來看」。

歴屆試題 357

（　）彼のあの様子＿＿＿＿＿、試験に失敗したらしい。　　　➡ 93年領隊人員日語

　　①にとって　　　②を見てから　　　③によって　　　④からみると

▶▶ 老師講解

前面有「様子_{ようす}」、後面有表示客觀推測的「らしい」，所以應該是「觀察」得到的結果。正確答案為選項④，構成的句子是「彼_{かれ}のあの様子_{ようす}<u>からみると</u>、試験_{しけん}に失敗_{しっぱい}したらしい。」（從他的那個樣子來看，好像考試落榜了。）

▌ 題庫153　〜きり

説明　「〜きり」表示某個動作發生之後，卻沒有發生應有的下一個動作，常翻譯為「〜之後」。

歴屆試題 358

（　）彼とは一度会った＿＿＿＿＿、あれから全然顔も見ていません。

　　　　　　　　　　　　　　　　　　　　　　　　　　　➡ 98年領隊人員日語

　　①きり　　　　　②すえに　　　　　③あげく　　　　　④ところ

▶▶ 老師講解

「〜きり」強調動作的發生，因此前面會接動詞た形。正確答案為選項①，構成的句子是「彼_{かれ}とは一度_{いちど}会_あった<u>きり</u>、あれから全然顔_{ぜんぜんかお}も見_みていません。」（和他見過一面，從此之後就沒再看過他了。）

歴届試題 **359**

（　）彼は約束を破ったきり、＿＿＿＿＿。　　　　　　　　➡ 101年領隊人員日語

　　　① もう一度約束をした　　　　　② もう一度約束を破った

　　　③ すぐ謝りに来た　　　　　　　④ 一言の挨拶もなかった

▶▶ 老師講解

　　「～きり」後面的動作是「本來該有但卻沒有」，因此要從選項中選出該做而未做的事情。正確答案為選項④，構成的句子是「彼は約束を破ったきり、一言の挨拶もなかった。」（他失約之後，連個道歉都沒說。）

歴届試題 **360**

（　）初恋の人とは30年前に帰省した際会った＿＿＿＿＿。今頃どこで何をしている

　　　やら、ぜんぜん分からない。　　　　　　　　　　　➡ 103年領隊人員日語

　　　① ばかりだ　　　② わけだ　　　③ ところだ　　　④ きりだ

▶▶ 老師講解

　　因為「～きり」表示了本來該有的事卻沒有發生，所以可以直接放在語尾。構成什麼意思呢？就是沒有了。因為已經表達出該表達的，所以後面就不再說了。正確答案為選項④，構成的句子是「初恋の人とは３０年前に帰省した際会ったきりだ。今頃どこで何をしているやら、ぜんぜん分からない。」（三十年前返鄉和初戀情人見過面之後就沒再見了。他現在在哪裡？在做什麼呢？我完全不知道。）

▎**題庫154　～くせに**

説明　「～くせに」表示逆態接續，帶有説話者責備的語氣，中文常説成「明明～（卻～）」

歴届試題 **361**

（　）できない＿＿＿＿＿、えらそうに言っている。　　　　➡ 94年導遊人員日語

　　　① にせよ　　　② くせに　　　③ ぬきに　　　④ ゆえに

▶▶ 老師講解

　　「逆接」和「責備」是「～くせに」的基本配備，如果都存在，就要選擇「く

せに」。正確答案為選項②，構成的句子是「できない<u>くせに</u>、えらそうに<ruby>言<rt>い</rt></ruby>っている。」（明明不會，還說得很厲害。）

歷屆試題 **362**

（　）あの人は新人の＿＿＿＿＿態度がでかい。　　　　　　➡ 99年導遊人員日語

　　①くせに　　　　②ために　　　　③たびに　　　　④せいで

▶▶ 老師講解

　　「<ruby>態度<rt>たいど</rt></ruby>がでかい」算是罵人的詞彙，而且和「<ruby>新人<rt>しんじん</rt></ruby>」具有逆態關係，符合「～く
せに」的要件。正確答案為選項①，構成的句子是「あの人は<ruby>新人<rt>しんじん</rt></ruby>の<u>くせに</u><ruby>態度<rt>たいど</rt></ruby>がで
かい。」（那個人明明是新人，卻很大牌。）

歷屆試題 **363**

（　）彼は自分ではできない＿＿＿＿＿、いつも人のやり方に文句をいう。

　　　　　　　　　　　　　　　　　　　　　　　　　　　➡ 102年領隊人員日語

　　①くせに　　　　②なりに　　　　③ものに　　　　④ものなら

▶▶ 老師講解

　　「～くせに」最典型的句子就是「明明辦不到，卻～」，因此「できない」就是
這個句型的關鍵字。正確答案為選項①，構成的句子是「<ruby>彼<rt>かれ</rt></ruby>は<ruby>自分<rt>じぶん</rt></ruby>ではできない<u>くせ</u>
<u>に</u>、いつも<ruby>人<rt>ひと</rt></ruby>の<ruby>やり方<rt>かた</rt></ruby>に<ruby>文句<rt>もんく</rt></ruby>をいう。」（他明明自己辦不到，卻總是抱怨別人的作
法。）

■ **題庫155　～ことから**

説明　「から」本來就能表示因果關係，構成句型「～ことから」之後，則是用
　　　較客觀的方式描述因果關係，中文可説成「由於～」。

歷屆試題 **364**

（　）輪切りにすると星形になる＿＿＿＿＿、スターフルーツという名前がついた。

　　　　　　　　　　　　　　　　　　　　　　　　　　　➡ 104年導遊人員日語

　　①だけに　　　　②として　　　　③ことから　　　　④としたら

　　「～から」是較主觀的，所以常用來表示個人認定的因果關係。但是構成「ことから」之後，就可表達帶有觀察、推測的意見。正確答案為選項③，構成的句子是「輪切りにすると星形になることから、スターフルーツという名前がついた。」（由於（楊桃）環切之後會變成星形，所以才取名為starfruit。）

▌題庫156　～ことに

説明　「～ことに」前面會接情感相關詞彙，常翻譯為「令人感到～的是」。

歷屆試題 365

（　）悔しい＿＿＿＿＿　わが校のチームは一点差で負けてしまった。　　➡ 99年領隊人員日語

　　　① ごとに　　　　② ことにして　　　③ ことに　　　　④ ことになって

▶ 老師講解

　　「悔しい」是情感相關形容詞，因此要加上「ことに」。正確答案為選項③，構成的句子是「悔しいことにわが校のチームは一点差で負けてしまった。」（令人感到懊惱的是，本校校隊以一分之差輸了。）

歷屆試題 366

（　）驚いた＿＿＿＿＿、彼は10カ国語も話せる。　　　　➡ 101年領隊人員日語

　　　① ことに　　　　② ように　　　　　③ ものに　　　　④ ところに

▶ 老師講解

　　「驚く」是情感相關動詞，一樣可以放在「ことに」之前。正確答案為選項①，構成的句子是「驚いたことに、彼は10カ国語も話せる。」（令人感到驚訝的是，他居然會說十國語言。）

說明 把同一個字放在「～ことは～が」裡，就構成了類似中文的「有歸有」、

「是歸是」這種說法。例如「AことはAが」應該翻譯成「A是A，但

是～」。

歷屆試題 367

（　）ホテルは静かなことは＿＿＿＿＿ですが、あまり眠れませんでした。

⇒ 96年領隊人員日語

① 静か ② 静かだ

③ 静かだった ④ 静かではなかった

▶▶ 老師講解

　　這一題其實考的是基本連接規則，「静か」是ナ形容詞，空格後已經有「で
す」，所以無論如何，就是只能加上「静か」。正確答案為選項①，構成的句子是
「ホテルは静かなことは<u>静か</u>ですが、あまり眠れませんでした。」（飯店安靜是安
靜，但是不太睡得著。）

歷屆試題 368

（　）面白い番組だった、いろいろな謎が解けたと言ってくれた視聴者も<u>いること
　　はいる</u>んです。下線部の意味を一つ選びなさい。 ⇒ 102年導遊人員日語

　　① 少人数だがいる。

　　② いるときはいる、いないときはいない。

　　③ 大勢いる。

　　④ はっきりしないが、多分いる。

▶▶ 老師講解

　　題目句裡的「いることはいる」可以翻譯為「有是有」，表示雖然存在，但是不
多。正確答案為選項①「少人数だがいる。」（雖然人數不多，但是有。），原本的
句子是「面白い番組だった、いろいろな謎が解けたと言ってくれた視聴者も<u>いるこ
とはいる</u>んです。」（很有意思的節目，也有一些觀眾說幫他們解開了各種謎團。）

説明　「～最中に」表示某件事做得正激烈的時候，常翻譯為「正在～的時候」。

歷屆試題 369

（　）食事している_____に、仕事に呼び出されてしまった。　　➡ 94年領隊人員日語

　　① 最中　　　　② 場合　　　　　③ 中間　　　　④ 半ば

老師講解

　　「～最中に」表示動作進行當中，因此前面的動詞必須是ている形。正確答案為選項①，構成的句子是「食事している最中に、仕事に呼び出されてしまった。」（吃飯吃到一半被叫去做事。）

■ 題庫159　～次第

説明　「～次第」當接續助詞時，用來表示「一～就～」。重點在於前面的動詞是ます形，而且後面常出現請託、命令、願望等句型。

歷屆試題 370

（　）A：「日本に入国するために、ビザの申請は一ヶ月ほど前に出しましたが、未だにその許可が下りてきておりません。」

　　　B：「そうですが、すみません、早速調べておきます。原因が_____お知らせいたします。」

　　　　　　　　　　　　　　　　　　　　　　　　　　　　➡ 93年導遊人員日語

　　① わかる次第　　② わかる際　　　③ わかる上　　　④ わかり次第

▶ **老師講解**

　　「次第」前面必須為動詞ます形，光憑這一點就可以找出這一題的答案了。正確答案為選項④，構成的句子是「『日本に入国するために、ビザの申請は一ヶ月ほど前に出しましたが、未だにその許可が下りてきておりません。』『そうですが、すみません、早速調べておきます。原因がわかり次第お知らせいたします。』」

（「為了入境日本，一個月左右之前就申請簽證了，可是到現在還沒下來。」「這樣子呀，不好意思，我立刻查一下。一知道原因我就立刻通知您。」）

歷屆試題 371

（　）事件の詳しい経過が＿＿＿＿＿次第、番組の中でお伝えします。 ➡ 99年領隊人員日語

　　① わかる　　　　② わかり　　　　③ わかった　　　④ わかって

▶▶ 老師講解

　　空格之後是「次第（しだい）」，請從選項中找出動詞ます形。正確答案為選項②，構成的句子是「事件の詳しい経過がわかり次第、番組の中でお伝えします。」（一了解事件的詳細經過，就立刻在節目中告訴各位。）

歷屆試題 372

（　）バスターミナルに着き＿＿＿＿＿ご連絡ください。 ➡ 104年導遊人員日語

　　① 途端　　　　② 急遽　　　　③ 早速　　　　④ 次第

▶▶ 老師講解

　　這題和前一題剛好相反，空格之前是動詞ます形，所以要填入「次第（しだい）」。此外，語尾是請託句型，也是「次第（しだい）」常配合的句型。正確答案為選項④，構成的句子是「バスターミナルに着き（つ）次第（しだい）ご連絡（れんらく）ください。」（一抵達航站請立刻跟我聯絡！）

歷屆試題 373

（　）新しい商品が入り＿＿＿＿＿、ご案内の手紙を送らせていただきます。

➡ 104年領隊人員日語

　　① がてら　　　　② 次第　　　　③ つつ　　　　④ ながら

▶▶ 老師講解

　　本題的四個選項前面都應該接動詞ます形，但句子表達的應該是兩個行為幾乎同時發生，而不是同時做兩件事，所以要選「次第（しだい）」。正確答案為選項②，構成的句子是「新（あたら）しい商品（しょうひん）が入（はい）り次第（しだい）、ご案内（あんない）の手紙（てがみ）を送（おく）らせていただきます。」（新商品一到，我就立刻寄產品說明給您。）

第四單元
接續用法

（　）よくわからないけど、きょうは風邪の＿＿＿＿か、どうも体がだるいんだ。

➡ 95年導遊人員日語

　　　① ぎみ　　　　② せい　　　　　③ よう　　　　　④ そう

➡ **老師講解**

　　「せい」後面常出現「か」，這是為了表達不太確定的感覺，常翻譯為「大概是因為～」。正確答案為選項②，構成的句子是「よくわからないけど、きょうは風邪のせいか、どうも体がだるいんだ。」（我不太確定，不過今天大概因為感冒了，所以總覺得全身無力。）

（　）わたしたちが遅刻したのはまったく君の＿＿＿＿だ。　➡ 96年領隊人員日語

　　　① ため　　　　② せい　　　　　③ おかげ　　　　④ ようい

➡ **老師講解**

　　「遅到」顯然是不好的事，所以要加上「せい」。正確答案為選項②，構成的句子是「わたしたちが遅刻したのはまったく君のせいだ。」（我們會遲到都是你害的。）

（　）最近個人旅行の観光客が増えて＿＿＿＿、われわれツアー客相手の物産店の売り上げは軒並み減ってきていますね。　➡ 102年導遊人員日語

　　　① くるおかげか　　② きたおかげか　　　③ くるせいか　　　④ きたせいか

➡ **老師講解**

　　這一題要先判斷是正面的原因、還是負面的原因。接下來則是時態的判斷，補助

動詞「〜てくる」用來描述過去到現在持續的變化，所以實際使用時以過去形居多喔！正確答案為選項④，構成的句子是「最近個人旅行の観光客が増えてきたせいか、われわれツアー客相手の物産店の売り上げは軒並み減ってきていますね。」（大概是因為最近自由行的客人漸漸增加了，所以我們這種專接團體客的名產店營業額每間都減少了。）

▌ 題庫161　〜だけに

説明　「だけ」原本的意思是「只有」，構成句型「〜だけに」，用來排除其他原因，常翻譯為「正因為〜」。

歷屆試題 377

（　）去年負けている＿＿＿＿、今年はぜひ勝ちたい。　　　　　　　➡ 93年領隊人員日語

　　① からといって　　② だけに　　　　③ ばかりに　　　④ ついでに

➡ 老師講解

　　「〜だけに」的特色在於表達因為前面的原因，所以「更加地〜」，前後常會出現相對性的詞彙。正確答案為選項②，構成的句子是「去年負けているだけに、今年はぜひ勝ちたい。」（正因為去年輸了，所以今年一定要贏。）

歷屆試題 378

（　）彼はやっと国家試験に合格できた。苦労してがんばった＿＿＿＿、喜びもまた人一倍大きかった。　　　　　　　➡ 97年領隊人員日語

　　① すえに　　　　② うえに　　　　③ あげく　　　　④ だけに

➡ 老師講解

　　空格前面是「辛苦努力」、後面是「加倍喜悅」，當然應該用到「〜だけに」才恰當。正確答案為選項④，構成的句子是「彼はやっと国家試験に合格できた。苦労してがんばっただけに、喜びもまた人一倍大きかった。」（他終於通過國家考試了。正因為辛苦努力過，喜悅也比別人加倍。）

第四單元　接續用法

説明　「～たとたん」常翻譯為「一～就～」，用來表示前一個動作發生的幾乎同時發生了下一個動作，而下一個動作是非預期的動作。測驗重點在連接方式，其實「たとたん」不是一個獨立的單字，而是動詞た形加上「途端」。

歷屆試題 379

（　）エレベータを出た＿＿＿＿＿立ってはいられない強い地震に見舞われた。

➡ 94年領隊人員日語

①　かぎりに　　　②　しだいに　　　③　ついでに　　　④　とたんに

➡ 老師講解

空格前面是動詞た形，符合「～たとたん」的連接規則。正確答案為選項④，構成的句子是「エレベータを出たとたんに立ってはいられない強い地震に見舞われた。」（一出電梯，就遇到了大到站都站不住的強烈地震。）

歷屆試題 380

（　）私たちが乗ったバスが高雄に到着した＿＿＿＿＿、雨が降ってきた。

➡ 98年導遊人員日語

①　すぐ　　　　　②　ただちに　　　③　しばらく　　　④　とたん

➡ 老師講解

空格前是動詞た形，選項也有「とたん」，它們就是應該在一起。正確答案為選項④，構成的句子是「私たちが乗ったバスが高雄に到着したとたん、雨が降ってきた。」（我們搭乘的客運一到高雄，就下起雨來。）

（　）試験が終わった＿＿＿＿＿、教室が騒がしくなった。　　　⇒ 101年領隊人員日語

① とたん　　　　② なり　　　　　③ べし　　　　　④ ほど

▶▶ 老師講解

　　空格前是動詞た形，選項也有「とたん」，這個句型就是會這樣測驗。正確答案為選項①，構成的句子是「試験が終わったとたん、教室が騒がしくなった。」（考試一結束，教室就變得很吵。）

（　）息子はベッドに入った＿＿＿＿＿、寝てしまった。　　　⇒ 103年導遊人員日語

① と　　　　　　② ともない　　　③ しだい　　　　④ とたん

▶▶ 老師講解

　　除了動詞た形和「とたん」的關係，這一題也清楚看到發生了「非預期」的事件了。正確答案為選項④，構成的句子是「息子はベッドに入ったとたん、寝てしまった。」（我兒子一躺上床就睡著了。）

▌ 題庫163　〜たびに

説明　「たび」原本的意思是「時候」，構成句型「〜たびに」之後，用來表達每一次都會如此，常翻譯為「每當〜」。

（　）この写真を＿＿＿＿＿たびに、子供の頃を思い出す。　　　⇒ 103年導遊人員日語

① 見る　　　　　② 見た　　　　　③ 見ている　　　　④ 見て

▶▶ 老師講解

　　「〜たびに」用來表示每一次都會如此，因此前面的動詞會是表示現在式的辭書形。正確答案為選項①，構成的句子是「この写真を見るたびに、子供の頃を思い出す。」（每當看到這張照片，就會想起小時候。）

> **▌題庫164 ～ために**
>
> 説明 「～ために」表示目的，前後動詞的主詞必須是同一個人，常翻譯為「為了～」。

歷屆試題 384

（　）家のローンを返す_____、パートをやるつもりです。　　　➡ 94年導遊人員日語

　　① ように　　　　② ために　　　　③ のも　　　　④ でも

▶▶ 老師講解

　　「～ように」和「～ために」都有表示「目的」的功能，但「～ように」前面不能接動作性動詞，而這一題的「返(かえ)す」就是動作性動詞。正確答案為選項②，構成的句子是「家(いえ)のローンを返(かえ)すために、パートをやるつもりです。」（為了還房貸，我打算兼職。）

歷屆試題 385

（　）良い添乗員やガイドになるため_____、どのような努力が必要だと思いますか。　　　➡ 95年導遊人員日語

　　① では　　　　② のは　　　　③ には　　　　④ かは

▶▶ 老師講解

　　「ため」後面要接的助詞是「に」。正確答案為選項③，構成的句子是「良(よ)い添乗員(じょういん)やガイドになるためには、どのような努力(どりょく)が必要(ひつよう)だと思(おも)いますか。」（為了要成為一個好的領隊或導遊，你覺得要有怎麼樣的努力呢？）

歷屆試題 386

（　）本当に豊かな生活を実現する_____、今後、生活環境全体を見直し、改善していく必要がある。　　　➡ 96年領隊人員日語

　　① ためには　　　② にとって　　　③ として　　　④ しだいに

　　空格之前是動作性動詞，而且是後面行為的目的，因此要用「～ために」。正確答案為選項①，構成的句子是「本当に豊かな生活を実現するためには、今後、生活環境全体を見直し、改善していく必要がある。」（為了要實現真正富裕的生活，今後需要重新審視整體生活環境並改善。）

歷屆試題 387

（　）彼は交換留学の費用を貯める＿＿＿＿＿、デパートでアルバイトをしている。

　　　　　　　　　　　　　　　　　　　　　　　　　⟹ 100年領隊人員日語

　　　① ために　　　　② ように　　　　③ べくに　　　　④ ともなしに

▶▶ 老師講解

　　「ために」和「ように」一起出現時，幾乎就是要從中選一。「貯める」是動作性動詞，因此要選擇「ために」。正確答案為選項①，構成的句子是「彼は交換留学の費用を貯めるために、デパートでアルバイトをしている。」（他為了存出國留學的費用，在百貨公司打工。）

┌─────────────────────────────────────┐
│ ▌**題庫165　～ため（に）** │
│ 説明　「～ため」除了表示目的，還能表示原因，常翻譯為「因為～」。 │
└─────────────────────────────────────┘

歷屆試題 388

（　）渋滞の＿＿＿＿＿、到着時間はやや遅くなります。　　⟹ 101年領隊人員日語

　　　① から　　　　　② ように　　　　③ ため　　　　④ ので

▶▶ 老師講解

　　「から」、「ので」、「ため」都是因果關係的詞彙，因此測驗的是連接方式。「ため」的身分是名詞，所以和前面的名詞要用「の」連接。正確答案為選項③，構成的句子是「渋滞のため、到着時間はやや遅くなります。」（因為塞車，所以到達時間會稍微晚一點。）

第四單元　接續用法

歷屆試題 389

（　）このごろは＿＿＿＿＿、天気が落ち着かない。　　　　　➡ 96年領隊人員日語

　　　① 暑かったり、寒かったりして　　　② 暑くて、寒くて

　　　③ 暑いし、寒いし　　　　　　　　　④ 暑いながら寒くて

▶▶ 老師講解

　　「〜たり〜たり」原本用來表示動作的舉例，但若前後出現相反的狀況，即使不
是動詞，只要是過去肯定常體，都能表示反復。正確答案為選項①，構成的句子是
「このごろは暑かったり、寒かったりして、天気が落ち着かない。」（這陣子忽冷
忽熱，天氣很不穩定。）

歷屆試題 390

（　）世の中は持ち＿＿＿＿＿持たれ＿＿＿＿＿だから、お互いに助け合いましょう。

　　　　　　　　　　　　　　　　　　　　　　　　　　　　　➡ 99年導遊人員日語

　　　① とか、とか　　　② やら、やら　　　③ つ、つ　　　④ たり、たり

▶▶ 老師講解

　　一個動詞的主動和被動同時存在，當然要使用「〜つ〜つ」這個句型。中文的
「互相扶持」是「我扶你，你扶我」，但是日文有主詞統一的限制，所以說起來就好
像是「我扶你，我被你扶」，正確答案為選項③，構成的句子是「世の中は持ちつ持
たれつだから、お互いに助け合いましょう。」（在世界上要互相扶持，所以我們互
相幫忙吧！）

説明　「～つつ」和「～ながら」很類似，可以表示動作的一起進行。常翻譯為
　　　「一邊～一邊～」。

歴屆試題 **391**

（　）私は露天風呂に入って、夕日を　　　　　　　日本酒を飲むのが好きです。

➡ 100年導遊人員日語

　　①　眺めつつ　　　　　　　　　　②　見渡す限り
　　③　見通して　　　　　　　　　　④　見て見ぬふりをして

▶ 老師講解

　　「～つつ」和「～ながら」的類似不是只有功能，就連接續方法都相同，前面都
要接動詞ます形。正確答案為選項①，構成的句子是「私は露天風呂に入って、夕日
を眺めつつ日本酒を飲むのが好きです。」（我喜歡泡著露天溫泉，一邊看著夕陽一
邊喝著日本酒。）

説明　「～つつ」和「～ながら」的類似還包含了兩者都可以表示逆態接續，常
　　　翻譯為「雖然～但是～」。

歴屆試題 **392**

（　）明日の朝は早いと知り　　　　　　　、遅くまで夜市で遊んでいた。

➡ 96年導遊人員日語

　　①　くせに　　　　②　とて　　　　③　ても　　　　④　つつ

▶ 老師講解

　　前後句帶有逆態接續的意思，而且空格前是動詞ます形，因此只有「つつ」可以
連接。正確答案為選項④，構成的句子是「明日の朝は早いと知りつつ、遅くまで夜
市で遊んでいた。」（雖然知道明天早上很早要出發，但還是在夜市玩到很晚。）

第四單元　接續用法

題庫170　～て以来

説明　「～て以来」表示做了某件事之後，一直持續的狀態。可以直接翻譯成「～以來」，也可以說成「～之後」。

歷屆試題 393

（　）5年前に始めて台湾を＿＿＿＿＿、中国茶の魅力にすっかりはまっています。

➡ 97年導遊人員日語

① 訪れて以来　　　　　　　　② 訪れるからには
③ 訪れないからには　　　　　④ 訪れることには

▶▶ 老師講解

「～て以来」就好像在「～てから」後面加上「ずっと」，關鍵在於後面必須是持續的狀態，而動詞ている形就是最典型的持續狀態。正確答案為選項①，構成的句子是「5年前に始めて台湾を訪れて以来、中国茶の魅力にすっかりはまっています。」（五年前第一次造訪臺灣之後，我就完全愛上了中國茶。）

題庫171　～てこそ

説明　「こそ」的功能是「排除其他」，前面加上動詞て形構成句型「～てこそ」則用來排除其他行為，可以翻譯為「～才」。

歷屆試題 394

（　）旅は行き交う人への思いやりが＿＿＿＿＿できるものであり、人の他人への思いやりの心は何よりも大切である。

➡ 93年導遊人員日語

① あったこそ　　② あってこそ　　③ あるこそ　　　④ あったから

▶▶ 老師講解

這一題的判斷關鍵就是動詞要用て形才能和「こそ」連接。正確答案為選項②，構成的句子是「旅は行き交う人への思いやりがあってこそできるものであり、人の他人への思いやりの心は何よりも大切である。」（旅行是有著對萍水相逢的人們的關懷才能完成，所以我們對於他人的關懷之心是最重要的。）

▌題庫172　～てはじめて

説明　「はじめて」原本的意思是「第一次」，構成句型「～てはじめて」之後，
　　　表示自從某件事發生之後才開始這麼做，常翻譯為「自從～之後，才～」。

歷屆試題 395

（　）病気になって＿＿＿＿＿健康のありがたさが分かる。　　　　➡ 102年領隊人員日語

　　　① はじまって　　② はじめて　　　　③ はじまりに　　④ はじめに

▶▶ 老師講解

　　空格之前已經出現了動詞て形，所以只要找出「はじめて」就可以了。為什麼這
個句型是用「はじめて」呢？以這個句子來說，這樣才能表達出「以前不知道，現在
才第一次了解」不是嗎？正確答案為選項②，構成的句子是「病気になってはじめて
健康のありがたさが分かる。」（自從生病之後，才了解健康的可貴。）

▌題庫173　～てまで

説明　「まで」原本就有副助詞的功能，用來表示強調，常翻譯為「連～」。將
　　　「まで」放在動詞て形之後構成的「～てまで」，則用來強調動作，常翻
　　　譯為「甚至～」或是「連～」。

歷屆試題 396

（　）わたしは、日本のサラリーマンが家族を犠牲に＿＿＿＿＿働くことに反対であ
　　　る。　　　　　　　　　　　　　　　　　　　　　　　➡ 104年領隊人員日語

　　　① したからこそ　② したからには　　③ してこそ　　　④ してまで

▶▶ 老師講解

　　「こそ」和「まで」都可加上動詞て形構成「～てこそ」、「～てまで」，這裡
就是要判斷該用「排除其他」或是「甚至還會」。正確答案為選項④，構成的句子
是「わたしは、日本のサラリーマンが家族を犠牲にしてまで働くことに反対であ
る。」（我反對日本的上班族為了工作甚至還犧牲了家人。）

題庫174　～であろうと

説明　「～であろうと」用來表示逆態接續，就像常見的「～でも」，因此可以翻譯為「就算～」。

歷屆試題 397

（　）どんな犯罪を犯した人＿＿＿＿＿、心のどこかに良心は残っているはずだ。

➡ 100年領隊人員日語

　　①　となろうと　　②　であろうと　　③　となれば　　④　であれば

▶▶ 老師講解

　　一開始的「どんな」，就是預告後面需要一個「でも」類的逆態接續詞，沒有「でも」，這裡就用「であろうと」吧！正確答案為選項②，構成的句子是「どんな犯罪を犯した人であろうと、心のどこかに良心は残っているはずだ。」（無論是犯了什麼罪的人，心裡的某處應該都還留著一點良心。）

題庫175　～ではあるまいし、～じゃあるまいし

説明　「～ではあるまいし」，其實就是「ではないでしょうから」，直譯的話是「因為不是～吧」，中文常說成「又不是～」。

歷屆試題 398

（　）お客さんにきちんとあいさつするくらい、＿＿＿＿＿、言われなくてもやりなさい。

➡ 103年導遊人員日語

　　①　会社じゃあるまいし　　　　　　　②　子どもじゃあるまいし
　　③　ガイドさんじゃあるまいし　　　　④　世間じゃあるまいし

▶▶ 老師講解

　　「～ではあるまいし」前面所舉的例子，應該是較為特殊的情況，例如「又不是小孩」、「又不是神仙」。後面則會有對人的建議、命令。正確答案為選項②，構成的句子是「お客さんにきちんとあいさつするくらい、子どもじゃあるまいし、言われなくてもやりなさい。」（你又不是小孩子，好好跟客人打招呼這種事，不用說也要做！）

説明　「～ても」構成的逆態接續帶有假定的意思，常翻譯為「就算～也～」。

歷屆試題 399

（　　）大雪が降っ＿＿＿＿＿、会社を休むことはない。　　　　⇒ 101年領隊人員日語

　　　① て　　　　　　② ては　　　　　　③ ても　　　　　④ たら

▶ 老師講解

　　「下大雪」和「不請假」之間是逆態關係，所以要使用「～ても」。正確答案為選項③，構成的句子是「大雪が降っても、会社を休むことはない。」（就算下大雪，我還是會去上班。）

歷屆試題 400

（　　）一生懸命練習＿＿＿＿＿あの人ほど上手にはならないでしょう。

　　　　　　　　　　　　　　　　　　　　　　　　　　　　⇒ 95年領隊人員日語

　　　① したら　　　　② すると　　　　③ すれば　　　　④ しても

▶ 老師講解

　　四個選項都屬於假定句型，但只有「～ても」是逆態的假定用法。正確答案為選項④，構成的句子是「一生懸命練習してもあの人ほど上手にはならないでしょう。」（就算拚命練習，也不會有他那麼厲害吧！）

歷屆試題 401

（　　）食べ＿＿＿＿＿食べ＿＿＿＿＿太らない。　　　　⇒ 95年領隊人員日語

　　　① ても、ても　　　　　　　　　　② ては、ては

　　　③ たり、なかったり　　　　　　　④ るし、ないし

▶ 老師講解

　　前後文有逆態關係，寫了兩個「食べ」其實是用來強調，都加上「ても」就可以了。正確答案為選項①，構成的句子是「食べても食べても太らない。」（怎麼吃都不會胖。）

説明　在表示逆態接續的「〜ても」前面加上「たとえ」有加強語氣的功能，常
　　　翻譯為「再怎麼樣〜也〜」。

歷屆試題 402

（　）たとい雨が降＿＿＿＿＿、あしたは必ず行こう。　　　➡ 93年領隊人員日語

　　　① れば　　　　② っては　　　　③ ると　　　　④ っても

▶▶ 老師講解

　　「たとい」和「たとえ」意思相同，所以後面應該加上「ても」。正確答案為選
項④，構成的句子是「たとい雨が降<ruby>降<rt>ふ</rt></ruby>っても、あしたは必<ruby>必<rt>かなら</rt></ruby>ず行<ruby>行<rt>い</rt></ruby>こう。」（雨再怎麼
下，明天也一定要去！）

歷屆試題 403

（　）たとえ＿＿＿＿＿、最後までやり通しなさい。　　　➡ 94年領隊人員日語

　　　① 苦しいから　　② 苦しければ　　③ 苦しいのに　　④ 苦しくても

▶▶ 老師講解

　　只要句首出現「たとえ」，句中就會有「ても」。正確答案為選項④，構成的句
子是「たとえ苦<ruby>苦<rt>くる</rt></ruby>しくても、最後<ruby>最後<rt>さいご</rt></ruby>までやり通<ruby>通<rt>とお</rt></ruby>しなさい。」（再怎麼痛苦，也要做到最
後！）

歷屆試題 404

（　）たとえ除名され＿＿＿＿＿、言いたいことははっきり言うべきだよ。

　　　　　　　　　　　　　　　　　　　　　　　　➡ 94年導遊人員日語

　　　① ても　　　　② でも　　　　③ にも　　　　④ だって

▶▶ 老師講解

　　「たとえ」就是這個文法的關鍵字，接下來只要小心動詞變化是否正確就好了。
正確答案為選項①，構成的句子是「たとえ除名<ruby>除名<rt>じょめい</rt></ruby>されても、言<ruby>言<rt>い</rt></ruby>いたいことははっきり
言<ruby>言<rt>い</rt></ruby>うべきだよ。」（就算被除名，想說的也應該說清楚呀！）

題庫178　〜とき

説明　「〜とき」用來表達動作進行的時間，常翻譯為「〜時」、「〜的時候」。

歷屆試題 **405**

（　）部屋を＿＿＿＿＿とき、テレビを消してください。　　　➡ 95年導遊人員日語

　　① 出る　　　　　② 出た　　　　　③ 出ている　　　　④ 出ていた

▶▶ 老師講解

　　「〜とき」前面的動詞是辭書形還是た形是這個句型的測驗重點，這一題裡關電視應該在出門前完成，要使用辭書形。正確答案為選項①，構成的句子是「部屋を出るとき、テレビを消してください。」（要出房間時請關電視！）

歷屆試題 **406**

（　）「これは日本で買ったかばんですか」

　　　「はい、去年日本へ＿＿＿＿＿時に買いました」　　　➡ 99年導遊人員日語

　　① 行く　　　　　② 行った　　　　③ 行こうとする　　④ 行こうとした

▶▶ 老師講解

　　這一題裡，包包是在日本買的，所以是到了日本才能做的事，因此要使用動詞た形。正確答案為選項②，構成的句子是「『これは日本で買ったかばんですか』『はい、去年日本へ行った時に買いました』」（「這是在日本買的包包嗎？」「是的，去年去日本的時候買的。」）

題庫179　〜（た）ところで

説明　將動詞た形加上「ところで」所構成的句型「〜たところで」用來表示逆態接續，意思和「〜ても」類似，翻譯為「就算〜也〜」。

歷屆試題 **407**

（　）今から行った＿＿＿＿＿、間に合わないでしょう。　　　➡ 98年導遊人員日語

　　① ながら　　　　② ても　　　　　③ ところで　　　④ けれど

前後文有逆態關係，但是因為帶有假定的語氣，所以不能使用「～けれど」。「～ても」、「～ところで」都是逆態假定，但是空格前面已經出現了た形，所以只能加上「ところで」正確答案為選項③，構成的句子是「今から行ったところで、間に合わないでしょう。」（就算現在去也來不及吧！）

▌ 題庫180　～どころか

説明　「～どころか」有兩種常見的中文表達，有時可以說成「不要說是～甚至還～」，有時候卻要說成「哪裡會～其實～」，翻譯時請小心確認。

歷屆試題 408

（　）太田さんは台湾へ行ったことがない。＿＿＿＿＿国内旅行も殆どしていない。

➡ 93年導遊人員日語

①ところが　　②そのために　　③それどころか　④ゆえに

▶▶ 老師講解

「～どころか」不能單獨使用，所以放在兩個獨立的句子之間時，要加上「それ」代替前一句的內容。正確答案為選項③，構成的句子是「太田さんは台湾へ行ったことがない。それどころか国内旅行も殆どしていない。」（太田先生沒去過臺灣。不僅如此，甚至幾乎沒有在國內旅遊過。）

歷屆試題 409

（　）A：ガイドの仕事って、楽しいでしょう。
　　　B：楽しい＿＿＿＿＿か、大変なのよ。

➡ 95年導遊人員日語

①ところ　　②どころ　　③こと　　④もの

▶▶ 老師講解

這一題的「～どころか」就是用來表示「哪裡會～其實～」。正確答案為選項②，構成的句子是「『ガイドの仕事って、楽しいでしょう。』『楽しいどころか、大変なのよ。』」（「導遊這份工作，很好玩吧？」「哪會好玩，其實很辛苦喔！」）

（　）暖冬なのでスキー場は忙しい_____、ひまでしようがないんだ。

➡ 99年導遊人員日語

　　　① にしても　　　② どころへ　　　③ どころか　　　④ にしたら

▶▶ 老師講解

　　從這一題的「忙<ruby>忙<rt>いそが</rt></ruby>しい」和「ひま」來判斷，可以知道構成的意思應該是「哪裡會～其實～」。正確答案為選項，構成的句子是「暖冬<ruby>暖<rt>だんとう</rt></ruby>なのでスキー場は忙<ruby>忙<rt>いそが</rt></ruby>しいどころか、ひまでしようがないんだ。」（因為暖冬，所以滑雪場哪會忙，其實閒得不得了。）

（　）仕事が忙しくて、お弁当をゆっくり食べる_____、お茶を飲む暇さえなかった。

➡ 97年導遊人員日語

　　　① というより　　② といっても　　③ としたら　　④ どころか

▶▶ 老師講解

　　這一題空格前後的「食<ruby>食<rt>た</rt></ruby>べる」和「飲<ruby>飲<rt>の</rt></ruby>む」並非相對性的詞彙，而是同性質但程度上有所差異的詞彙，所以翻譯上就要說成「不要說是～甚至還～」比較恰當。正確答案為選項④，構成的句子是「仕事<ruby>仕<rt>し</rt>事<rt>ごと</rt></ruby>が忙<ruby>忙<rt>いそが</rt></ruby>しくて、お弁当<ruby>弁<rt>べん</rt>当<rt>とう</rt></ruby>をゆっくり食<ruby>食<rt>た</rt></ruby>べるどころか、お茶<ruby>茶<rt>ちゃ</rt></ruby>を飲<ruby>飲<rt>の</rt></ruby>む暇<ruby>暇<rt>ひま</rt></ruby>さえなかった。」（工作忙得不要說是好好吃個便當，連喝口茶都沒空。）

▌題庫181　～ところを

説明　「ところ」原本就可以用來表達某個時間，構成句型「～ところを」之後，常用於寒暄時表達歉意，一般翻譯為「在～之中」。

（　）本日は、お忙しい_____、わざわざご臨席をいただき、まことに光栄に存じます。

➡ 93年導遊人員日語

　　　① 時間　　　　② ところ　　　　③ なのに　　　　④ ですが

　　因為「ところ」本來就已經表達出了時間，所以這裡省略了「を」並不影響句子的意思。正確答案為選項②，構成的句子是「本日(ほんじつ)は、お忙(いそが)しいところ、わざわざご臨席(りんせき)をいただき、まことに光栄(こうえい)に存(ぞん)じます。」（今天在您百忙之中還特地撥冗參加，真是感到無上的光榮。）

歷屆試題 413

（　）本日はお忙しい＿＿＿＿＿＿お邪魔いたしまして……。　　　　➡ 100年領隊人員日語

　　　① ところを　　　② ものを　　　　③ ほどを　　　　④ ことを

▶▶ 老師講解

　　「～ところを」後面的「を」，其實就是為了讓「ところ」成為「邪魔(じゃま)する」的受詞。正確答案為選項①，構成的句子是「本日(ほんじつ)はお忙(いそが)しいところをお邪魔(じゃま)いたしまして……。」（今天在您百忙之中還來打擾您……。）

▌題庫182　～といえば

説明　「～といえば」常翻譯為「一說到～」，用來表示一提到前面的事物就會聯想到的內容。

歷屆試題 414

（　）台湾各地の有名な夜市＿＿＿＿＿＿、例えば台北の士林夜市、台中の逢甲夜市、

　　　台南の花園夜市、高雄の六合夜市などがそれであります。　➡ 100年導遊人員日語

　　　① と言えば　　　② にしても　　　③ に至ると　　　④ に限っては

▶▶ 老師講解

　　提到臺灣的夜市會想到哪些夜市呢？這個時候就是一種聯想，因此要使用「～といえば」。正確答案為選項①，構成的句子是「台湾各地(たいわんかくち)の有名(ゆうめい)な夜市(よいち)と言(い)えば、例(たと)えば台北(たいぺい)の士林夜市(しりんよいち)、台中(たいちゅう)の逢甲夜市(ほうこうよいち)、台南(たいなん)の花園夜市(はなぞのよいち)、高雄(たかお)の六合夜市(ろくごうよいち)などがそれであります。」（說到臺灣各地知名的夜市，就會想到臺北的士林夜市、臺中的逢甲夜市、臺南的花園夜市、高雄的六合夜市。）

（　）果物＿＿＿＿＿、有名なマンゴーかき氷は食べないといけません。

➡ 103年導遊人員日語

　　①　といえば　　　②　といえども　　　③　とはいえ　　　④　とすると

▶▶ 老師講解

　　說到水果，就會想到芒果冰，這也是一種聯想。正確答案為選項①，構成的句子是「果物といえば、有名なマンゴーかき氷は食べないといけません。」（說到水果，不能不吃有名的芒果冰。）

■ **題庫183　〜というより**

説明　在表達「叫做」、「稱為」的「という」之後加上表示比較的「より」所構成的句型「〜というより」常翻譯為「與其說〜」。

（　）あの人は無邪気＿＿＿＿＿、世間知らずだ。　　➡ 95年領隊人員日語

　　①　というより　　②　というと　　　③　といったら　　④　といえば

▶▶ 老師講解

　　「與其說」後面常會接「還不如說」，因此這個句型前後應該可以看到同性質但程度不同的詞彙。正確答案為選項①，構成的句子是「あの人は無邪気というより、世間知らずだ。」（那個人與其說是天真，還不如說是不懂世事。）

■ **題庫184　〜といえども**

説明　「〜といえども」裡的「ども」是古文留下來的詞彙，意思類似現代文的「ても」。「ても」表示逆態假定，因此這個句型就有「就算是〜也〜」的意思。

（　）冬山はベテランの登山家＿＿＿＿＿、遭難する危険がある。　➡ 102年領隊人員日語

　　①　というと　　　②　といえども　　　③　といえば　　　④　といっては

「專業的登山客」和「遇難」之間具有逆態關係，所以應該選擇表示逆態接續的「～といえども」。正確答案為選項②，構成的句子是「冬山はベテランの登山家といえども、遭難する危険がある。」（冬天的山裡有著就算是專業登山客都會遇難的危險。）

歴屆試題 418

（　）社員とアルバイトでは責任が違う。しかし、アルバイトと_____客の信用をなくすような態度をとってはいけない。　　　　　　　➠ 104年領隊人員日語

①いえば　　　　②いうなら　　　　③いえども　　　　④いうなり

➠ 老師講解

「～といえども」構成的句子最常見的表達方式是「就算是～也不能～」，因此後面常出現禁止用法、能力句型。正確答案為選項③，構成的句子是「社員とアルバイトでは責任が違う。しかし、アルバイトといえども客の信用をなくすような態度をとってはいけない。」（正式員工和打工的人責任不同。但是就算是打工的人，也不可以有著失去客戶的信任的態度。）

▌ 題庫185　～とはいえ

説明　「～とはいえ」也是一種逆態接續説法，很像「～といっても」，所以可以翻譯為「雖説是～」。

歴屆試題 419

（　）あの子は、頭がいいね。まだ子供_____いえ、何でもよく分かる。

➠ 95年導遊人員日語

①にも　　　　②とも　　　　③とは　　　　④では

　　以現代文來說「いえ」算是「言う」的命令形，但是命令形不應該出現在句子中間，所以此時不可能具有命令語氣。只要記住出現在句子中間疑似命令形的結構，就是屬於逆態接續用法，就能了解所有相關句型。正確答案為選項③，構成的句子是「あの子は、頭がいいね。まだ子供とはいえ、何でもよく分かる。」（那孩子很聰明耶！雖說還只是個小孩，但是什麼都懂。）

歷屆試題 420

（　）夏休み＿＿＿＿＿＿、行事が多くて休んでいられない。　　➡ 103年領隊人員日語

　　　　① とすれば　　　② からして　　　　③ はおろか　　　④ とはいえ

▶▶ 老師講解

　　「夏休み」和「休んでいられない」之間具有相反的價值，要選擇逆態接續句型「〜とはいえ」。正確答案為選項④，構成的句子是「夏休みとはいえ、行事が多くて休んでいられない。」（雖說是暑假，但是活動多得無法休息。）

歷屆試題 421

（　）ここに行くには人気のない所を通らなければならないので、治安のいい台湾＿＿＿＿＿＿、遅い時間には行かないほうが無難だ。　　➡ 104年導遊人員日語

　　　　① だからこそ　　　② とはいえ　　　　③ というより　　　④ にしろ

▶▶ 老師講解

　　一般看到「治安のいい台湾」就會聯想到好的事情，但是不要忘了前面還有一個「ので」表示原因，所以看懂整體的意義是很重要的。正確答案為選項②，構成的句子是「ここに行くには人気のない所を通らなければならないので、治安のいい台湾とはいえ、遅い時間には行かないほうが無難だ。」（因為要去這裡必須經過沒有人走的路，所以雖說是治安很好的臺灣，還是不要太晚去比較保險。）

説明　「〜とあれば」是將「〜とある」變成假定形，而「〜とある」可以視為
　　　「〜である」。「である」和「だ」類似，都常翻譯為「是」，因此這個
　　　句型可以翻譯為「如果是〜」。

歴屆試題 **422**

（　）あなたのため＿＿＿＿＿、少しぐらいの苦労は問題ではない。　⟹ 99年領隊人員日語

　　　① とあれば　　　② であれ　　　　　③ だけに　　　　　④ ばかりに

▶▶ 老師講解

　　「〜とあれば」所構成的意義是固定的，一定用來表達如果是為了某人或某事的
話，是可以接受的。正確答案為選項①，構成的句子是「あなたのためとあれば、
少しぐらいの苦労は問題ではない。」（如果是為了你的話，一點點的辛苦不成問
題。）

説明　「〜ときたら」用來表示話題，帶有不滿、責怪的語氣，中文常説成「説
　　　到〜」。

歴屆試題 **423**

（　）最近の若い親と＿＿＿＿＿、子供がレストランの中で騒いでいても、ちっとも
　　　注意しようとしない。
　　　　　　　　　　　　　　　　　　　　　　　　　　　　⟹ 97年領隊人員日語

　　　① あれば　　　　② いえども　　　③ ばかりに　　　④ きたら

▶▶ 老師講解

　　只要是整個句子有抱怨、罵人的感覺，應該就會用到「〜ときたら」。正確答案
為選項④，構成的句子是「最近の若い親ときたら、子供がレストランの中で騒いで
いても、ちっとも注意しようとしない。」（說到現在的年輕父母，就算小孩在餐廳
裡吵鬧，也完全不想管。）

（　）うちの娘と＿＿＿＿＿最近体重を気にしているので、必死にダイエットしてい

る。　　　　　　　　　　　　　　　　　　　　　　　　　➡ **97年導遊人員日語**

① すれば　　　　② あれば　　　　③ したら　　　　④ きたら

▶▶ 老師講解

　　最常被指名罵的人，不外乎是自己的小孩或是學生，因此「晚輩」類算是這個句型的關鍵字。正確答案為選項④，構成的句子是「うちの娘ときたら最近体重を気にしているので、必死にダイエットしている。」（說到我女兒，最近很在意體重，所以拚了命在減肥。）

┃ 題庫188　　〜としたら、とすれば

説明　「〜としたら」和「〜とすれば」是將「とする」裡的「する」變成假定
　　　　用法「〜たら」或是「〜ば」而構成的，常翻譯為「如果要〜的話」。

（　）外国に＿＿＿＿＿、アメリカが一番優先に考える。　　➡ **94年導遊人員日語**

① 住むとすれば　　　　　　　　② 住んだら

③ 住んでいたら　　　　　　　　④ 住むと

▶▶ 老師講解

　　假定用法「〜としたら」和「〜とすれば」最特別的就是表示目前並非如此、並沒有要這麼做，就只是假設。正確答案為選項①，構成的句子是「外国に住むとすれば、アメリカが一番優先に考える。」（如果要住在國外的話，我會優先考慮美國。）

（　）台湾で温泉に行く＿＿＿＿＿、どこがいいでしょうか。　➡ **97年導遊人員日語**

① について　　　② にしては　　　③ としたら　　　④ といっては

▶▶ 老師講解

　　這一句話表達了目前雖然沒有要泡溫泉，但還是請對方提供建議。正確答案為選

第四單元　接續用法

項③，構成的句子是「台湾<ruby>台湾<rt>たいわん</rt></ruby>で<ruby>温泉<rt>おんせん</rt></ruby>に<ruby>行<rt>い</rt></ruby>くとしたら、どこがいいでしょうか。」（在臺灣如果要去泡溫泉的話，哪裡好呢？）

▍ **題庫189　～ともなく、～ともなしに**

説明　「～ともなく」和「～ともなしに」後面的「なく」、「なしに」都是表示「沒有」的「ない」變來的。構成句型之後，直譯可以說成「也沒有要～」，表達並沒有刻意要進行某一個動作，就像中文的「不經意地～」。

歷屆試題 427

（　）窓の外を＿＿＿＿＿見ていると、ちらちら白い雪が舞い降りてきた。

➡ 97年領隊人員日語

①みないまでも　②みることなしに　③みるともなく　④みながら

▶▶ **老師講解**

　　眼睛長在臉上，所以最容易「不經意」做的動作就是「看」，「見る」就是這個句型最容易出現的動詞。正確答案為選項③，構成的句子是「窓の外をみるともなく見ていると、ちらちら白い雪が舞い降りてきた。」（不經意看著窗外，結果看到白雪片片飄落。）

歷屆試題 428

（　）特別なことを考えるとも＿＿＿＿＿、一日中ぼんやりしていた。

➡ 101年導遊人員日語

①しないで　　②しなくて　　③なしと　　④なしに

▶▶ **老師講解**

　　「～ともなく」和「～ともなしに」的基本意思就是「也沒有～」，因此即使這裡「考える」只出現一次，意思卻也已經完整了。正確答案為選項④，構成的句子是「特別なことを考えるともなしに、一日中ぼんやりしていた。」（也沒有特別想什麼，發呆了一整天。）

（　）窓の外を＿＿＿＿＿＿見ていると、ちらちら白い雪が舞い降りてきた。

＿＿＿＿＿＿に最も適切なものを入れなさい。　　　　　➡ 104年導遊人員日語

① 見ることなしに　　　　　　② 見るともなく

③ 見たりして　　　　　　　　④ 見ていなが

▶▶ **老師講解**

　　雖然選項稍加修改，但是這一題的題目和97年的領隊日語一模一樣，所以不要再說不會重複出題囉！這組句型前後常會出現同一個的動詞，以「見る」、「聞く」為例，通常用來表示「不經意地看，卻看到」、或是「不經意地聽，卻聽到」。因此選項與空格前後是否出現相同動詞，也是這個句型的判斷關鍵。正確答案為選項②，構成的句子是「窓の外を<u>見るともなく</u>見ていると、ちらちら白い雪が舞い降りてきた。」（不經意地看著窗外，結果看到白雪片片飄落。）

┃ 題庫190　～ともなると、～ともなれば

説明　「～ともなると」和「～ともなれば」裡面的動詞是表示變化的「なる」，因此常見的翻譯是「一旦成為～」，用來表示到達某種特別的立場、身分。

（　）社会人＿＿＿＿＿＿もうれっきとした大人だ。　　　➡ 97年領隊人員日語

　　① ともなって　　② ともなると　　③ からなって　　④ からなると

▶▶ **老師講解**

　　「社会人」就是這裡所謂的特別的身分，所以要使用「～ともなると」。正確答案為選項②，構成的句子是「社会人<u>ともなると</u>もうれっきとした大人だ。」（一旦出了社會，就已經是個真正的大人了。）

■ 題庫191 ～ながら

> 説明　「～ながら」的基本功能是表達同時進行兩個動作，若這兩個動作之間帶有逆態關係，就會翻譯為「儘管～但是～」，這個時候就可以把「ながら」當作逆態接續助詞。

歴屆試題 431

（　）先輩は知ってい＿＿＿＿＿、知らないふりをしていた。教えてくれていたら、お客様の前で恥をかかなかったのに。

➠ 96年導遊人員日語

①つれ　　　②ながら　　　③たら　　　④ては

▶ 老師講解

　　「知っていながら」是逆態接續的「～ながら」最常見的說法，表示同時做了「知道」和「裝不知道」兩件事。正確答案為選項②，構成的句子是「先輩は知っていながら、知らないふりをしていた。教えてくれていたら、お客様の前で恥をかかなかったのに。」（前輩明明知道卻裝作不知道。如果先跟我說的話，我就不會在客人面前丟臉了。）

歴屆試題 432

（　）あれほどとおいところにあり＿＿＿＿＿、太陽は人々に熱と光を送ってくれる。

➠ 98年導遊人員日語

①ながら　　　②ても　　　③ものの　　　④ので

▶ 老師講解

　　雖然逆態接續用法有很多，但是「～ながら」前面的動詞一定要ます形，所以這個句型通常測驗的是連接方式。正確答案為選項①，構成的句子是「あれほどとおいところにありながら、太陽は人々に熱と光を送ってくれる。」（明明在那麼遠的地方，但太陽還是把光和熱傳送給每一個人。）

題庫192　〜ながらに、〜ながらの

説明　「〜ながら」還能表達維持了某個的狀態，這個時候後面會加上「に」或「の」修飾後面的結構，因此句型構成了「〜ながらに」、「〜ながらの」。

歴届試題　433

（　）鹿港は昔　　　　　　町並みを保っている。　　　　　　　⇒ 95年領隊人員日語

　　　① ながらの　　　　② と一緒に　　　　　③ と同じな　　　　④ のままに

▶ **老師講解**

　　這個句型最常見的是「昔ながらの」、「涙ながらに」、「生まれながらの」這三種說法，因為「自古的」、「流著淚」、「天生的」都能表示維持某種狀態。正確答案為選項①，構成的句子是「鹿港は昔ながらの町並みを保っている。」（鹿港保有著過去的街道。）

歴届試題　434

（　）鹿港には昔　　　　　　の町並みが残っている。　　　　　⇒ 104年導遊人員日語

　　　① まま　　　　　　② ながら　　　　　　③ を込めて　　　　④ っぱなし

▶ **老師講解**

　　這一題也是幾乎一樣的題目，只有改變最後的動詞。不過選項的難度增加了，這個句型不能用「まま」代替的原因是，「まま」維持的是「不應該」、「不正常」的狀態。正確答案為選項②，構成的句子是「鹿港には昔ながらの町並みが残っている。」（鹿港存有著過去的街道。）

■ 題庫193　～なくして（は）～ない

説明　這個句型裡的「なくして」源自於動詞「無くす」，可以翻譯為「失去」、「沒有」。構成句型「～なくして～ない」之後，用來表達要是沒有了某個東西，就無法實現某件事，就像是「要是沒有～就無法～」這種說法。

歴屆試題 435

（　）皆さんの協力＿＿＿＿＿、ゴミの問題の解決はありえません。　➡ 97年領隊人員日語

　　　① あってこそ　　② になくしては　　③ なくしては　　④ がなしは

▶▶ 老師講解

　　除了確認空格前後句的關係，這一題的判斷關鍵絕對是最後的「ありえない」，既然語尾有「不可能」、「沒辦法」這樣的意思，「～なくしては」的嫌疑當然最大。正確答案為選項③，構成的句子是「皆さんの協力なくしては、ゴミの問題の解決はありえません。」（沒有各位的協助，垃圾的問題就無法解決。）

■ 題庫194　～ならいざ知らず

說明　這個句型的結構是「～なら・いざ・知らず」，一個字一個字直譯的話是「如果是～的話呀，我不知道」的意思。簡單來說，就像中文裡「不管～」的意思，也常說成「如果是～就算了」。

歴屆試題 436

（　）国内旅行＿＿＿＿＿、海外旅行となると事前の準備は山ほどあるよ。

➡ 104年領隊人員日語

① からといって　　　　　　② にかかわらず

③ ならいざしらず　　　　　④ が早いか

▶▶ 老師講解

　　「～ならいざ知らず」前後所提到的事情會是同性質，但程度有所差異的事情，加上這個句型則是用來強調此時兩者無關。正確答案為選項③，構成的句子是「国内

旅行ならいざしらず、海外旅行となると事前の準備は山ほどあるよ。」（國內旅遊就算了，要出國玩的話，事前的準備堆積如山啊！）

▌題庫195　～にして

説明　「～にして」用來表示程度很高，常翻譯為「以～」。

歷屆試題 437

（　）彼女は40歳＿＿＿＿＿やっと子供が生まれた。　　　　⇒ 101年領隊人員日語

　　　① とあって　　　② にして　　　③ につれて　　　④ をもって

▶▶ 老師講解

　　表示程度很高的「～にして」前面最常接的就是年齡，而且會是一般認為偏高的年齡，就像中文也有「以～歲之姿」這樣的說法。正確答案為選項②，構成的句子是「彼女は４０歳にしてやっと子供が生まれた。」（她以四十歲的高齡終於生了孩子。）

▌題庫196　～にしては

説明　把表示程度很高的「～にして」後面加上主題化的「は」構成的「～にしては」用於表示後面的事情和前面的事實不相稱，常翻譯為「以～來說」。

歷屆試題 438

（　）子供＿＿＿＿＿ずいぶん難しいことを知っています。　　　⇒ 101年導遊人員日語

　　　① にあっては　　　② にしては　　　③ とあって　　　④ でして

▶▶ 老師講解

　　因為要找出「不相稱」感，所以這個句型的判斷方式和逆態接續類似。「子供」和「難しいことを知っている」就具有不相稱的感覺。正確答案為選項②，構成的句子是「子供にしてはずいぶん難しいことを知っています。」（以一個小孩子來說，他懂得相當困難的事情。）

（　）ここは観光名所にしては、＿＿＿＿＿。　　　　　　　　➠ 103年導遊人員日語

　　　① 訪れる人が少ない　　　　　　　　② 訪れる人が多い

　　　③ 訪れる人が一番好きだ　　　　　　④ 訪れる人があまり好きではない

▶▶ 老師講解

　　題目句已經出現了「～にしては」，所以就要從選項中選出「不相稱」的內容。
正確答案為選項①，構成的句子是「ここは観光名所にしては、<ruby>訪<rt>おとず</rt></ruby>れる<ruby>人<rt>ひと</rt></ruby>が<ruby>少<rt>すく</rt></ruby>な
い。」（這裡以一個知名觀光景點來說，參訪的人算少的。）

┃ 題庫197　～にしろ、～にせよ、～にしても

説明　「しろ」和「せよ」都是「する」的命令形，但是命令形只會出現在句
　　　尾，所以句中的命令形是假的。句中的假命令形其實都是逆態接續，所以
　　　「～にしろ～にしろ」、「～にせよ～にせよ」其實就是「～にしても～
　　　にしても」，可以翻譯為「不管～不管～」。

（　）旅行に行く＿＿＿＿＿行かない＿＿＿＿＿早く決めたほうがいいと思うよ。

　　　　　　　　　　　　　　　　　　　　　　　　　　➠ 97年導遊人員日語

　　　① たり、たり　　　　　　　　　② なら、なら

　　　③ にしよ、にしよ　　　　　　　④ にせよ、にせよ

老師講解

　　本題測驗的其實是動詞變化，「する」的命令形有「しろ」和「せよ」兩種，所
以「～にしろ～にしろ」和「～にせよ～にせよ」都是正確說法。正確答案為選項
④，構成的句子是「<ruby>旅行<rt>りょこう</rt></ruby>に<ruby>行<rt>い</rt></ruby>くにせよ<ruby>行<rt>い</rt></ruby>かないにせよ<ruby>早<rt>はや</rt></ruby>く<ruby>決<rt>き</rt></ruby>めたほうがいいと<ruby>思<rt>おも</rt></ruby>う
よ。」（不管要不要去旅行，我覺得快點決定比較好喔！）

（　）日本語能力試験を受ける＿＿＿＿＿、受けない＿＿＿＿＿、文法面はもっと強化
　　　するべきだ。

➡ 96年導遊人員日語

　　　① につけ、につけ　　　　　　　② だの、だの
　　　③ が、が　　　　　　　　　　　④ にせよ、にせよ

▶▶ 老師講解

　　這組句型主要就是舉幾個例子用來表示涵蓋所有狀況，因此前面出現正反兩個詞彙時，自然代表了所有的情況。正確答案為選項④，構成的句子是「日本語能力試験を受けるにせよ、受けないにせよ、文法面はもっと強化するべきだ。」（不管要不要參加日語能力測驗，都應該強化文法面。）

▌題庫198　〜にかかわらず

説明　「関わる」表示「關係」，「関わらず」則是「関わる」的否定形，因此構成句型「〜にかかわらず」之後，用來表示前後無關，常翻譯為「不管〜」。

（　）このクラブは年齢や社会的地位＿＿＿＿＿、どなたでも参加できます。

➡ 103年領隊人員日語

　　　① にかかっては　② にかかわらず　　③ によっては　　④ にもかかわらず

▶▶ 老師講解

　　「〜にかかわらず」用來表示前後無關、「〜にもかかわらず」用來表示逆態關係，測驗「〜にかかわらず」的時候，選項裡幾乎一定會有「〜にもかかわらず」。正確答案為選項②，構成的句子是「このクラブは年齢や社会的地位にかかわらず、どなたでも参加できます。」（這個社團不管年齡及社會地位，任誰都能參加。）

（　　）この仕事は経験のあるなし＿＿＿＿＿＿、誰にでもできる仕事です。

➡ 104年領隊人員日語

① にかかわらず　　　　　　　　② に限らず
③ にもかかわらず　　　　　　　④ のみならず

▶▶ **老師講解**

　　表示前後無關的「～にかかわらず」的前面往往會有男女、有無、老幼等等可以表示全體的詞彙，這些詞彙都可以視為這個句型的關鍵字。正確答案為選項①，構成的句子是「この仕事は経験のあるなしにかかわらず、誰にでもできる仕事です。」（這份工作是一個無論經驗有無，任何人都能勝任的工作。）

▌題庫199　～にもかかわらず

説明　在「～にかかわらず」之中加入「も」所構成的「～にもかかわらず」，
　　　變成了逆態接續句型，常翻譯為「儘管～」。

（　　）雨天＿＿＿＿＿＿、運動会は中止しません。　　➡ 94年導遊人員日語

① にもなく　　　② にも　　　　　　③ にもかかわらず　④ にもならない

▶▶ **老師講解**

　　「雨天」和「中止しない」具有逆態關係，所以應該選擇「～にもかかわらず」。正確答案為選項③，構成的句子是「雨天にもかかわらず、運動会は中止しません。」（儘管是雨天，運動會也不會取消。）

（　　）ここ1ヶ月、主人は休日＿＿＿＿＿＿かかわらず毎日出社するんです。

➡ 95年導遊人員日語

① には　　　　　② にも　　　　　③ でも　　　　　④ では

　　空格後面已經出現了「かかわらず」，當然要填入「にも」才能構成逆態接續。正確答案為選項②，構成的句子是「ここ１ヶ月、主人は休日にもかかわらず毎日出社するんです。」（這一個月，儘管是假日，我先生還是每天要上班。）

歴届試題 446

（　）歴史的な背景＿＿＿＿＿＿、台湾ほど親日的な国は世界に類を見ないと言われています。

➡98年導遊人員日語

　　① にもよって　　② にもかかって　　③ にもして　　④ にもかかわらず

▶▶ 老師講解

　　如果只注意到「歴史的な背景」和「親日的な国」，是找不到逆態關係的，要看到後面的「世界に類を見ない」才能確定空格前後具有逆態關係。正確答案為選項④，構成的句子是「歴史的な背景にもかかわらず、台湾ほど親日的な国は世界に類を見ないと言われています。」（儘管有歷史上的背景，但是一般認為世界上幾乎沒有臺灣那麼親日的國家了。）

歴届試題 447

（　）平和は人類の希望である＿＿＿＿＿＿、世界のどこかでいつも戦争が起こっている。

➡102年導遊人員日語

　　① ばかりが　　② ところが　　③ にもかかわらず　　④ あいかわらず

▶▶ 老師講解

　　「～にもかかわらず」的特色在於表示與預期不符，這一題就清楚表達出這種感覺。正確答案為選項③，構成的句子是「平和は人類の希望であるにもかかわらず、世界のどこかでいつも戦争が起こっている。」（儘管和平是人類的願望，但是在世界的某個角落總在發生著戰爭。）

説明　「ばかり」的基本意思是「只有」，不管加上否定語尾構成句型「～ばかりでなく」、還是加上疑問語尾構成的「～ばかりか」，都可翻譯為「不只～」。

歴屆試題 **448**

（　）大きな荷物を機内に持ち込むと、自分が困る＿＿＿＿＿、他人にも迷惑を掛ける。

➡ 103年導遊人員日語

　　①ばかりか　　　②むしろ　　　　③にもかかわらず　④以上

▶▶ 老師講解

　　「～ばかりか」表達的是「只會～嗎？還會～」，所以是用反問的方式加強語氣，翻譯時還是可以直接說成「不只～」。正確答案為選項①，構成的句子是「大きな荷物を機内に持ち込むと、自分が困るばかりか、他人にも迷惑を掛ける。」（帶大行李上飛機的話，不只自己會很困擾，也會給別人添麻煩。）

歴屆試題 **449**

（　）大雨でホテルから移動できない＿＿＿＿＿、帰りの飛行機が予定の日に飛ばないということもある。

➡ 104年導遊人員日語

　　①ばかりか　　　②わけでなく　　　③というものの　④にもかかわらず

▶▶ 老師講解

　　既然「～ばかりか」用來表示「不只～」，前後內容應該會有程度上的區別，而且後者的程度一定高於前者。正確答案為選項①，構成的句子是「大雨でホテルから移動できないばかりか、帰りの飛行機が予定の日に飛ばないということもある。」（因為大雨，不只無法離開飯店，有時候甚至回程的班機都會延後起飛。）

説明 「～まま」用來表示維持原狀，前面的動詞只會是た形或是ない形。特色
在於此時的維持的狀態是一個不尋常的狀態。

歷屆試題 450

（　）A：「お盆の帰省ラッシュで新幹線は乗客で混雑すると予測されている。」

　　　B：「立った＿＿＿＿＿博多まで行くのは大変ですから、早めに指定券を買っ

　　　た方がいいと思います。」　　　　　　　　　➡ 93年導遊人員日語

　　　① のみ　　　　　② だけ　　　　　③ まま　　　　④ ように

▶▶ 老師講解

　　坐車、坐車，我們都這麼說，在車上就是要坐，所以一直站到博多當然不是一個
尋常的狀態。正確答案為選項③，構成的句子是「『お盆の帰省ラッシュで新幹線は
乗客で混雑すると予測されている。』『立ったまま博多まで行くのは大変ですか
ら、早めに指定券を買った方がいいと思います。』」（「因為盂蘭盆節的返鄉人
潮，一般認為新幹線會非常擠。」「就這樣站到博多太辛苦了，所以我覺得早一點買
對號座比較好。」）

歷屆試題 451

（　）洗っている時間がないから、食器は＿＿＿＿＿＿しておきましょう。

　　　　　　　　　　　　　　　　　　　　　　➡ 95年領隊人員日語

　　　① そのように　　② そのままに　　　③ そのとおりに　　④ それなりに

▶▶ 老師講解

　　「～まま」用來表示維持原狀，常常直接加上「その」代替前面的行為，此時後
面也常會配合能夠表示維持原狀的「～ておく」。正確答案為選項②，構成的句子是
「洗っている時間がないから、食器はそのましておきましょう。」（因為沒時間
洗，所以餐具就先放著吧！）

（　）台湾の美容院ではいすに座った＿＿＿＿＿シャンプーをするのが一般的なのです。

➡ 97年導遊人員日語

　　① つもり　　　　② とおり　　　　③ はず　　　　④ まま

▶▶ 老師講解

　　日本的綜藝節目介紹臺灣時，常常會提到臺灣傳統的髮廊是坐著洗頭，表示對日本人來說很特別。要表達這個感覺，就可以用到「～まま」表達維持一個不尋常的狀態。正確答案為選項④，構成的句子是「台湾（たいわん）の美容院（びょういん）ではいすに座（すわ）ったままシャンプーをするのが一般的（いっぱんてき）なのです。」（臺灣的美容院通常是就這樣坐在椅子上洗頭。）

（　）あとで教室を使うので、鍵は閉めないで＿＿＿＿＿ままにしておいてください。

➡ 102年導遊人員日語

　　① あけるの　　　② あけたの　　　③ あけた　　　④ あける

▶▶ 老師講解

　　既然「～まま」用來表示維持原狀，前面的動詞不是已發生就是未發生，這就是為什麼前面只會接た形或ない形。正確答案為選項③，構成的句子是「あとで教室（きょうしつ）を使（つか）うので、鍵（かぎ）は閉（し）めないであけたままにしておいてください。」（待會要用教室，所以門先不要鎖，讓它開著就好。）

▌題庫202　～もさることながら

説明　句型「～もさることながら」常翻譯為「～不容忽視」、「不只～」，用來表達前面和後面的內容都很重要。

（　）日本料理は盛り付けの美しさ＿＿＿＿＿、素材を生かした淡白な味に特色がある。

➡ 97年領隊人員日語

　　① はさておき　　　　　　　② はおろか
　　③ にもまして　　　　　　　④ もさることながら

「〜もさることながら」表示前後的內容都很重要，因此空格前後一定是同性質的內容。正確答案為選項④，構成的句子是「日本料理は盛り付けの美しさもさることながら、素材を生かした淡白な味に特色がある。」（日本料理不只擺盤很美，活用食材的清淡味道也很有特色。）

歷屆試題 455

（ ）日本料理は盛り付けの美しさ＿＿＿＿、素材を生かした淡白な味に特色がある。＿＿＿＿に最も適切なものを入れなさい。　　　　　　➡104年導遊人員日語

　　① にもまして　　　　　　　　　　② はおろか

　　③ はさておき　　　　　　　　　　④ もさることながら

▶▶ 老師講解

一模一樣的題目，選項也只是簡單調整而已，所以考古題真的很重要呀！正確答案為選項④，構成的句子是「日本料理は盛り付けの美しさもさることながら、素材を生かした淡白な味に特色がある。」（日本料理不只擺盤很美，活用食材的清淡味道也很有特色。）

┃ 題庫203　〜ものの

説明　「〜ものの」是逆態接續用法，用來表示前面雖然是事實，但卻沒有從這個事實得到應有的結果。常翻譯為「雖然〜」。

歷屆試題 456

（ ）そうは言った＿＿＿＿、どうしてよいか、自分でもわからない。

➡94年領隊人員日語

　　① ときに　　　　② ものの　　　　③ ように　　　　④ わけで

▶▶ 老師講解

前面的「そうは言った」表示說話者瞭解是什麼情況，配合後面的「自分でもわからない」，符合「〜ものの」的功能。正確答案為選項②，構成的句子是「そうは言ったものの、どうしてよいか、自分でもわからない。」（話雖這麼說，但是要怎麼辦才好，我自己也不知道。）

（　）こちらは陶器の数こそ多くない＿＿＿＿＿、センスの良さが光っています。

➠ 101年導遊人員日語

　　① もので　　　　② ものが　　　　③ ものに　　　　④ ものの

▶▶ 老師講解

　　這句話表達了「量不多」是事實，但卻沒有因為量不多質就不佳。此外，四個選項中也只有「ものの」是合理的句型，其他都是不存在的用法。正確答案為選項④，構成的句子是「こちらは陶器の数こそ多くない<u>ものの</u>、センスの良さが光っています。」（這邊的陶器雖然數量不多，但卻很有水準。）

■ **題庫204　〜ものを**

説明　「〜ものを」也是逆態接續，表達出說話者帶有不滿、怨恨、後悔、遺憾等負面的感覺。

（　）やめておけばよかった＿＿＿＿＿、断りきれずに無視して食べておなかをこわした。

➠ 96年導遊人員日語

　　① から　　　　　② ので　　　　　③ ものを　　　　④ どころか

▶▶ 老師講解

　　本句明顯帶有遺憾的感覺，而且前後內容有逆態關係，因此要使用「〜ものを」才恰當。正確答案為選項③，構成的句子是「やめておけばよかった<u>ものを</u>、断りきれずに無視して食べておなかをこわした。」（要是有停下來就好了呀，無視警告吃了，結果弄壞了肚子。）

説明　「〜や否や」用來表示前一個動作發生的幾乎同時，發生了下一個動
作。常翻譯為「一〜就〜」，前面的動詞必須是辭書形。有時會省略「否
や」，只用「〜や」，此時意思並無不同。

歷屆試題 **459**

（　）バーゲンセールのとき、デパートのドアが開く＿＿＿＿＿＿、客はなだれのよう
に押し寄せた。

➡ 104年領隊人員日語

①　そばから　　　　②　が最後　　　　③　とたん　　　　④　や否や

▶ 老師講解

　　表示「一〜就〜」的基本連接方式是用動詞辭書形來連接，「〜や否や」就符
合這樣的連接方式。正確答案為選項④，構成的句子是「バーゲンセールのとき、
デパートのドアが開くや否や、客はなだれのように押し寄せた。」（特賣會的時
候，百貨公司的門一打開，客人就像雪崩般地蜂擁而入。）

■ 題庫206　〜ように

説明　「〜ように」可用來表示希望、目的，常翻譯為「為了〜」。特色是前面
只能接狀態性動詞，典型的狀態性動詞包含了主詞為物的自動詞、可能動
詞、動詞否定形。

歷屆試題 **460**

（　）将来いい仕事ができる＿＿＿＿＿＿、今のうちに日本語を身につけないと……。

➡ 94年導遊人員日語

①　ように　　　　②　そうに　　　　③　ために　　　　④　そうで

▶ 老師講解

　　「〜ように」和「〜ために」的辨別是這個句型最重要的考法，判斷關鍵在於
「〜ために」前面要接動作性動詞，但是「〜ように」前面不能接動作性動詞。這一

題空格前的「できる」是可能動詞，屬於狀態性動詞。正確答案為選項①，構成的句子是「将来いい仕事ができる<u>ように</u>、今のうちに日本語を身につけないと……。」（為了將來找到好工作，不趁現在學好日文……。）

<u>歷屆試題</u> **461**

（　）来年皆さんが幸せいっぱい＿＿＿＿＿、こころから祈っております。

➡ 96年領隊人員日語

　　①になろうと　　②になりそうと　　③になるように　④になれるに

▶ 老師講解

　　「～ように」的前面出現的是希望的內容，這一題的空格之後有表示希望的「祈る」，因此使用「～ように」最恰當。正確答案為選項③，構成的句子是「来年皆さんが幸せいっぱい<u>になるように</u>、こころから祈っております。」（我衷心希望明年各位都幸福滿滿。）

<u>歷屆試題</u> **462**

（　）乗り間違いのない＿＿＿＿＿バスのナンバーをちゃんと覚えておいてくださいね。

➡ 99年導遊人員日語

　　①ことに　　　②として　　　③ように　　　④ために

▶ 老師講解

　　這一題也是「～ように」和「～ために」的辨別，空格前的「ない」是否定形，因此是狀態性動詞，後面要接「～ように」才可以。正確答案為選項③，構成的句子是「乗り間違いのない<u>ように</u>バスのナンバーをちゃんと覚えておいてくださいね。」（為了不要搭錯車，請好好記住遊覽車的號碼喔！）

<u>歷屆試題</u> **463**

（　）皆様、後ほどパスポートの提示が必要ですので、どうぞご協力＿＿＿＿＿お願い申し上げます。

➡ 100年導遊人員日語

　　①くださいますまい　　　　　②くださいますよう
　　③くださるほど　　　　　　　④くだされば

　　雖然「～ように」前面的動詞應該要用常體連接，但是這句話說得非常有禮貌，所以本來要用常體的部份，也要用敬體表達比較相稱。所以就將本來應該是「くださるよう（に）」的部分改成了「くださいますよう（に）」。正確答案為選項②，構成的句子是「皆様、後ほどパスポートの提示が必要ですので、どうぞご協力くださいますようお願い申し上げます。」（各位貴賓，接下來需要出示護照，麻煩請各位配合！）

歷屆試題 464

（　）当社ではできるだけ最新で正確な情報を提供する＿＿＿＿＿努めていますが、現地の規則や手続きが急に変更されることもありますのでご了承ください。

➡ 104年導遊人員日語

　　①ため　　　　　②よう　　　　　③ことが　　　　　④のに

▶▶ 老師講解

　　句子後面已經出現了「努める」，前面就應該加上「～よう（に）」表示努力、希望的內容。正確答案為選項②，構成的句子是「当社ではできるだけ最新で正確な情報を提供するよう（に）努めていますが、現地の規則や手続きが急に変更されることもありますのでご了承ください。」（本公司盡力提供最新、最正確的資訊，但是因為有時候當地的規定及手續會突然改變，所以要請各位諒解！）

▌ 題庫207　～わりに（は）

説明　「わりに」原本的意思是「格外地」，構成句型「～わりに」之後常翻譯為「雖然～但是～」，也算是逆態接續之一，不過重點在於強調前後極為不相稱的感覺。

歷屆試題 465

（　）あのレストランは値段のわりにおいしい料理を出す。　　➡ 103年領隊人員日語

　　①あのレストランは値段は高いが、料理はおいしい。

　　②あのレストランは値段も高いし、料理もおいしくない。

③ あのレストランは値段は安いが、料理はおいしくない。

④ あのレストランは値段は高くないが、料理はおいしい。

▶ 老師講解

因為「～わりに」表示不相稱，所以後面既然已經出現了「おいしい料理」，那麼「値段のわりに」指的就是價格便宜。正確答案為選項④，題目句及選項句各是「あのレストランは値段のわりにおいしい料理を出す。」（那家餐廳價格便宜，但卻端出很美味的料理。）、「あのレストランは値段は高くないが、料理はおいしい。」（那家餐廳雖然價格不貴，但是料理很好吃。）

歴届試題 **466**

（　）このレストランは安い＿＿＿＿＿＿おいしいので、いつも客でいっぱいだ。

➡ 103年導遊人員日語

① かわりに　　　② ついでに　　　③ ゆえに　　　④ わりに

▶ 老師講解

「便宜沒好貨」是消費時的一般概念，因此「安い」和「おいしい」有著不對稱的感覺，所以要使用「～わりに」。正確答案為選項④，構成的句子是「このレストランは安いわりにおいしいので、いつも客でいっぱいだ。」（這家餐廳很便宜，但是很好吃，所以總是高朋滿座。）

歴届試題 **467**

（　）あの人は体が大きい＿＿＿＿＿＿、力がないね。　　　➡ 104年領隊人員日語

① からして　　　② にしては　　　③ にしてみれば　　④ 割には

▶ 老師講解

「体が大きい」和「力がない」放在一起，不就像是常說的虛有其表、外強中乾，因此這應該是很典型的前後不相稱。正確答案為選項④，構成的句子是「あの人は体が大きい割には、力がないね。」（那個人身材魁梧，但是卻手無縛雞之力呀！）

▌題庫208　～んばかり

説明　「ばかり」有表示程度的功能，前面的「ん」其實代替的是動詞ない形的語尾「ない」，不過這裡的否定語尾並非真的否定，而是像中文「就差沒有～」的這種加強語氣的表達方式。因此句型「～んばかり」，表達「幾乎～」、「就要～」的感覺，常翻譯為「就好像～」。

歷屆試題 **468**

（　）デパートはあふれん＿＿＿＿＿買い物客でにぎわっている。　　➡ 95年領隊人員日語

　　　① 的な　　　　　② ばかりの　　　③ ほどの　　　④ くらいの

▶▶ 老師講解

　　空格之前的「あふれん」已經出現了「ん」，所以要加上「ばかり」才能構成合理的句型。正確答案為選項②，構成的句子是「デパートはあふれん<u>ばかりの</u>買い物客<ruby>物<rt>もの</rt></ruby>客<ruby>客<rt>きゃく</rt></ruby>でにぎわっている。」（百貨公司滿滿的購物人潮，非常熱鬧。）

歷屆試題 **469**

（　）聽到考試及格的消息，樂得幾乎要跳起來。　　➡ 97年領隊人員日語

　　　① 試験合格だと聞いて、嬉しく飛び上がろうばかりだった。
　　　② 試験合格だと聞いて、嬉しくて飛び上がるばかりだった。
　　　③ 試験合格だと聞いて、嬉しくて飛び上がらんばかりだった。
　　　④ 試験合格だと聞いて、嬉しく飛び上がらないばかりだった。

▶▶ 老師講解

　　本題測驗的是「～んばかり」的連接方式，前面必須將動詞ない形的ない刪去之後再加上「んばかり」。「<ruby>飛<rt>と</rt></ruby>び<ruby>上<rt>あ</rt></ruby>がる」的ない形是「<ruby>飛<rt>と</rt></ruby>び<ruby>上<rt>あ</rt></ruby>がらない」，因此要變成「<u><ruby>飛<rt>と</rt></ruby>び<ruby>上<rt>あ</rt></ruby>がらんばかりに</u>」。正確答案為選項③，構成的句子是「<ruby>試験合格<rt>しけんごうかく</rt></ruby>だと<ruby>聞<rt>き</rt></ruby>いて、<ruby>嬉<rt>うれ</rt></ruby>しくて<ruby>飛<rt>と</rt></ruby>び<ruby>上<rt>あ</rt></ruby>がらんばかりだった。」

（　）彼はまるで馬鹿だと＿＿＿＿＿目付きで私の方をずっと見ていた。

➡ 104年領隊人員日語

① 言わんばかりの　　　　　　② 言うわけにはいかない

③ 言ってばかりいる　　　　　④ 言うまでもない

▶▶ **老師講解**

　　前面出現了「まるで」，所以就要找到比喻句型。此外，遇到「～んばかり」這個句型所構成的句子時，記得正確判讀句意。例如這一題裡對方並無罵人，是眼神就像在罵人。正確答案為選項①，構成的句子是「彼はまるで馬鹿だと言わんばかりの目付きで私の方をずっと見ていた。」（他用一個就像在說我是笨蛋的眼神一直看著我。）

第五單元

句尾用法

▎題庫209 ～（よ）うと思う

説明 動詞意向形後面加上「～と思う」構成的「～（よ）うと思う」用來表達自己想要做的事情，常翻譯為「我想要～」。

歴屆試題 471

（　）A：「今度の日曜日は、何をしますか。」

　　　B：「そうですね。友達と陽明山でお花見をしようと　　　　　。」

　　①つもりです　　②考えます　　　③思っています　④します

▶▶ 老師講解

　　意向形之後常出現的是「と思う」和「とする」，「～（よ）うと思う」是告訴別人自己想做什麼；「～（よ）うとする」是告訴別人自己正要做什麼。正確答案為選項③，構成的句子是「『今度の日曜日は、何をしますか。』『そうですね。友達と陽明山でお花見をしようと思っています。』」（「這個星期天你要做什麼呢？」「這個嘛，我想和朋友去陽明山賞櫻。」）

▎題庫210 ～（よ）うとする

説明 動詞意向形後面加上「～とする」構成的「～（よ）うとする」用來表達自己正要進行的行為，常翻譯為「正想要～」、「正當要～」。

歴屆試題 472

（　）切符を　　　　　、お金がないのに気がつきました。　　⮕ 96年領隊人員日語

　　① 買おうとしたら　　　　　　② 買うとしたら

　　③ 買えとしたら　　　　　　　④ 買いとしたら

▶▶ 老師講解

　　「～としたら」來自於「～とする」，因此要在前面找出動詞意向形。正確答案為選項①，構成的句子是「切符を買おうとしたら、お金がないのに気がつきました。」（正想要買票，結果發現沒帶錢。）

説明　「～（よ）うにも～ない」這個句型裡使用的是同一個動詞，前面是意志
　　　形，後面是可能形或是其他能力相關句型，用來表示「想～也沒辦法」。

（　）頭が痛くて、起き＿＿＿＿＿起きられない。　　　　⟹ 95年領隊人員日語

　　① ても　　　　② ては　　　　③ ろと思っても　④ ようにも

▶▶ 老師講解

　　空格前後是同一個動詞，後面已經出現了「起きる」的能力形，前面加上「起き
ようにも」最恰當。正確答案為選項④，構成的句子是「頭が痛くて、起きようにも
起きられない。」（頭痛得想起床也起不來。）

（　）こんなに仕事が忙しくては、海外旅行＿＿＿＿＿できない。　⟹ 100年領隊人員日語

　　① しようにも　　② せんと　　　　③ したら　　　　④ せずには

▶▶ 老師講解

　　「する」的意向形是「しよう」、可能形是「できる」，套入這個句型就成為
「しようにもできない」。正確答案為選項①，構成的句子是「こんなに仕事が忙し
くては、海外旅行しようにもできない。」（工作忙成這樣，想去國外玩也沒辦法。）

■ 題庫212　～おそれがある

説明　「恐れ」原意是「害怕」，構成句型「～おそれがある」之後，用來表示
　　　某件不好的事情有發生的可能，類似中文的「有～之虞」。不過翻譯時，
　　　直接說成「有可能～」就可以了。

（　）天気予報によると、台風が恒春半島から上陸する＿＿＿＿＿があるそうだ。

⟹ 95年導遊人員日語

　　① 危険　　　　② 考え　　　　③ おそれ　　　　④ 注意

▶▶ 老師講解

　　最常出現「～おそれがある」的就是提到颱風的句子，就像中文的「颱風有登陸之虞」。正確答案為選項③，構成的句子是「天気予報によると、台風が恒春半島から上陸するおそれがあるそうだ。」（根據氣象報告，聽說颱風有可能會從恆春半島登陸。）

歷屆試題 **476**

（　）海外では、悪質な詐欺グループに騙される＿＿＿＿＿、つねに注意してください。

➡ 98年領隊人員日語

　　① おそれがあるので　　　　　　② よていもあるので

　　③ つもりがあるので　　　　　　④ みこみがないので

▶▶ 老師講解

　　空格前面提到的是不好的事情，因此要使用可以表示有可能會發生不好的事情的「～おそれがある」較恰當。正確答案為選項①，構成的句子是「海外では、悪質な詐欺グループに騙されるおそれがあるので、つねに注意してください。」（在國外有可能會遇到惡劣的詐騙集團，請隨時小心！）

歷屆試題 **477**

（　）このまま、雨が降り続けると、土砂崩れの＿＿＿＿＿ので、車で出掛ける際に、厳重に注意してください。

➡ 101年領隊人員日語

　　① のぞみがある　② わけがある　　③ 恐れがある　　④ 思いがある

▶▶ 老師講解

　　「土砂崩れ」是不好的事情，因此使用「～おそれがある」這個句型才恰當。正確答案為選項③，構成的句子是「このまま、雨が降り続けると、土砂崩れの恐れがあるので、車で出掛ける際に、厳重に注意してください。」（雨再繼續下的話，有可能會土石崩落，所以開車出去的時候請務必小心！）

説明　「する」本來應該是他動詞，但是若是出現在「匂い」、「声」、「感じ」等五感相關詞彙之後，就會成為自動詞用法，因此前面的助詞必須是「が」，可直接說成「聞到〜」、「聽到〜」、「感到〜」。

歴屆試題 **478**

（　）彼は話しぶりがとても丁寧です。私はとてもいい感じ＿＿＿＿＿します。

➡ 94年導遊人員日語

　　　① が　　　　　　② に　　　　　　③ で　　　　　　④ を

▶▶ 老師講解

　　「感じ」表示感覺，屬於五感之一，因此和「する」之間要加上的助詞是「が」。正確答案為選項①，構成的句子是「彼は話しぶりがとても丁寧です。私はとてもいい感じがします。」（他說話的樣子非常客氣。我覺得感覺很好。）

歴屆試題 **479**

（　）東方美人は烏龍茶と違って、紅茶に近い味と香り＿＿＿＿＿する。

➡ 97年導遊人員日語

　　　① を　　　　　　② が　　　　　　③ に　　　　　　④ で

▶▶ 老師講解

　　「味」和「香り」都是五感，因此和「する」之間要加上的助詞是「が」。正確答案為選項②，構成的句子是「東方美人は烏龍茶と違って、紅茶に近い味と香りがする。」（東方美人茶和烏龍茶不同，有接近紅茶的味道和香氣。）

歴屆試題 **480**

（　）このスープはへんなあじ＿＿＿＿＿するから、飲まないほうがいいです。

➡ 99年導遊人員日語

　　　① を　　　　　　② が　　　　　　③ で　　　　　　④ に

▶▶ 老師講解

　　空格前面是「あじ」、後面是「する」，當然要加上「が」。因為一般我們都習

慣把「する」當他動詞用，所以要測驗「する」的自動詞用法時，一定是測驗應填入什麼助詞。正確答案為選項②，構成的句子是「このスープはへんなあじ<u>が</u>するから、飲まないほうがいいです。」（這碗湯喝起來怪怪的，不要喝比較好！）

▌ 題庫214　〜かもしれない

説明　「〜かもしれない」是「か・も・知れない」組成的，表達説話者的不確定感，就好像在説「是這樣嗎？我也不知道」。實際翻譯時，常説成「也許〜」、「有可能〜」、「説不定〜」。

歴屆試題 **481**

（　）田中さんは＿＿＿＿＿かも知れません。　　　　➡ 93年領隊人員日語

　　　① 会議室だ　　　② 会議室　　　③ 会議室で　　　④ 会議室に

▶▶ 老師講解

　　「〜かもしれません」前面若是名詞或ナ形容詞時，不需要加上任何語尾，直接連接就好。正確答案為選項②，構成的句子是「田中さんは<u>会議室</u>かも知れません。」（田中先生説不定在會議室裡。）

歴屆試題 **482**

（　）風がでてきたので、夜は寒くなる＿＿＿＿。　　　　➡ 98年領隊人員日語

　　　① さえありません　　　　　　② かもしれません
　　　③ ようにします　　　　　　　④ みこみにあります

▶▶ 老師講解

　　前半句表示原因，後半部應該是基於前面原因所進行的推測，所以加上表示不太確定的「かもしれません」最恰當。正確答案為選項②，構成的句子是「風がでてきたので、夜は寒くなる<u>かもしれません。</u>」（起風了，晚上説不定會變冷。）

歴屆試題 **483**

（　）彼の夢もようやく実現＿＿＿＿。　　　　➡ 101年領隊人員日語

　　　① しがちだ　　　　　　　　　② しかねない
　　　③ するかもしれない　　　　　④ するおそれがある

夢想實現是好事，所以「～がち」、「～かねない」、「～おそれがある」這些用於不好的事情的詞彙都不恰當。正確答案為選項③，構成的句子是「彼の夢もようやく実現するかもしれない。」（說不定他的夢想也終於要實現了。）

┃ 題庫215　～きらいがある

説明　「嫌い」是「討厭」的意思，構成句型「～きらいがある」之後，用來表示常常有某種不好的情況，常翻譯為「容易～」、「常常～」。

歷屆試題 **484**

（　）あの人は正直で真面目だが、慎重すぎて積極さにかける_____。

⟹ 97年領隊人員日語

① のきらいがある　　　　　② きらいがある

③ のきらうがある　　　　　④ きらうがある

▶▶ 老師講解

我們一般都將「嫌い」當ナ形容詞使用，不過這裡的「嫌い」應該當作動詞「嫌う」的ます形，詞性上視為名詞。既然如此，構成句型之後，就要符合名詞的相關連接方式。正確答案為選項②，構成的句子是「あの人は正直で真面目だが、慎重すぎて積極さにかけるきらいがある。」（那個人又老實又認真，但是容易太過慎重而缺乏積極度。）

┃ 題庫216　～ことだ

説明　將形式名詞「こと」放在句尾，可用來表示説話者的建議、命令，常翻譯為「要～」。

歷屆試題 **485**

（　）健康的にやせるためには、薬をのんだり食事をぬいたりするより、まずよく体を動かす_____。

⟹ 100年領隊人員日語

① ことだ　　② 限りだ　　③ 一方だ　　④ 始末だ

句子裡的「より」構成「與其～還不如～」，既然如此，後面加上可以表示建議的語尾「～ことだ」最恰當。正確答案為選項①，構成的句子是「健康的にやせるためには、薬をのんだり食事をぬいたりするより、まずよく体を動かすことだ。」（為了要瘦得健康，與其吃藥或是不吃飯，還不如先好好動動身體！）

歴届試題 **486**

（　）資料の送付を希望する人は、封筒に「観光資料送付希望」と明記して送る＿＿＿＿。

➡ 104年導遊人員日語

① こと　　　　② わけ　　　　③ はず　　　　④ もの

▶▶ 老師講解

如果不是直接對人提出命令或是建議，而是以公告的方式呈現時，通常會省略「ことだ」後面的「だ」。正確答案為選項①，構成的句子是「資料の送付を希望する人は、封筒に『観光資料送付希望』と明記して送ること。」（希望寄送資料的人請在信封寫上「希望寄送觀光資料」再寄出！）

┃ 題庫217　～ことができる

説明　在動詞辭書形之後加上「ことができる」，就能構成能力句型，常翻譯為「能～」、「可以～」。

歴届試題 **487**

（　）JRを使って旅をする場合、途中下車可能という制度を利用すると、乗車券の運賃を節約する＿＿＿＿。

➡ 100年導遊人員日語

① わけがない　　② ことにしている　　③ ことにする　　④ ことができる

▶▶ 老師講解

句子裡的「と」表示必然的結果，因此不適合加上跟個人意志相關的動作，所以表示能力的「～ことができる」最恰當。正確答案為選項④，構成的句子是「JRを使って旅をする場合、途中下車可能という制度を利用すると、乗車券の運賃を節約

する<u>ことができる</u>。」（搭乗JR旅遊時，使用可中途下車制度的話，就能節省車票錢。）

▌題庫218　～ことにする

説明　在動詞辭書形之後加上「ことにする」，就能用來表示說話者的「決定」，常翻譯為「決定～」、「要～」。此外，若用動詞ない形來連接，就能表達「決定不要～」的意思。

歷屆試題 **488**

（　）残念ですが、時間が掛かりそうなので、博物館には＿＿＿＿ことにしましょう。

➡ 103年領隊人員日語

　　① 寄れない　　　② 寄らない　　　③ 寄らされる　　④ 寄ろう

▶▶ 老師講解

　　句子裡的「ので」表示因果關係，所以後面應該是「決定不去」。正確答案為選項②，構成的句子是「残念<ruby>残念<rt>ざんねん</rt></ruby>ですが、時間<ruby>時間<rt>じかん</rt></ruby>が掛<ruby>掛<rt>か</rt></ruby>かりそうなので、博物館<ruby>博物館<rt>はくぶつかん</rt></ruby>には<u>寄<ruby>寄<rt>よ</rt></ruby>らない</u>ことにしましょう。」（很遺憾，因為看起來會花很多時間，所以我們就決定不要去博物館了吧！）

歷屆試題 **489**

（　）雨が降りさえすれば旅行はやめること＿＿＿＿。

➡ 96年領隊人員日語

　　① に決まった　　② に決める　　　③ にした　　　　④ にする

▶▶ 老師講解

　　「～ことにする」已經表達出了說話者的「決定」，不需要再用到「決<ruby>決<rt>き</rt></ruby>まる」或是「決<ruby>決<rt>き</rt></ruby>める」。再者，既然這個句型用來表示「決定」，實際使用時，幾乎都會使用表示已經發生的過去形。正確答案為選項③，構成的句子是「雨<ruby>雨<rt>あめ</rt></ruby>が降<ruby>降<rt>ふ</rt></ruby>りさえすれば旅行<ruby>旅行<rt>りょこう</rt></ruby>はやめること<u>にした</u>。」（決定如果下雨就不去旅行。）

為選項①，構成的句子是「もうすぐ試験だから、毎日深夜まで勉強せざるを得ない。」（馬上就要考試了，所以每天不得不讀書讀到半夜。）

歷屆試題 **492**

（　　）台風が接近しているのだから、観光は中止＿＿＿＿＿。　　　➡ 103年導遊人員日語

① しざるをえない　　　　　　　② するわけにはいかない

③ せざるをえない　　　　　　　④ するわけがない

▶ 老師講解

　　句子裡已經出現了表示因果關係的「から」，所以表示「不行」的「わけにはいかない」、表示「不可能」的「わけがない」都要排除。因此主要判斷的還是第三類動詞「する」要如何和「～ざるを得ない」連接。正確答案為選項③，構成的句子是「台風が接近しているのだから、観光は中止せざるをえない。」（因為颱風正在接近，所以不得不取消觀光。）

■ 題庫221　～しかない

説明　把表示説話者覺得很少的副助詞「しか」放在句尾，配上「ない」之後，用來表示「除此之外別無他法」，常翻譯為「只好～」、「只有～」。

歷屆試題 **493**

（　　）郊外にある見どころは公共交通機関が未発達のため、タクシーやレンタサイクルなどを利用＿＿＿＿＿。　　　➡ 104年導遊人員日語

① するに相違ない　　　　　　　② しようがない

③ するものだ　　　　　　　　　④ するしかない

▶ 老師講解

　　句中出現了表示因果關係的「ため」，所以後面加上「しかない」最適合。正確答案為選項④，構成的句子是「郊外にある見どころは公共交通機関が未発達のため、タクシーやレンタサイクルなどを利用するしかない。」（因為位於郊區的觀光景點的大眾運輸工具不發達，所以只好使用計程車或是租自行車。）

題庫222 ～ずじまいだ

説明 這個句型源自於表示「完成」的「～てしまう」，把「～てしまう」前面的動詞變成否定的「～ず」，再將「しまう」名詞化成為「しまい」之後，用來表示到最後都沒做某件事，中文常翻譯為「終究沒有～」。

歴屆試題 494

（ ）何か言わねばと思ってはいたものの、とうとう最後まで何も＿＿＿＿＿＿。

➡ 103年領隊人員日語

① 言わずじまいだった　　　　② 言いっぱなしだった
③ 言うかぎりだった　　　　　④ 言わんばかりだった

▶▶ 老師講解

因為「～ずじまいだ」是「終究沒有～」的意思，所以「とうとう」、「最後まで」都可視為這個句型的關鍵字。正確答案為選項①，構成的句子是「何か言わねばと思ってはいたものの、とうとう最後まで何も言わずじまいだった。」（儘管本來覺得應該說些什麼，但是到最後終究什麼都沒說。）

題庫223 ～そうだ (1)

説明 「～そう」可用來表示「樣態」，此時用於說話者主觀、立即的判斷，常翻譯為「看起來～」、「就要～」。動詞要用ます形連接、イ形容詞要去掉語尾「い」、ナ形容詞則是直接加上「そう」。

歴屆試題 495

（ ）星が綺麗ですね。あしたも＿＿＿＿＿そうですね。　➡ 93年領隊人員日語
① 晴れた　　　② 晴れ　　　③ 晴れだ　　　④ 晴れる

▶▶ 老師講解

「そう」有樣態和傳聞兩種功能，測驗的重點往往在於如何區分兩者。以這一題來說，前面提到了星星很漂亮，表示是基於天空一片雲都沒有而做的判斷，這個時候就應該使用表示樣態的「そう」，因此要用動詞ます形連接。正確答案為選項②，構

成的句子是「星が綺麗ですね。あしたも晴れそうですね。」（星星好漂亮呀！明天看起來也會是晴天呀！）

（　）いまにも袋が＿＿＿＿＿。　　　　　　　　　　⇒ 93年領隊人員日語

① 破れたようです　　　　　　　② 破れるそうです

③ 破れそうです　　　　　　　　④ 破れてしまいます

▶ 老師講解

　　様態「そう」是立即、主觀的判斷，而句子一開始的「いまにも」表達出了立即感，所以後面應該使用様態「そう」。正確答案為選項③，構成的句子是「いまにも袋が破れそうです。」（袋子就要破了。）

（　）気分は＿＿＿＿＿ですね。ちょっと休んだほうがいいですよ。　⇒ 97年導遊人員日語

① 悪らしい　　② 悪みたい　　③ 悪よう　　④ 悪そう

▶ 老師講解

　　對方的身體狀態當然只能用「看」的，所以應使用様態「そう」。此外，這一題其實考的是連接方式，因為其他選項的連接方式都不合理，當然不能選。正確答案為選項④，構成的句子是「気分は悪そうですね。ちょっと休んだほうがいいですよ。」（看起來很不舒服呀！稍微休息一下比較好喔！）

（　）彼女は元気＿＿＿＿＿観光ツアーを楽しんでいたのに、急に病気になった。

⇒ 98年導遊人員日語

①そうに　　　②ように　　　③らしい　　　④らしく

▶ 老師講解

　　這一題裡的「元気」也是人的身體狀況，因此要使用様態「そう」才恰當。正確答案為選項①，構成的句子是「彼女は元気そうに観光ツアーを楽しんでいたのに、急に病気になった。」（她明明之前看起來很有精神的享受旅遊行程，但是卻突然生病了。）

（　）帰国する日にパスポートをホテルに置き忘れてくるなんて、いかにも彼
　　　の＿＿＿＿。
　　　　　　　　　　　　　　　　　　　　　　　　　　　　➡ 99年領隊人員日語

　　①　やりそうなことだ　　　　　　　②　やりたいことだ

　　③　やっていること　　　　　　　　④　やるらしいことだ

▶▶ **老師講解**

　　　樣態「そう」除了表示立即的判斷，還能衍生用來表示事物的本質，此時中文也
是說成「看起來～」。正確答案為選項①，構成的句子是「帰国<ruby>す<rt>きこく</rt></ruby>る日にパスポート
をホテルに置<ruby>お<rt>お</rt></ruby>き忘<ruby>わす<rt>わす</rt></ruby>れてくるなんて、いかにも彼<ruby>かれ<rt>かれ</rt></ruby>のやりそうなことだ。」（要回國那
一天居然把護照忘在飯店裡，看起來實在就是他會做的事。）

（　）他好像很沒精神。
　　　　　　　　　　　　　　　　　　　　　　　　　　　　➡ 99年領隊人員日語

　　①　あの人は元気がないそうだ。　　②　あの人は元気がなそうだ。

　　③　あの人は元気がなさそうだ。　　④　あの人は元気ではないそうです。

▶▶ **老師講解**

　　　樣態「そう」前面若是否定形時，並不是去「い」加「そう」，而是要去「い」
加「さ」再加「そう」。正確答案為選項③，正確的句子是「あの人<ruby>ひと<rt>ひと</rt></ruby>は元気<ruby>げんき<rt>げんき</rt></ruby>がなさそ
うだ。」

（　）＿＿＿＿＿顔をしていますね。何かいいことでもあったのですか。

　　　　　　　　　　　　　　　　　　　　　　　　　　　➡ 103年領隊人員日語

　　①　嬉しいそうな　②　嬉しそうな　　③　嬉しそうに　　④　嬉しがる

▶▶ **老師講解**

　　　描述他人的情感時，一定會用到樣態「そう」。此外，「～そう」如果出現在句
中，加上「な」可以修飾後面的名詞；加上「に」可以修飾後面的句子。正確答案為
選項②，構成的句子是「嬉<ruby>うれ<rt>うれ</rt></ruby>しそうな顔<ruby>かお<rt>かお</rt></ruby>をしていますね。何<ruby>なに<rt>なに</rt></ruby>かいいことでもあったの
ですか。」（你看起來好開心呀！是有什麼好事嗎？）

説明　「そう」除了表示樣態，還能表示傳聞。用來表示傳聞時，前面會接完整
　　　的常體句，常翻譯為「聽說～」。

歴屆試題 502

（　）先生の話によると、王さんはきのう家へ帰る途中、車に＿＿＿＿＿です。

➡ 96年領隊人員日語

　　　① ひかれるそうになったそう　　　② ひかれそうになったそう
　　　③ ひかれたそうになりそう　　　　④ ひかれたそうになるそう

▶ 老師講解

　　這一題有點難，不過判斷關鍵在於一開始出現了消息來源，所以整個句子必須以
傳聞做結束。而傳聞的內容不會再是傳聞，所以應該是要使用樣態。正確答案為選項
②，構成的句子是「先生の話によると、王さんはきのう家へ帰る途中、車にひかれ
そうになったそうです。」（據老師所說，王同學昨天回家途中，差點被車撞了。）

歴屆試題 503

（　）日本に行ったのは夏でしたが、今度は春に行きたいですね。日本通の友人の
　　　話では、桜がとても＿＿＿＿＿そうですから。　　➡ 96年導遊人員日語

　　　① きれいだ　　　② きれ　　　　③ きれい　　　④ きれいな

▶ 老師講解

　　「日本通の友人の話」屬於消息來源，因此必須使用傳聞「そう」。此外，「き
れい」已經是本質，其實怎麼樣都不會加上樣態「そう」。正確答案為選項①，構成
的句子是「日本に行ったのは夏でしたが、今度は春に行きたいですね。日本通の友
人の話では、桜がとてもきれいだそうですから。」（上次去日本是夏天，這一次想
要春天去呀！因為據很了解日本的朋友說，櫻花非常漂亮呀！）

歴屆試題 504

（　）聽說中國製冷凍水餃引起中毒事件。　　　　　　➡ 97年領隊人員日語

　　　① 中国製の冷凍餃子で中毒事件が起きそうだ。
　　　② 中国製の冷凍餃子で中毒事件に起きたそうだ。

③ 中国製の冷凍餃子で中毒事件に起きそうだ。

④ 中国製の冷凍餃子で中毒事件が起きたそうだ。

▶▶ 老師講解

　　本題測驗兩個概念，第一、完整的句子加上「そう」才能表示傳聞；第二、「起
きる」是自動詞，前面必須有表示主詞的助詞「が」。正確答案為選項④，正確的句
子是「中国製の冷凍餃子で中毒事件が起きたそうだ。」

歷屆試題 **505**

（　）20年前、この辺りはほとんど田んぼだった＿＿＿＿＿＿。　　　➡ 98年領隊人員日語

　　① そうかもしれません　　　　　　② のようでした

　　③ からです　　　　　　　　　　　④ そうです

▶▶ 老師講解

　　空格前面出現了「だった」表示已經是完整的句子，所以加上傳聞的「そう」
較恰當。正確答案為選項④，構成的句子是「２０年前、この辺りはほとんど田んぼ
だったそうです。」（聽說二十年前這幾乎都是農田。）

▌ 題庫225　～そうもない

説明　「～そうもない」是樣態「そう」的否定説法，常翻譯為「看起來不～」。

歷屆試題 **506**

（　）いくら頑張ったって、でき＿＿＿＿＿もないなあ。　　　➡ 94年導遊人員日語

　　① ようと　　　　② そう　　　　③ ようで　　　　④ ように

▶▶ 老師講解

　　「～そうもない」既然是樣態「そう」的否定説法，連接方式也相同，前面也是
要接動詞ます形。這一題從空格前的「でき」即可判斷應加上「そう」。正確答案為
選項②，構成的句子是「いくら頑張ったって、できそうもないなあ。」（就算再怎
麼努力，看起來還是辦不到呀！）

（　）この雨は止み＿＿＿＿＿ないね。　　　　　　　　　　　　➡ 95年領隊人員日語

　　①そうで　　　　　②そうに　　　　　③そうは　　　　　④そうでも

▶ 老師講解

　　「〜そうもない」也可以說成「〜そうにない」，兩者並無差異。正確答案為選項②，構成的句子是「この雨<ruby>雨<rt>あめ</rt></ruby>は止<ruby>止<rt>や</rt></ruby>みそうにないね。」（這場雨看起來不會停呀！）

（　）「忠烈祠のアーチの所に立っている衛兵は瞬きをしないんです。」

　　　「ほう。どうやら我々には彼らの真似など＿＿＿＿＿。」　➡ 96年導遊人員日語

　　①できそうもありません　　　　　　②できるにちがいありません

　　③できなくはありません　　　　　　④できるかもしれません

▶ 老師講解

　　「できそうもない」是「〜そうもない」最常見的說法，常用來表達完全辦不到。正確答案為選項①，構成的句子是「『忠烈祠<ruby>忠烈祠<rt>ちゅうれつし</rt></ruby>のアーチの所<ruby>所<rt>ところ</rt></ruby>に立<ruby>立<rt>た</rt></ruby>っている衛兵<ruby>衛兵<rt>えいへい</rt></ruby>は瞬<ruby>瞬<rt>まばた</rt></ruby>きをしないんです。』『ほう。どうやら我々<ruby>我々<rt>われわれ</rt></ruby>には彼<ruby>彼<rt>かれ</rt></ruby>らの真似<ruby>真似<rt>まね</rt></ruby>などできそうもありません。』」（「站在忠烈祠拱門的衛兵都不會眨眼睛。」「哇，看起來我們沒辦法模仿他們。」）

▍**題庫226　〜たがる**

說明　將動詞ます形加上「〜たがる」就可以用來表示第三人稱的願望。

（　）奈良は、古い日本の歴史めぐりが存分に見学できますので、外国人観光客は＿＿＿＿＿たがっているでしょう。　　　　　　　　　➡ 93年導遊人員日語

　　①行く　　　　　②行っ　　　　　③行き　　　　　④行か

▶ 老師講解

　　「〜たがる」前面的動詞必須是ます形，接下來只要找出符合的選項就好了。正確答案為選項③，構成的句子是「奈良<ruby>奈良<rt>なら</rt></ruby>は、古<ruby>古<rt>ふる</rt></ruby>い日本<ruby>日本<rt>にほん</rt></ruby>の歴史<ruby>歴史<rt>れきし</rt></ruby>めぐりが存分<ruby>存分<rt>ぞんぶん</rt></ruby>に見学<ruby>見学<rt>けんがく</rt></ruby>でき

第五單元　句尾用法

ますので、外国人観光客は行きたがっているでしょう。」（因為奈良可以好好進行古日本歷史之旅，所以外籍遊客會很想去吧！）

歷屆試題 510

（　）台湾人は、どちらかと言うと、小さくても自分の店を持って一経営者になり＿＿＿＿＿＿民族のように思います。　　　　　　　　　　　⇒ 96年導遊人員日語

　　① たいそうな　　② ぎみの　　　　③ ようがない　　④ たがる

▶ 老師講解

　　這句話談到的是一般的臺灣人的願望，所以還是要用第三人稱的願望。正確答案為選項④，構成的句子是「台湾人は、どちらかと言うと、小さくても自分の店を持って一経営者になりたがる民族のように思います。」（如果要說臺灣人是哪一類，我覺得是就算很小，也會想開一家自己的店的民族。）

題庫227　～だろう

説明　「～だろう」其實就是「～でしょう」的常體，用來表示個人的猜測，中文常説成「～吧」。前面會接完整的常體句，不過若是名詞或是ナ形容詞現在肯定句，直接加上「だろう」就可以了。

歷屆試題 511

（　）日本語を話していたから、たぶん日本人＿＿＿＿＿＿。

⇒ 101年領隊人員日語

　　① ようだ　　　　② べきだ　　　　③ だろう　　　　④ そうだ

▶ 老師講解

　　只要有表示猜測的副詞「たぶん」，後面就一定要配合猜測的語尾「だろう」。正確答案為選項③，構成的句子是「日本語を話していたから、たぶん日本人だろう。」（因為當時他說日文，所以大概是日本人吧！）

歷屆試題 512

（　）部屋の電気が消えているところを見ると、先輩は＿＿＿＿＿＿。⇒ 103年領隊人員日語

　　① 留守だろう　　　　　　　　② 留守だった
　　③ 留守したそうだ　　　　　　④ 留守しそうだ

▶▶ 老師講解

　　因為這句話是從「沒開燈」猜的，所以不能用傳聞。再者，翻譯雖然會說成「看起來」，但在這裡也不可能是樣態。既然是猜測，加上「だろう」最恰當。正確答案為選項①，構成的句子是「部屋の電気が消えているところを見ると、先輩は留守だろう。」（從房間沒開燈來看，學長不在吧！）

▌ 題庫228　〜つつある

説明　「〜つつある」的功能類似表示狀態的「〜ている」，連接特色在於前面要接動詞ます形。

歷屆試題 **513**

（　）紙糊店は現在の台湾ではほとんど消えてしまい＿＿＿＿＿産業です。

⇒ 101年導遊人員日語

　　　①　いる　　　　　②　ある　　　　　③　つついる　　　　④　つつある

▶▶ 老師講解

　　空格前面是動詞ます形，因此後面只能用「つつある」來連接。正確答案為選項④，構成的句子是「紙糊店は現在の台湾ではほとんど消えてしまいつつある産業です。」（紙糊店在現在的臺灣，是個幾乎已經消失的產業。）

▌ 題庫229　〜てしょうがない

説明　「しょうがない」是「沒辦法」的意思，構成句型「〜てしょうがない」之後，用來表示非常強烈的感覺，常翻譯為「非常〜」。

歷屆試題 **514**

（　）工事のために高速道路が渋滞して、不便で＿＿＿＿＿。　⇒ 100年領隊人員日語

　　　①　かたくない　　②　すぎない　　　　③　ほかない　　　　④　しょうがない

▶▶ 老師講解

　　「不便」後面已經加上了「で」，唯一能夠連接的就只有「しょうがない」。正確答案為選項④，構成的句子是「工事のために高速道路が渋滞して、不便でしょうがない。」（由於施工，高速公路塞車，非常不方便。）

説明　「たまらない」的意思是「受不了」，構成句型「～てたまらない」之
　　　　後，用來表示某個心理、生理的感覺非常強烈，常翻譯為「非常～」。

歷屆試題 515

（　）この不況では、いつ仕事がなくなるか心配で＿＿＿＿。　　　➡ 98年領隊人員日語

　　　① やむをえない　② あたらない　　　③ たまらない　　④ ざるをえない

▶▶ 老師講解

　　　「心配」是心裡的感覺，因此使用「～てたまらない」這個句型最恰當。正確答
案為選項③，構成的句子是「この不況では、いつ仕事がなくなるか心配でたまらな
い。」（在這樣的不景氣下，非常擔心什麼時候會沒了工作。）

■ 題庫231　～てならない

説明　「～てならない」和「～てたまらない」類似，差別在於「～てならな
　　　　い」主要用於心理感覺的強烈，一樣可以翻譯為「非常～」。

歷屆試題 516

（　）まさか、あの彼が自殺するなんて。あの天才と言われた彼が……。そう思う
　　　と残念で＿＿＿＿。　　　　　　　　　　　　　　　　➡ 104年領隊人員日語

　　　① ありえません　② いられません　　③ かないません　④ なりません

▶▶ 老師講解

　　　「残念」是心理感覺，因此使用「～てならない」這個句型最恰當。正確答案為
選項④，構成的句子是「まさか、あの彼が自殺するなんて。あの天才と言われた彼
が……。そう思うと残念でなりません。」（怎麼可能，那樣的他居然會自殺。那個
被譽為天才的他……。一想到這件事，就覺得非常遺憾。）

説明　動詞て形後面的「ばかり」有「只做某件事不做其他事」的意思，最後的「いられない」則是動詞「いる」的可能形否定。所以這個句型就是在「～ていられる」裡面加上「ばかり」再將語尾變成否定，用來表示「不能只做～」、「不能光～」。

歴屆試題 517

（　）来年は大学受験だから、＿＿＿＿＿＿。　　　　　⟹ 101年領隊人員日語

　　　① 遊ばずにはいられない　　　　　② 遊んでばかりはいられない

　　　③ 遊んでばかりいるわけだ　　　　④ 遊ばないわけにはいかない

▶▶ 老師講解

　　句中已經出現了表示因果關係的「から」，所以後面的內容應該是跟「不玩」有關。選項①是「不能不玩」；選項②是「不能一直玩」；選項③是「難怪一直在玩」；選項④是「不能不玩」。正確答案為選項②，構成的句子是「来年は大学受験だから、遊んでばかりはいられない。」（明年要考大學了，不能一直玩。）

説明　「ほしい」用來表示願望，「～がほしい」用來表達的是自己想要什麼東西。構成句型「～てほしい」之後，則是表達希望別人做某件事。

歴屆試題 518

（　）今後もフライトの変更などがありましたら、ぜひすぐ私に教え＿＿＿＿＿＿。

⟹ 99年導遊人員日語

　　　① てほしいです　② てもいいです　　③ てもらいます　④ ます

▶▶ 老師講解

　　如果句子裡沒有「ぜひ」，每一個選項都可以。但是加上了表示強烈感覺，常翻譯為「務必」的「ぜひ」之後，加上願望句型最恰當。正確答案為選項①，構成的句子是「今後もフライトの変更などがありましたら、ぜひすぐ私に教えてほしい。」（今後如果還有航班變更之類的訊息，希望你務必通知我！）

題庫234　〜てもいい、〜てもかまわない

説明　「〜てもいい」直譯的話，是「要〜也可以」；「〜てもかまわない」直
譯的話，是「要〜也沒關係」。兩個都是表示「許可」的句型，所以中文
直接説成「可以〜」最恰當。

歴届試題 519

（　）A：「明日、もう一度伺っても＿＿＿＿＿でしょうか。」

　　　B：「申し訳ございませんが、明日から海外旅行を予定いたしております

　　　　が……」　　　　　　　　　　　　　　　　　　⟹ 93年導遊人員日語

　　　① よろしい　　　② いけない　　　③ かまう　　　④ 結構

▶▶ 老師講解

　　「〜てもいい」表達許可，若構成問句，則用來請求對方的許可。此外，「よろ
しい」是「いい」的禮貌說法，因此請求許可時說成「〜てもよろしいですか」可以
讓句子變得更客氣。正確答案為選項①，構成的句子是「『明日、もう一度伺っても
よろしいでしょうか。』『申し訳ございませんが、明日から海外旅行を予定いたし
ておりますが……』」（「明天可以再拜訪您一次嗎？」「不好意思，明天起我預定
要出國玩……。」）

歴届試題 520

（　）私は好き嫌いがありませんから、どんな料理でも＿＿＿＿＿。　⟹ 98年領隊人員日語

　　　① かまいます　　　　　　　　② どういたしまして

　　　③ かまいません　　　　　　　④ 関係ないです

▶▶ 老師講解

　　「かまう」原本的意思是「在意」，因此「かまわない」是「不在意」的意思，
這就是為什麼要用「かまわない」才能構成「許可」句型。正確答案為選項③，構成
的句子是「私は好き嫌いがありませんから、どんな料理でもかまいません。」（我
不挑食，所以不管什麼菜都沒關係。）

▌題庫235　～てやまない

説明　「やむ」是「停止」的意思，變成否定、構成句型「～てやまない」之後，用來表達強烈的祈望、感覺，常翻譯為「非常～」。

歷屆試題 521

（　）台湾の歌姫テレサ・テンの歌を聴いて、私は感動して＿＿＿＿。

➡ 100年導遊人員日語

① ほかなりません　　　　　② しかありません

③ やみません　　　　　　　④ やすみません

▶ 老師講解

　　「我對你的景仰有如滔滔江水連綿不絕」這句話是電影鹿鼎記中，周星馳飾演的韋小寶常說的一句話，不知道的趕快去客廳打開龍祥電影台。這裡的「連綿不絕」，不就是「やまない」嗎？這就是為什麼「～てやまない」能夠表達強烈的祈望。正確答案為選項③，構成的句子是「台湾の歌姫テレサ・テンの歌を聴いて、私は感動してやみません。」（聽到臺灣歌姬鄧麗君的歌，我非常感動。）

▌題庫236　～ところだ

説明　原本用來表示地點的「ところ」，也可以用來表示時間，這個時候的「時間」，指的是動作在哪個階段。前面如果是動詞辭書形，用來表示「正要～」；如果是動詞ている形，用來表示「正在～」；如果是動詞た形，用來表示「剛～」。

歷屆試題 522

（　）たった今電車が出た＿＿＿＿です。

➡ 102年導遊人員日語

① つもり　　　② だらけ　　　③ ところ　　　④ とおり

▶ 老師講解

　　這一題的四個選項中，只有「ところ」能用來表示時間。此外，前面的「たった今」也常會和「ところ」配合使用。正確答案為選項③，構成的句子是「たった今電車が出たところです。」（現在電車剛出發。）

説明　將「～ところだ」裡的「だ」改成過去形「だった」，就成了「～ところ
　　　だった」。這個句型用來表示之前差一點發生某件不好的事，所以前面只
　　　會接動詞辭書形，常翻譯為「差一點～」。

歴屆試題 **523**

（　）急いで家を出たので宿題のノートを忘れる＿＿＿＿＿だった。　➡ 93年領隊人員日語

　　　① とき　　　　　② こと　　　　　③ ところ　　　　④ もの

▶▶ 老師講解

　　空格前是辭書形、空格後是「だった」，完全符合表示差一點發生不好的事情的
「～ところだった」。正確答案為選項③，構成的句子是「急いで家を出たので宿題
のノートを忘れるところだった。」（急著出門，所以差一點忘了作業簿。）

歴屆試題 **524**

（　）あっ、あなたに大事な話があるのを思い出しました。うっかり＿＿＿＿＿。

　　　　　　　　　　　　　　　　　　　　　　　　　　　　　　➡ 100年領隊人員日語

　　　① 忘れるところでした　　　　　② 忘れた
　　　③ 忘れていた　　　　　　　　　④ 忘れている

▶▶ 老師講解

　　前一句話「想起來了」，所以沒有真的忘記，而是「差點忘記」，因此要使用
「～ところだった」。正確答案為選項①，構成的句子是「あっ、あなたに大事な話
があるのを思い出しました。うっかり忘れるところでした。」（啊，想到有重要的
事要跟你說。差點就忘記了。）

説明　「～どころではない」裡的「どころ」來自於「ところ」，因此這個句型
　　　也是時間有關的表達。「～どころではない」具有否定語尾，用來表達不
　　　是做某件事情的時間，常翻譯為「沒空～」、「不是做～的時候」。

（　）A：今晩1杯いかがですか。

　　　B：仕事が手いっぱいでそれ＿＿＿＿＿＿んです。　　　➡104年領隊人員日語

　　① だけではない　　　　　　　　　② どころではない

　　③ ばかりではない　　　　　　　　④ まではない

▶▶ 老師講解

　　從「仕事が手いっぱいで」這個結構可以判斷應該是拒絕了對方的邀約，因此使用「〜どころではない」這個句型最恰當。正確答案為選項②，構成的句子是「『今晩1杯いかがですか。』『仕事が手いっぱいでそれどころではないんです。』」

（「今天晚上要不要喝一杯呀。」「一大堆工作，哪有空喝酒。」）

▌題庫239　〜と言う

説明　助詞「と」可以用來表示「內容」，後面會出現言語、思考相關詞彙。加上「言う」可以用來表達表示「有人說〜」，不過也可以用其他思考、活動相關動詞代替「言う」。

（　）病気がはやくなおるように＿＿＿＿＿神に祈る。　　　➡102年領隊人員日語

　　① と　　　　　　② を　　　　　　③ で　　　　　　④ より

▶▶ 老師講解

　　表示希望的「ように」可以直接出現在句尾，常用來表示對神明的祈求。這一題其實什麼都不加也已經完整了，所以只能填入「と」，把「病気がはやくなおるように」當作「祈る」的內容。正確答案為選項①，構成的句子是「病気がはやくなおるようにと神に祈る。」（向神明祈求，希望早日康復。）

（　）一説によると、茶葉の色が烏のように黒く、形は龍のように曲がりくねっているから、烏龍茶＿＿＿＿＿名付けられたという。　　　➡102年導遊人員日語

　　① で　　　　　　② て　　　　　　③ と　　　　　　④ が

第五單元　句尾用法

　　空格後有表示「取名」的「名付ける」，當然需要助詞「と」來表示內容為何。正確答案為選項③，構成的句子是「一説によると、茶葉の色が烏のように黒く、形は龍のように曲がりくねっているから、烏龍茶と名付けられたという。」（有一種說法，茶葉的顏色像烏鴉般的黑，形狀像龍一樣地捲曲，所以被稱作烏龍茶。）

▌題庫240　〜れと言われた、〜なと言われた

説明　「〜と言う」可以用來引用，但如果引用的內容是「〜てください」這類句型時，可能無法表達清楚，所以就會用「命令形＋と言われた」這個間接引用句型代替「〜てくださいと言った」，這個時候中文常説成「（有人）要我〜」。如果是「禁止形＋と言われた」，意思就成為「（有人）要我不要〜」。

（　）＿＿＿＿＿＿と言われても、そう簡単にできない。　　　　➡ 93年領隊人員日語

　　① する　　　　　② せろ　　　　　③ しろ　　　　　④ やる

▶▶ 老師講解

　　「〜と言われた」前面會接命令形或禁止形，「する」的命令形是「しろ」。正確答案為選項③，構成的句子是「しろと言われても、そう簡単にできない。」（就算叫我做，也不是那麼輕鬆就辦得到的。）

▌題庫241　〜てくれと言われた、〜ないでくれと言われた

説明　「〜てくださいと言った」除了可以説成「命令形＋と言われた」，還可以直接將「〜てください」變成常體「〜てくれ」，構成「〜てくれと言われた」。這個時候意義、功能都和「命令形＋と言われた」沒有不同，都是表達「（有人）要我〜」。

（　）Ａ：今朝、帰りに『旅行ガイド』を買って＿＿＿＿＿＿と母に言われた。

B：じゃ、お母さんは、旅行に行くんだ。　　　　　⇒ 95年導遊人員日語

① きてくださる　② くださる　　　　③ きてくれ　　④ きてくれる

▶ 老師講解

　　這個對話裡，媽媽原本說的應該是「買ってき<u>てください</u>」，要變成這一個間接引用句，就要變成「買ってき<u>てくれ</u>」再加上「<u>と言われた</u>」。正確答案為選項③，構成的句子是「今朝、帰りに『旅行ガイド』を買ってき<u>てくれ</u>と母に言われた。」（今天早上媽媽要我回來的時候要買「旅遊書」回來。）、「じゃ、お母さんは、旅行に行くんだ。」（所以，今堂要去旅行呀。）

┃ **題庫242　～といったらない**

說明　這個句型的結構是「と・いったら・ない」，直譯的話是「說了～的話，就沒有了」，有「幾乎無法用言語表達」的意思，因此中文可以直接說成「非常～」。

（　）みんなが帰っていたあと、1人きりで教室に取り残されたときの寂しさ＿＿＿＿＿＿。

⇒ 104年領隊人員日語

① といってやまない　　　　　　　② といったらない

③ でないものでもない　　　　　　④ には当たらない

▶ 老師講解

　　「～といったら」用來表示聯想，但是這個句型卻在「～といったら」之後加上了「ない」，表示沒有聯想的事物。以這一題來說，表示沒有其他言語可以表達此時的寂寞，因此「～といったらない」是用來表示程度很高的句型。正確答案為選項②，構成的句子是「みんなが<u>帰</u>っていたあと、1人きりで<u>教室</u>に<u>取</u>り<u>残</u>されたときの<u>寂</u>しさ<u>といったらない</u>。」（大家走了之後，只有自己一個人被留在教室裡的寂寞是無可言喻的呀！）

第五單元 句尾用法

題庫243 ～とは限らない

説明 「限る」有「限定」的意思，構成句型「～とは限らない」之後，用來表示並沒有限定，中文常説成「未必～」。

歴屆試題 531

（　）必ずしも行くとは限らない。下線をつけた言葉の意味に最も似ているものを選びなさい。　　　　　➡ 94年領隊人員日語

　① 全然行くつもりはない。

　② 絶対行くように限られる。

　③ 必ず行くから、制限しないで欲しい。

　④ 行くかも知れないし、行かないかも知れない。

➡➡ 老師講解

　　表示「未必」的句型前面常會配合表示「未必」的副詞「必ずしも」，所以雖然出現了兩個有「未必」的詞彙，但是不需要重複翻譯，此時是文法上的前後呼應，所以「必ずしも行くとは限らない」的意思就是「未必會去」。正確答案為選項④「行くかも知れないし、行かないかも知れない。」（説不定會去，也説不定不會去。）

歴屆試題 532

（　）日本人だからって、正確な日本語を話せるとは＿＿＿＿＿。　　➡ 94年導遊人員日語

　① 限り　　　　② 限ります　　　③ 限らない　　　④ 限った

➡➡ 老師講解

　　句中已經有表示逆態接續的「だからって」，後面應該是帶有否定語氣的句子。此外，當句子出現否定語尾時，「と」的後面常常出現「は」提醒對方注意後面的否定語尾，這就是為什麼這個句型會成為「～とは限らない」。正確答案為選項③，構成的句子是「日本人だからって、正確な日本語を話せるとは限らない。」（雖説是日本人，但未必會説正確的日文。）

歴屆試題 533

（　）いい大学を卒業した者が＿＿＿＿＿成功するとは限らない。　　➡ 100年領隊人員日語

　① 夢にも　　　② 必ずしも　　　③ まだ　　　④ あえて

　　這一題就是測驗副詞和語尾句型的前後呼應，既然句型的意思是「未必～」，前面就應該加上表示「未必」的副詞。正確答案為選項②，構成的句子是「いい大学を卒業した者が必ずしも成功するとは限らない。」（從好大學畢業的人，未必一定會成功。）

▌題庫244　～な

説明　在動詞辭書形之後加上「な」之後就有了一百八十度的轉變，變成了動詞的禁止形，中文常説成「不可以～」。

歷屆試題 534

（　）まだ子供なのに。気に＿＿＿＿＿＿。　　　　　⇒ 93年領隊人員日語

　　　① しろ　　　　　　② せよ　　　　　　③ するな　　　　　④ しな

▶▶ 老師講解

　　「する」的命令形有「しろ」、「せよ」兩種，禁止形則是「するな」。前面説到「還是個小孩」，後面應該是「不要在意」，因此使用禁止形才恰當。正確答案為選項③，構成的句子是「まだ子供なのに。気にするな。」（還只是個孩子。不要在意！）

▌題庫245　～なきゃ

説明　「～なきゃ」是義務句型的簡縮形，是將「～なければならない」的語尾「ならない」省略之後，再將「なければ」音變成為「なきゃ」。因為是簡縮形，所以意思不變，還是「一定要～」、「不得不～」。

歷屆試題 535

（　）明日テストがあるから勉強しなくてはいけません。下線部の縮約形を一つ選びなさい。　　　　　⇒ 102年導遊人員日語

　　　① 勉強しといて。　　　　　　② 勉強しちゃう。

　　　③ 勉強しじゃう。　　　　　　④ 勉強しなきゃ。

　　這一題與其說是考簡縮形，還不如說為了測驗考生是否了解「～なくてはいけな
い」也是義務句型之一。因為「勉強しなくてはいけない」的意思和「勉強しなけれ
ばならない」相同，所以簡縮形都可以用「～なきゃ」來表達。正確答案為選項④，構
成的句子是「明日テストがあるから勉強しなきゃ。」（明天有考試，一定得讀書。）

▌題庫246　～なくなる

説明　「～なくなる」是在表示變化的「なる」前面加上一個動詞否定形，用來
　　　表示這個變化是從有到無，常翻譯為「變得不～」、「變得沒～」。

歷屆試題 536

（　）警察が取り締まりを強化したにもかかわらず、車のスピード違反は＿＿＿＿。

➡ 104年領隊人員日語

① なかなかなくならない　　　　　② きっとなくなるだろう

③ なくなるかもしれない　　　　　④ ありえないだろう

▶▶ 老師講解

　　這一題的句中已經出現了表示逆態接續的「～にもかかわらず」，因此可以預期
後半句話中，「超速」應該還是存在，所以要把「なくなる」變成「なくならない」
才可以。正確答案為選項①，構成的句子是「警察が取り締まりを強化したにもかか
わらず、車のスピード違反はなかなかなくならない。」（儘管警察加強取締，但是
超速還是沒有消失。）

▌題庫247　～なければならない

説明　「～なければならない」是最基本的義務句型，而「～なければ」可以説成
　　　「～なくては」、「ならない」可以改成「いけない」，因此「～なければ
　　　いけない」、「～なくてはならない」、「～なくてはいけない」都可視為
　　　義務句型。既然都用來表達義務，中文就都可以説成「不得不～」、「一定
　　　要～」。

（　）料理人が長い髪をしていると不潔に見えるから、長い場合は、ひもで縛るなどして短く＿＿＿＿＿＿。　　　　　➡ 103年領隊人員日語

①　せざるを得ない　　　　　　　　②　しなければならない

③　せずにはいられない　　　　　　④　するわけにはいかない

▶▶ 老師講解

　　前三個句型都具有雙重否定，中文表達都很類似，但是「～ざるを得（え）ない」用來表示「心裡不想但沒辦法」；「～ずにはいられない」用來表示「不這麼做會過意不去」，這兩個都不適合。只有表示「義務」的「～なければならない」最恰當。正確答案為選項②，構成的句子是「料理人（りょうりにん）が長（なが）い髪（かみ）をしていると不潔（ふけつ）に見（み）えるから、長（なが）い場合（ばあい）は、ひもで縛（しば）るなどして短（みじか）くしなければならない。」（廚師如果留長頭髮的話看起來會不乾淨，所以如果頭髮很長，就一定要用帶子綁起來弄短一點。）

（　）経済を発展させるために、エネルギーは＿＿＿＿＿＿ものだ。　➡ 104年領隊人員日語

①　限りない　　　　　　　　　　　②　切っても切れない

③　なくてはならない　　　　　　　④　計り知れない

▶▶ 老師講解

　　句子裡的「～ために」用來表示目的，因此「エネルギー」是必須要存在的東西，所以要使用可以表達「不能沒有」的「なくてはならない」。正確答案為選項③，構成的句子是「経済（けいざい）を発展（はってん）させるために、エネルギーはなくてはならないものだ。」（為了發展經濟，能源是不能沒有的東西。）

▌題庫248　～ずにはいられない

説明　這個句型裡的「～ずに」是「～ないで」，「いられない」則是源自於「いる」。因此其實就是把「～ないでいる」的語尾變成可能形否定。構成句型「～ずにはいられない」之後，用來表達不做某一件事會受不了，所以常翻譯為「不禁～」、「不由得～」。

第五單元 句尾用法

（　）地震で家を失い、避難生活を強いられている避難者たちに同情せ＿＿＿＿＿＿＿。

➡ 100年領隊人員日語

　　①ずにすぎない　　　　　　　②ないわけにはいかない

　　③ずにはいられない　　　　　④ないともかぎらない

▶ 老師講解

　　第三類動詞「する」如果要變成「〜ずに」，必須變成「せ」再加「ずに」。因此「同情」後面已經加上了「せ」，因此只能選擇有「ずに」的選項，符合句意的應該是「ずにはいられない」。正確答案為選項③，構成的句子是「地震で家を失い、避難生活を強いられている避難者たちに同情せずにはいられない。」（對於因為地震失去家園、被迫過著避難生活的受災戶不禁感到同情。）

（　）今の老齢化社会を見ていると、自分の老後を考えずには＿＿＿＿＿＿＿。

➡ 104年領隊人員日語

　　①なりません　　②いられません　　③できません　　④すぎません

▶ 老師講解

　　空格前面出現了「〜ずには」，選項唯一能出現在「〜ずには」後面的只有「いられません」。正確答案為選項②，構成的句子是「今の老齢化社会を見ていると、自分の老後を考えずにはいられません。」（看到現在的高齡化社會，不禁想到自己的晚年。）

▍ **題庫249　〜ずにはすまない**

説明　「済まない」有「過意不去」、「無法結束」的意思，構成句型「〜ずにはすまない」之後，用來表達不做某件事會過意不去、或是不做某件事是無法解決的，中文常説成「不得不〜」。

（　）あの社員は客の金を使ったのだから処罰＿＿＿＿＿。　　　　⇒ 103年導遊人員日語

① してはいられないであろう　　　② されずにはすまないだろう

③ するわけはないではないか　　　④ せずともよいのではないか

▶ 老師講解

　　這個句型有「不做某件事無法解決」的意思，因此「手術する」、「処罰する」都是前面常出現的動作。此外，這一題的主詞是「社員」，因此「処罰する」要使用被動形「処罰される」才恰當。正確答案為選項②，構成的句子是「あの社員は客の金を使ったのだから処罰されずにはすまないだろう。」（那個員工用了客人的錢，所以不得不被處罰吧！）

┃ 題庫250　～にきまっている

説明　「決まる」是「確定」的意思，構成句型「～にきまっている」之後，用來表達説話者覺得非常肯定，常翻為「一定～」。

（　）「今朝出勤時間に間に合った？」

　　　「30分も遅く出たから遅刻する＿＿＿＿＿＿じゃないの。」　⇒ 95年領隊人員日語

① もの　　　　　② に決まっている　③ に違いない　　④ に相違ない

▶ 老師講解

　　「～にきまっている」主要用於主觀的認定，雖然「～に違いない」和「～に相違ない」中文也都會説成「一定～」，不過通常用於推測的結果，在這裡較不恰當。此外，「～に違いない」和「～に相違ない」意思並無差異，同時出現在選項裡的話，一定都不會是答案。正確答案為選項②，構成的句子是「『今朝出勤時間に間に合った？』『３０分も遅く出たから遅刻するに決まっているじゃないの。』」（「今天早上有趕上上班時間嗎？」「遲了有三十分鐘出門，一定遲到的不是嗎？」）

第五單元　句尾用法

説明　「過_すぎる」是「超過」的意思，構成句型「〜にすぎない」之後，用來表示只有到某個程度，中文常說成「只不過〜」

歷屆試題 543

（　）50人のクラスメートのうち、合格できたのはわずか10人＿＿＿＿＿。

➡ 103年領隊人員日語

① に止まらなかった　　　　② に当たらなかった

③ に過ぎなかった　　　　　④ にたえなかった

▶▶ 老師講解

　　因為「〜にすぎない」用來強調程度很低，所以前面常會出現「ただ」、「わずか」等等表示「很少」的副詞，這些詞彙自然成為這個句型的關鍵字。正確答案為選項③，構成的句子是「５０人のクラスメートのうち、合格できたのはわずか10人に過ぎなかった。」（五十個人的班級裡，能夠合格的，只不過僅僅十個人。）

■ 題庫252　〜にたえる、〜にたえない

説明　「たえる」如果加上漢字，有「堪_たえる」、「耐_たえる」兩個寫法。「堪_たえる」表示「值得」；「耐_たえる」表示「忍耐」，構成句型「〜にたえる」之後，常翻譯為「值得〜」。構成否定的「〜にたえない」之後，有「無法忍受」的意思，常翻譯為「不堪〜」、「不值〜」。

歷屆試題 544

（　）最近の新聞には下品で読む＿＿＿＿＿ものが多い。　➡ 97年領隊人員日語

① にかぎらないようで　　　② にたえないような

③ にやぶさかでないように　④ におしまないよう

▶▶ 老師講解

　　句子裡已經出現了「下品_{げひん}」這個相當嚴厲的批評，所以應該是構成「不值一看」、「不堪入目」比較合理。正確答案為選項②，構成的句子是「最近の新聞には

下品で読むに<u>たえないような</u>ものが多い。」（最近的報紙裡有很多很低級、不值一看的東西。）

▌ 題庫253 〜に足りない

説明 「足りる」是「足夠」的意思，構成句型「〜に足りない」之後，不是表達「不足夠」，而是「不須」的意思。

歴屆試題 545

（　）公務員試験など＿＿＿＿＿＿。　　　　　　　　　➡ 101年導遊人員日語

① おそれるにたりない　　　　② おそれるにこしたことはない

③ おそれてもならない　　　　④ おそれがいがない

➡ 老師講解

「〜に足りない」這個句型幾乎成為慣用語，前面最常加上「恐れる」，翻譯時可以翻譯為「不需要害怕」。發現了嗎？中文此時也有慣用説法「不足為懼」，這樣就完全了解這個句型為何存在吧！正確答案為選項①，構成的句子是「公務員試験などおそれるにたりない。」（公務人員考試這種東西不足為懼。）

▌ 題庫254 〜には及ばない

説明 「及ぶ」原本的意思是「及於」，構成句型「〜には及ばない」之後，用來表示不需要特別做某件事或是不需要做到某個程度，中文常説成「不需要〜」、「用不著〜」。

歴屆試題 546

（　）電話でけっこうです。わざわざ文書にするには＿＿＿＿＿＿。　➡ 104年領隊人員日語

① およびません　② とどまりません　③ かぎりません　④ やみません

➡ 老師講解

「〜には及ばない」常常用來表示不需要特地做到某個程度，所以常常會和表示「特地」的副詞「わざわざ」配合使用。正確答案為選項①，構成的句子是「電話で

けっこうです。わざわざ文書にするにはおよびません。」（打電話就好了。不需要特別寫信。）

▌題庫255　〜にほかならない

説明　「〜にほかならない」的結構是「に・ほか・ならない」，「ほか」是「其他」的意思，「ならない」則是表示變化的「なる」的否定形。整個句型用來表達除了前面提到的以外，沒有其他的了。中文常直接説成「正是〜」、「就是〜」。

（　）彼が私を憎むのは、私の業績をねたんでいるから_____。　➡ 103年領隊人員日語

　　　① にかなわない　　　　　　② にほかならない
　　　③ よりほかない　　　　　　④ に越したことはない

▶▶ 老師講解

　　「〜にほかならない」前面常和「〜のは〜からだ」這個句型配合使用，用來表達「會〜就是因為〜」、「會〜不外乎〜」這樣的意思。正確答案為選項②，構成的句子是「彼が私を憎むのは、私の業績をねたんでいるからにほかならない。」（他會恨我，不就是因為忌妒我的成績呀。）

▌題庫256　〜ばいい

説明　在假定形「〜ば」之後加上「いい」，構成句型「〜ばいい」之後，用來表示「建議」，常翻譯為「〜的話就好」。

（　）悔しい！個人旅行ではなく、ツアー旅行で_____よかったのに。

➡ 95年導遊人員日語

　　　① 行けば　　　② 行くなら　　　③ 行ったので　　④ 行くと

▶▶ 老師講解

　　這一句話雖然不是用來表示「建議」，不過是對於已經發生的事情表達懊惱的感

覺，所以也適合說成「～的話就好」，特色在於此時的「好」，會用過去形「よかった」表達。正確答案為選項①，構成的句子是「悔しい！個人旅行ではなく、ツアー旅行で行けばよかったのに。」（真懊惱！要是不是自助旅行，而是跟團就好了。）

歷屆試題 549

（　）台湾新幹線のチケットはどこで＿＿＿＿＿いいでしょうか。　　　➡ 102年導遊人員日語

　　① 買うが　　　　② 買うことが　　　③ 買えば　　　　④ 買っては

▶ 老師講解

　　「～ばいい」是表示「建議」的句型，構成問句時，用來表示請求建議。也就是只要看到空格之後有「いい」，就應該選擇假定形。正確答案為選項③，構成的句子是「台湾新幹線のチケットはどこで買えばいいでしょうか。」（臺灣高鐵的票要在哪裡買好呢？）

> ▌ **題庫257　～たばかり**
>
> 説明　「ばかり」表示「程度」，如果前面出現動詞た形，構成句型「～たばかり」之後，用來表示動作剛完成，常翻譯為「剛～」。

歷屆試題 550

（　）ドイツへ＿＿＿＿＿の時ちょっと慣れなかったが、今はすっかり慣れた。

　　　　　　　　　　　　　　　　　　　　　　　　　　　　➡ 96年領隊人員日語

　　① 来てから　　　② 来るぐらい　　　③ 来た後　　　　④ 来たばかり

▶ 老師講解

　　「来てから」和「来た後」都是強調時間先後關係的句型，都可翻譯為「來了之後」，不需要再加上表示時間的「時」，因此這一題要使用表示動作剛發生的「～たばかり」最恰當。正確答案為選項④，構成的句子是「ドイツへ来たばかりの時ちょっと慣れなかったが、今はすっかり慣れた。」（剛來到德國的時候有點不習慣，不過現在完全習慣了。）

説明　「〜はずだ」用來表示基於某個事實進行的推測，常翻譯為「應該〜」。

歷屆試題 551

（　　）李さんなら、今朝6時の電車に乗ったから、もう着いている＿＿＿＿＿だ。

➡ 95年領隊人員日語

　　① わけ　　　　　② べき　　　　　③ はず　　　　　④ もの

▶▶ 老師講解

　　「べき」和「はず」都翻譯為「應該」，但是「べき」表達說話者強烈的意見；「はず」表示說話者的推測，因此這一題要用「はず」。正確答案為選項③，構成的句子是「李さんなら、今朝6時の電車に乗ったから、もう着いているはずだ。」（如果是李先生的話，因為他搭今天早上六點的電車，所以應該已經到了。）

歷屆試題 552

（　　）きのう電話をしておいたから、彼は知っている＿＿＿＿＿です。

➡ 96年領隊人員日語

　　① もの　　　　　② はず　　　　　③ よう　　　　　④ らしい

▶▶ 老師講解

　　「はず」用來表示基於某個事實進行的推測，所以前面幾乎都會有表示原因的「から」，表達「因為〜，所以應該〜。」正確答案為選項②，構成的句子是「きのう電話をしておいたから、彼は知っているはずです。」（因為昨天先打過電話了，所以他應該知道。）

歷屆試題 553

（　　）常夏の国台湾の人達はみな小麦色に日焼けしている＿＿＿＿＿だと思いきや、色白の女性が多いのに驚いた。

➡ 96年導遊人員日語

　　① わけ　　　　　② はず　　　　　③ ところ　　　　④ まま

▶ 老師講解

　　句中的「～と思いきや」是逆態接續句型，常翻譯為「本來以為～」。既然有「本來以為～」，表示前面應該是推測的內容，所以使用「～はずだ」最恰當。正確答案為選項②，構成的句子是「常夏の国台湾の人達はみな小麦色に日焼けしているはずだと思いきや、色白の女性が多いのに驚いた。」（我本來以為四季如夏的臺灣人應該全部都是曬成小麥色的肌膚，但令人驚訝的是有很多皮膚白皙的女性。）

歷屆試題 **554**

（　）彼は午前10時発の飛行機に乗ると言っていたから、もうすぐ着く＿＿＿＿＿。

➥ 98年導遊人員日語

　　① べきです　　　② はずです　　　③ ものです　　　④ からです

▶ 老師講解

　　「べき」和「はず」雖然翻譯上有點像，但是「べき」表達說話者覺得應該要怎麼做；「はず」表達說話者覺得應該會怎麼樣。這麼記的話，應該就不難區分了。正確答案為選項②，構成的句子是「彼は午前10時発の飛行機に乗ると言っていたから、もうすぐ着くはずです。」（他說他搭上午十點飛的飛機，所以應該已經要到了。）

歷屆試題 **555**

（　）10時50分東京発の飛行機だから、今はもう桃園中正空港についている＿＿＿＿＿です。

➥ 102年導遊人員日語

　　① べき　　　　② はず　　　　③ もの　　　　④ つもり

▶ 老師講解

　　交通工具有一定的運輸時間、也有時刻表，幾點出發理論上幾點就會到，所以很適合用來測驗「はず」，因此只要出現了交通工具，應該就要選擇「はず」。正確答案為選項②，構成的句子是「10時50分東京発の飛行機だから、今はもう桃園中正空港についているはずです。」（因為是十點五十分東京起飛的飛機，所以現在應該已經抵達桃園中正機場了。）

說明　表示推測的「はず」之後加上表示不存在的「ない」，構成句型「〜はず
　　　がない」之後，用來表示該推測不存在，也就是可能性為零，因此中文常
　　　說成「不可能〜」。

（　）親ばかかもしれないけど、うちの子に限ってそんなことを＿＿＿＿＿がない。

⮕ 95年導遊人員日語

　　① せず　　　　　② すべき　　　　③ するの　　　　④ するはず

▶▶ 老師講解

　　句子裡的「〜に限（かぎ）って」用來表示「只要〜」，後面應該加上表示可能性為零的
「〜はずがない」。正確答案為選項④，構成的句子是「親（おや）ばかかもしれないけど、
うちの子（こ）に限（かぎ）ってそんなことをするはずがない。」（也許父母都是笨的，不過只要
是我家的孩子，就一定不會做那種事。）

（　）コンピュータで計算しているのだから、＿＿＿＿＿。　　　⮕ 100年領隊人員日語

　　① 間違うはずがない　　　　　　　② 間違うわけではない

　　③ 間違うわけがない　　　　　　　④ 間違わないはずがない

▶▶ 老師講解

　　「〜はずがない」源自於句型「〜はずだ」，因此常會出現在「〜はずだ」裡的
「から」也常會出現在「〜はずがない」構成的句子裡。表達基於某個理由，推論可
能性不存在。正確答案為選項①，構成的句子是「コンピュータで計算（けいさん）しているのだ
から、間違（まちが）うはずがない。」（因為是用電腦算的，所以不可能會錯。）

（　）私にはこんな難しい料理、作れる＿＿＿＿＿ない。　　　⮕ 102年導遊人員日語

　　① ことが　　　　② ものが　　　　③ はずが　　　　④ べきが

這一題也是「はず」和「べき」的辨別，不過「～はずだ」可以變成「～はずがない」，但是「～べきだ」卻無法變成「～べきがない」，因此這一題只能選擇「～はずがない」。正確答案為選項③，構成的句子是「私<ruby>私<rt>わたし</rt></ruby>にはこんな<ruby>難<rt>むずか</rt></ruby>しい<ruby>料理<rt>りょうり</rt></ruby>、<ruby>作<rt>つく</rt></ruby>れるはずがない。」（這麼難的菜，我不可能會做。）

▌題庫260　～はずだった

説明　把「～はずだ」的語尾改成過去形「だった」，構成句型「～はずだった」之後，用來表達之前應該做的事情，中文常説成「本來應該～」。

歷屆試題 559

（　）今日会議がある＿＿＿＿＿＿だったのですが、取りやめになりました。

➡ 99年導遊人員日語

　　① の　　　　　② わけ　　　　　③ はず　　　　　④ 次第

▶▶ 老師講解

空格之前是「有會議」、後半句則是「取消」，因此要用「～はずだった」表達之前應該做的事情。正確答案為選項③，構成的句子是「今日<ruby>会議<rt>きょうかいぎ</rt></ruby>があるはずだったのですが、<ruby>取<rt>と</rt></ruby>りやめになりました。」（今天本來應該有會議，可是取消了。）

歷屆試題 560

（　）初めの計画では台湾全土を＿＿＿＿＿＿が、花蓮の景色人情に魅了されて、4日間の旅は花蓮だけで終わってしまった。

➡ 101年領隊人員日語

　　① 回るはずだった　　　　　　　② 回っているべきだった
　　③ 回らないものだ　　　　　　　④ 回ったことだ

▶▶ 老師講解

從前後文可知道，環島是原本的計畫，因此要加上「～はずだった」才恰當。正確答案為選項①，構成的句子是「<ruby>初<rt>はじ</rt></ruby>めの<ruby>計画<rt>けいかく</rt></ruby>では<ruby>台湾全土<rt>たいわんぜんど</rt></ruby>を<ruby>回<rt>まわ</rt></ruby>るはずだったが、<ruby>花蓮<rt>かれん</rt></ruby>の<ruby>景色人情<rt>けしきにんじょう</rt></ruby>に<ruby>魅了<rt>みりょう</rt></ruby>されて、<ruby>4日間<rt>よっかかん</rt></ruby>の<ruby>旅<rt>たび</rt></ruby>は<ruby>花蓮<rt>かれん</rt></ruby>だけで<ruby>終<rt>お</rt></ruby>わってしまった。」（本來一開始的計畫應該是要環島，但是被花蓮的風土人情吸引，所以四天的旅程只在花蓮就結束了。）

第五單元

句尾用法

題庫261　～ばそれまでだ

説明　這個句型的結構是「～ば・それ・までだ」，在假定形之後加上「それまでだ」，直譯的話是「如果～的話，就只好那樣了」。「就那樣」是怎樣呢？因為這個句型用來表達沒有其他適合的方法，所以就像中文說的「如果～的話，也沒用了」。

（　）このチャンスを逃せば＿＿＿＿＿＿。もはや昇進の機会は二度と訪れまい。

➡ 97年領隊人員日語

　　①　そのものだ　　②　それまでだ　　③　そのままだ　　④　それだけだ

▶▶ 老師講解

　　後半句表達了不會再有機會了，因此前面就應該使用「～ばそれまでだ」這個句型。正確答案為選項②，構成的句子是「このチャンスを逃せばそれまでだ。もはや昇進の機会は二度と訪れまい。」（錯過這次的機會就完了。已經不會再有升遷的機會了。）

（　）新しい機能つきの便利なスマホも、電池がきれてしまえば＿＿＿＿＿＿。

　　　　　　　＿＿＿＿＿に入れるのに最も適切なものはどれですか。　➡ 104年導遊人員日語

　　①　それきりだ　　②　それまでだ　　③　それほどだ　　④　それだけだ

▶▶ 老師講解

　　「～ばそれまでだ」這個句型雖然很特別，但正因為很特別，只要看到空格前面有「～ば」，後面加上「それまでだ」就沒錯了。正確答案為選項②，構成的句子是「新しい機能つきの便利なスマホも、電池がきれてしまえばそれまでだ。」（就算是有最新功能的方便的智慧型手機，電池沒電的話就沒用。）

説明　「ほか」是「其他」，構成句型「〜ほかない」之後，用來表示沒有其他
　　　方法，常翻譯為「只好〜」、「只有〜」。

歷屆試題 563

（　）相手はナイフを持っていたので、金を＿＿＿＿＿。　　　➡ 100年領隊人員日語

　　　① 渡してはいられない　　　　　② 渡しかねない

　　　③ 渡すほかなかった　　　　　　④ 渡してはならない

▶ 老師講解

　　　句中出現了表示因果關係的「ので」，原因是對方拿著刀，那麼後面當然使用
「〜ほかない」才恰當。正確答案為選項③，構成的句子是「相手<ruby>はナイフを持っ<rt>あいて</rt></ruby>て
いたので、<ruby>金<rt>かね</rt></ruby>を<ruby>渡<rt>わた</rt></ruby>すほかなかった。」（因為當時對方拿著刀，所以我只好把錢拿給
他了。）

■ 題庫263　〜べきだ、〜べきではない

説明　「〜べきだ」用來表示説話者強烈的意見，常翻譯為「應該要〜」，否定
　　　用法則是「〜べきではない」，意思是「不應該〜」。

歷屆試題 564

（　）確かな証拠もないのに、彼を犯人だと決め付ける＿＿＿＿＿ではない。

　　　　　　　　　　　　　　　　　　　　　　　　　　　➡ 96年導遊人員日語

　　　① べき　　　　　② しかた　　　　　③ ばしょ　　　　　④ こそ

▶ 老師講解

　　　肯定語尾的「〜べきだ」用來表示強烈的意見，因此否定語尾的「〜べきではな
い」也是表達強烈的意見，只是此時的意見是否定的。正確答案為選項①，構成的句
子是「<ruby>確<rt>たし</rt></ruby>かな<ruby>証拠<rt>しょうこ</rt></ruby>もないのに、<ruby>彼<rt>かれ</rt></ruby>を<ruby>犯人<rt>はんにん</rt></ruby>だと<ruby>決<rt>き</rt></ruby>め<ruby>付<rt>つ</rt></ruby>けるべきではない。」（明明就
沒有確切的證據，不應該把他當作犯人！）

（　）それは君自身で＿＿＿＿＿ことだ。　　　　　　　　⇨ 102年領隊人員日語

　　① すべき　　　　② すべきの　　　　③ すべきな　　　④ するべきの

▶ 老師講解

　　「～べき」前面直接用動詞辭書形連接，不過如果是第三類動詞「する」的話，可以是「するべき」，也可以是「すべき」。另外最特別的是，「～べき」若是修飾名詞時，不需要加上「の」，直接連接就可以了。正確答案為選項①，構成的句子是「それは君<ruby>自身<rt>きみ じしん</rt></ruby>で<u>すべき</u>ことだ。」（那是你自己該做的事！）

（　）理由は何であれ、他人を傷つけるようなことを言う＿＿＿＿＿。　　　　　　　　⇨ 104年領隊人員日語

　　① べきだ　　　　② べきではない　　　③ べくもない　　　④ べし

▶ 老師講解

　　「～べきだ」、「～べきではない」常常用來表達說話者對於對方的忠告，因此「你應該～」、「你不應該～」都是非常常見的說法，要從前後句意判斷應該用哪一個句型喔！正確答案為選項②，構成的句子是「<ruby>理由<rt>り ゆう</rt></ruby>は<ruby>何<rt>なん</rt></ruby>であれ、<ruby>他人<rt>た にん</rt></ruby>を<ruby>傷<rt>きず</rt></ruby>つけるようなことを<ruby>言<rt>い</rt></ruby>う<u>べきではない</u>。」（無論原因為何，會傷到人的話就不應該說！）

▌題庫264　～まい

説明　「～まい」是意向形的否定用法，如果主詞是自己，是「我不想要～」；如果主詞是他人，意思則成為「他不會～吧！」。

（　）母を悲しませては男が廃ると思い、あのような馬鹿げた過ちを二度と犯＿＿＿＿＿と心に誓った。　　　　　　　　⇨ 96年導遊人員日語

　　① してません　　② すまぬ　　　③ すまい　　　　④ なかろう

▶ 老師講解

　　「～まい」的動詞變化較為特別，基本連接方式是「辭書形＋まい」，如果是第

二類動詞，還可以是「ます形＋まい」。第三類動詞裡的「来る」還可以要變成「来まい」；「する」還可以變成「すまい」、或「しまい」。這一題的「犯す」是第一類動詞，所以辭書形直接加上「まい」就可以了。正確答案為選項③，構成的句子是「母を悲しませては男が廃ると思い、あのような馬鹿げた過ちを二度と犯すまいと心に誓った。」（我覺得讓母親難過，不像個男人，所以我在心裡發誓，那麼蠢的錯我不要再犯了！）

▌題庫265　まだ～ていない

説明　「まだ」後面加上「～ていない」，就能表達動作未進行，常翻譯為「還沒～」。

歷屆試題 568

（　）A：「旅行の計画書はもうできましたか。」

　　　B：「いいえ、まだ＿＿＿＿＿。」　　　　　　　　　⇨ 93年導遊人員日語

　　① 書くところです　　　　　　　　② 書いていません

　　③ 書きませんでした　　　　　　　④ 書いていませんでした

▶▶ 老師講解

　　「まだ～ていない」用來表示動作未進行，判斷關鍵在於第一句裡的「もう」，只要問句裡有「もう」，答句就會用到「まだ～ていない」。正確答案為選項②，構成的句子是「『旅行の計画書はもうできましたか。』『いいえ、まだ書いていません。』」（「旅遊的企劃書完成了嗎？」「不，還沒寫。」）

▌題庫266　～までもない

説明　「まで」是「終點」，構成句型「～までもない」之後，表示不用做到某個程度，常翻譯為「不需要～」。

歷屆試題 569

（　）優秀な彼にとって、そんなことは＿＿＿＿＿でしょう。　　⇨ 101年導遊人員日語

　　　① 考えがちだった　　　　　　　② 考えるのみだった

　　　③ 考えるまでもなかった　　　　④ 考えるきらいがあった

　　既然前面提到他很優秀，後面應該接「不需要思考」，所以使用「～までもな
い」這個句型最恰當。正確答案為選項③，構成的句子是「優秀な彼にとって、そん
なことは考えるまでもなかったでしょう。」（對於優秀的他來說，那種事是不需要
思考的吧！）

（　）地元の人にも難しいバス路線。外国人観光客にとってはいう＿＿＿＿＿。

➡ 104年導遊人員日語

　　① ことはない　　　　　　　② にこしたことはない
　　③ までもない　　　　　　　④ かぎりではない

▶▶ 老師講解

　　如果要找一個最常出現在「～までもない」之前的動詞，一定是「言う」。「言
うまでもない」這個說法可以視為慣用語，有「當然」、「不用說」的意思。正確答
案為選項③，構成的句子是「地元の人にも難しいバス路線。外国人観光客にとって
はいうまでもない。」（對當地人都很難懂的公車路線。對外籍遊客就更不用說了。）

▌題庫267　～みたい

説明　「～みたい」可以當作「～よう」的口語説法，能夠用來推測、也能夠用
　　　　來比喻，常翻譯為「好像～」。

（　）不景気が続く中、牛や馬＿＿＿＿＿よく働かないと、リストラされるぞ。

➡ 94年領隊人員日語

　　① みないな　　　② みたいに　　　③ みたいで　　　④ みたいの

▶▶ 老師講解

　　「～みたい」的測驗重點在連接方式，如果要修飾後面的動詞、形容詞的時候，
要加上「に」。正確答案為選項②，構成的句子是「不景気が続く中、牛や馬みたい
によく働かないと、リストラされるぞ。」（持續不景氣，如果沒有做牛做馬地努力
工作，可是會被裁員的喔！）

（　）陳さん＿＿＿＿＿＿な人は、私の好みのタイプだ。　　　　　⬅ 94年導遊人員日語

　　①らしい　　　　②みたい　　　　③ようだ　　　　④そうな

▶▶ 老師講解

　　「みたい」和「よう」修飾名詞的時候都要加上「な」，而「らしい」要直接修飾名詞，樣態「そう」則不可能出現在名詞之後。正確答案為選項②，構成的句子是「陳さんみたいな人は、私の好みのタイプだ。」（像陳小姐那樣的人，是我喜歡的類型。）

（　）台湾の牛肉麺は日本で言えば「ラーメン」＿＿＿＿＿＿もんだね。

　　　　　　　　　　　　　　　　　　　　　　　　　　　　⬅ 97年導遊人員日語

　　①みたい　　　　②みたいな　　　　③ようの　　　　④ような

▶▶ 老師講解

　　如果將「よう」和「みたい」放在名詞之後，「よう」的前面要加上「の」，「みたい」則是可以直接放在名詞之後。正確答案為選項②，構成的句子是「台湾の牛肉麺は日本で言えば『ラーメン』みたいなもんだね。」（臺灣的牛肉麺如果在日本來說的話，就是像「拉麵」那樣的東西呀！）

（　）もう10月も半ばなのに真夏＿＿＿＿＿＿暑い。　　　⬅ 102年領隊人員日語

　　　　①みたく　　　　②みたいそうに　　　③みたいように　　④みたいに

▶▶ 老師講解

　　空格之後是形容詞，因此「みたい」要加上「に」才能修飾。正確答案為選項④，構成的句子是「もう10月も半ばなのに真夏みたいに暑い。」（明明十月已經過一半了，還是像盛夏那麼地熱。）

第五單元

句尾用法

説明 「〜ものだ」就像是在表示説明的「〜のだ」加入情感的表達方式，常用來表示「理所當然」、「願望」、「追憶」三種感覺。中文可以不特別翻譯，或是説成「〜呀」、「〜啊」。

歴屆試題 575

（ ）赤ちゃんはよく泣く＿＿＿＿＿だ。 ⇒ 101年導遊人員日語

① ばかり ② くらい ③ もの ④ こと

▶▶ 老師講解

　　嬰兒愛哭，是正常的現象，所以這一題的「〜ものだ」就是用來表達理所當然的感覺。正確答案為選項③，構成的句子是「赤ちゃんはよく泣くものだ。」（嬰兒就是愛哭呀！）

歴屆試題 576

（ ）なんとか日本語の実力をあげたい＿＿＿＿＿だ。 ⇒ 95年領隊人員日語

① 場合 ② べき ③ もの ④ こと

▶▶ 老師講解

　　「〜ことだ」和「〜ものだ」看起很像，不過「〜ことだ」用來表示命令或建議，不會出現在願望句型「〜たい」之後。正確答案為選項③，構成的句子是「なんとか日本語の実力をあげたいものだ。」（好想想個辦法提昇我的日文實力呀！）

歴屆試題 577

（ ）私は年内になんとか北海道へ行きたい＿＿＿＿＿だ。 ⇒ 102年導遊人員日語

① もの ② はず ③ べき ④ こと

▶▶ 老師講解

　　這一題也是表示願望的「〜ものだ」，這樣大家應該可以得到一個結論，空格如果在「〜たい」後面，就要加入「〜ものだ」。正確答案為選項①，構成的句子是「私は年内になんとか北海道へ行きたいものだ。」（我好想想辦法在今年之內去北海道呀！）

題庫269 〜ものか

説明 表達説話者某種感覺的「〜もの」加上「か」，構成句型「〜ものか」之後，用反問的方式來表示強烈否定。就好像中文裡的「難道會〜？」意思其實是「絕不會〜！」

歷屆試題 578

（ ） 今度は絶対に負ける＿＿＿＿＿か。　　　　　　　　➡ 93年領隊人員日語

　　① はず　　　　　② もの　　　　　③ こと　　　　　④ わけ

▶▶ 老師講解

　　大家都不喜歡輸的感覺，所以只要記住「〜ものか」用來表示強烈否定，自然就會想要在「負ける」後面加上「もの」。正確答案為選項②，構成的句子是「今度は絶対に負けるものか。」（這一次絕對不會輸！）

歷屆試題 579

（ ） こんな店なんか二度と＿＿＿＿＿。　　　　　　　　➡ 99年領隊人員日語

　　① 来たことがあるんですか　　　　　② 来るはずなんです

　　③ 来たいんですか　　　　　　　　　④ 来るもんですか

▶▶ 老師講解

　　這一題的「二度と」是相當關鍵的一個字，只要出現了「二度と」，後面不是接「まい」就是接「ものか」這兩個否定用詞。正確答案為選項④，構成的句子是「こんな店なんか二度と来るもんですか。」（這種店我絕不會再來了！）

歷屆試題 580

（ ） あんななまけものの彼が、試験に合格できる＿＿＿＿＿。　➡ 104年領隊人員日語

　　① ことだ　　　　② ことか　　　　③ ものだ　　　　④ ものか

▶▶ 老師講解

　　句子前半部提到了他很懶惰，所以應該是不可能通過考試，加上「〜ものか」最恰當。正確答案為選項④，構成的句子是「あんななまけものの彼が、試験に合格できるものか。」（那麼懶惰的他，不可能會通過考試的！）

説明　「〜ものがある」是用帶感情的方式說話，因此前面常會出現情感相關詞
　　　彙，常翻譯為「真是〜」、「非常〜」。

歷屆試題 581

（　）景気が悪い中、売り上げを伸ばしている社長の経営力にはすばらしい＿＿＿＿＿＿。

➡ 99年領隊人員日語

　　①ところだ　　　②ものがある　　　③わけがない　　　④はずだ

▶▶ 老師講解

　　這個句型看似困難，但是其實有一個非常簡單的判斷方式。「〜ものがある」裡
面有「ある」，而「ある」需要的助詞是「に」，從「経営力（けいえいりょく）」後面的「に」就能確
定這一題用到了「〜ものがある」這個句型。正確答案為選項②，構成的句子是「景
気（けい）が悪（わる）い中（なか）、売（う）り上（あ）げを伸（の）ばしている社長（しゃちょう）の経営力（けいえいりょく）にはすばらしいものがある。」
（對於在不景氣之中，還是提昇業績的社長的經營力感到相當佩服。）

説明　「〜よう」用來表示主觀的推測或比喻，中文常翻譯為「好像〜」。

歷屆試題 582

（　）せきも出るし、頭も痛いし、どうもかぜをひいた＿＿＿＿＿＿から、今日はうち
にいます。

➡ 93年領隊人員日語

　　①ようです　　　②そうです　　　③はずです　　　④わけです

▶▶ 老師講解

　　「〜よう」用來表示說話者主觀的推測，因為自己的身體狀況只有自己感覺得
到，所以如果和身體有關的題目，一定會用到主觀的推測。正確答案為選項①，構成
的句子是「せきも出（で）るし、頭（あたま）も痛（いた）いし、どうもかぜをひいたようですから、今日はきょう）は
うちにいます。」（又咳嗽、又頭痛，總覺得好像感冒了，所以今天要待在家。）

（　）電気が消えていますね。林さんは＿＿＿＿＿ようです。　　　　➡ 93年領隊人員日語

    ① 留守に　　　　　② 留守での　　　　　③ 留守の　　　　　④ 留守な

▶▶ 老師講解

　　這一題測驗的是「～よう」的連接方式，「～よう」前面如果是名詞，要先加上「の」才能接「～よう」。正確答案為選項③，構成的句子是「電気が消えていますね。林さんは留守のようです。」（燈關著呀！林先生好像不在。）

┃ **題庫272　～ようがない**

説明　動詞ます形之後加上「ようがない」用來表示想要做某件事，但是不知道該怎麼做，常翻譯為「沒辦法～」。

（　）旅行に行って、少しのんびりしたいと思うが、会社が休みをくれないのでは、行きたくても＿＿＿＿＿。　　　　➡ 100年領隊人員日語

    ① 行かないではいられない　　　　② 行かざるをえない

    ③ 行かずにはすまない　　　　　　④ 行きようがない

▶▶ 老師講解

　　「～ようがない」本來就是用來表達想做但是不知道該怎麼做，所以既然空格之前已經出現了「行きたくても」，後面就應該使用「～ようがない」。正確答案為選項④，構成的句子是「旅行に行って、少しのんびりしたいと思うが、会社が休みをくれないのでは、行きたくても行きようがない。」（想要去旅行稍微放鬆一下，但是公司不給假，所以想去也沒辦法去。）

（　）そこまで言われたらもうどう＿＿＿＿＿。　　　　➡ 101年導遊人員日語

    ① してもない　　　② しようもない　　　③ してもある　　　④ しようもある

▶▶ 老師講解

　　把「どうする」加在「～ようがない」之前，構成的「どうしようもない」可以

第五單元　句尾用法

表達「無計可施」、「不知該如何是好」，是「～ようがない」這個句型的慣用表達。因此空格前面出現了「どう」，後面就應該加上「しようもない」。正確答案為選項②，構成的句子是「そこまで言われたらもうどうしようもない。」（你都這麼說了，那我也沒辦法了。）

▌ 題庫273　～ように言う

説明　在「言う」之前加上「ように」，是為了將直接引用的「～てくださいと言う」變成間接引用，用來表達某人希望另一個人怎麼做，這樣的改變可以讓句子的對象變得較精確。

歷屆試題 586

（　）父はわたしに本をたくさん読む＿＿＿＿、言いました。　　　　⇒ 100年領隊人員日語

　　①ように　　　　②そうに　　　　③らしい　　　　④と

▶ 老師講解

　　父親原本說的話應該是「本をたくさん読んでください」，要變成間接引用就是將「読んでください」變成「読むように」。正確答案為選項①，構成的句子是「父はわたしに本をたくさん読むように、言いました。」（父親說希望我多讀點書。）

▌ 題庫274　～ようにしている

説明　「～ようにする」表示努力進行某個行為，通常會以「～ようにしている」這個型態出現，中文可以説成「盡力～」、「努力～」。

歷屆試題 587

（　）わたしは、健康のために、できるだけ＿＿＿＿＿。　　　　⇒ 93年領隊人員日語

　　① 無理をするようにしています　　　② 無理をするようになりました
　　③ 無理をしないようにしてください　　④ 無理をしないようにしています

▶ 老師講解

　　「～ようにしている」表達出了「盡力」，前面常會出現表示「盡可能」的「できるだけ」，因此「できるだけ」可以視為這個句型的關鍵字。正確答案為選項④，

構成的句子是「わたしは、健康のために、できるだけ<ruby>無理<rt>むり</rt></ruby>をしないようにしています。」（我為了健康，會盡量不讓自己太過勉強。）

▌題庫275　～ようにしてください

説明　在「～ようにする」之後加上表示請託的「～てください」所構成的「～ようにしてください」用來表示較客氣的請託、並且表達出不只這一次，希望每次都能這麼做，中文常翻譯為「希望你～」。

歷屆試題 **588**

（　）最近、観光客の方は、よくパスポートを紛失したりしますので、是非、それを大事にしていただいて、_____ようにしてください。　　➡93年導遊人員日語

　　①なくならない　②なくしない　　③なくさない　　④なかない

▶ **老師講解**

　　空格之後已經出現了「ようにしてください」，這一題要考慮的是用哪個動詞才正確。前面子句提到了弄丟護照，所以這裡要做的事情是「<ruby>無<rt>な</rt></ruby>くす」的否定，所以應該成為「<ruby>無<rt>な</rt></ruby>くさない」。正確答案為選項③，構成的句子是「<ruby>最近<rt>さいきん</rt></ruby>、<ruby>観光客<rt>かんこうきゃく</rt></ruby>の<ruby>方<rt>かた</rt></ruby>は、よくパスポートを<ruby>紛失<rt>ふんしつ</rt></ruby>したりしますので、是非、それを<ruby>大事<rt>だいじ</rt></ruby>にしていただいて、なくさないようにしてください。」（最近常常有遊客弄丟護照，所以希望各位務必好好保管不要弄丟！）

▌題庫276　～ようになる

説明　「～ようになる」用來表示動作的變化，若前面的動詞是可能形，表達的是能力的變化；若前面的動詞是一般的辭書形，表達的就是習慣的變化。

歷屆試題 **589**

（　）甘いものを食べなくなったら、体は_____なった。　　➡93年導遊人員日語

　　①痩せることに　②痩せるように　　③痩せら　　　④痩せられる

▶ **老師講解**

　　「<ruby>痩<rt>や</rt></ruby>せる」本身已經是狀態，所以不需要變成可能形，直接加上「ようになる」

就能表達變化。正確答案為選項②，構成的句子是「甘いものを食べなくなったら、体は痩せるようになった。」（不吃甜食之後，身體就變瘦了。）

歷屆試題 **590**

（　）先生のおかげで日本語が少し話せる＿＿＿＿＿なりました。　　　➡ 97年導遊人員日語

　　　① ために　　　　② ように　　　　③ だけに　　　　④ ばかりに

▶▶ 老師講解

　　空格前的「話せる」是「話す」的可能形、空格後的「なる」則表示變化，因此應該加入「ように」構成能力的變化。正確答案為選項②，構成的句子是「先生のおかげで日本語が少し話せるようになりました。」（託老師的福，我稍微會說一點日文了。）

▌ **題庫277　～らしい (1)**

説明　「～らしい」的基本功能是用來表達客觀的推測，常翻譯為「好像～」。

歷屆試題 **591**

（　）駅で香川さん＿＿＿＿＿人を見かけました。　　　➡ 95年領隊人員日語

　　　① そうな　　　　② ような　　　　③ らしい　　　　④ みたい

▶▶ 老師講解

　　樣態「そう」不會出現在名詞之後；「よう」如果出現在名詞之後，必須以「の」連接；「みたい」雖然可以直接放在名詞之後，但要加上「な」才能修飾後面的名詞。只有「らしい」可以直接放在名詞之後，也可以直接放在名詞之前。正確答案為選項③，構成的句子是「駅で香川さんらしい人を見かけました。」（在車站看到了好像香川先生的人。）

▌ **題庫278　～らしい (2)**

説明　「～らしい」除了可以表示客觀的推測，還可以表示事物的典型，常翻譯為「真像是～」。

（　）約束を忘れたなんて、いかにも彼＿＿＿＿＿行いだ。　　　➡ 94年領隊人員日語

　　① らしい　　　　② ぐらいの　　　　③ のような　　　　④ みたいな

▶ 老師講解

　　表示推測的「らしい」和「よう」、「みたい」有時可以互換，雖然意思會有差異，但只要連接方式正確，都能構成正確句子。可是表示典型的「らしい」就和「よう」、「みたい」完全不同，無法互換。而這一題的「いかにも」是「的確」、「實在」的意思，後面應該會加上表示典型的「らしい」才恰當。正確答案為選項①，構成的句子是「約束を忘れたなんて、いかにも彼_{かれ}らしい行_{おこな}いだ。」（居然忘了約定，真像是他會有的行為。）

（　）弱音を吐くなんて、あなた＿＿＿＿＿ないね。　　　➡ 95年領隊人員日語

　　　① のようでは　　　② らしく　　　　③ みたく　　　　④ そうでは

▶ 老師講解

　　這裡的「不像你」不可能是推測，所以要使用表示典型的「らしい」。正確答案為選項②，構成的句子是「弱音を吐くなんて、あなたらしくないね。」（居然會示弱，真是不像你呀！）

（　）長年ガイドをしている人、日本人＿＿＿＿＿日本人の扱いにも慣れてくる。

　　　　　　　　　　　　　　　　　　　　　　　　　➡ 96年導遊人員日語

　　　① のようすの　　　② みたいない　　　③ らしくない　　　④ にそっくりの

▶ 老師講解

　　只要前後出現的是同一個名詞，兩個名詞之間就一定是要加入表示典型的「らしい」，因此「日本人_{にほんじん}らしい日本人_{にほんじん}」直譯是「像日本人的日本人」，所以就是「典型的日本人」。那麼「不像日本人的日本人」，也就是不典型的日本人就應該說成「日本人_{にほんじん}らしくない日本人_{にほんじん}」。正確答案為選項③，構成的句子是「長年_{ながねん}ガイドをしてい

第五單元

句尾用法

る人、日本人<ruby>らしくない<rt></rt></ruby>日本人の扱いにも慣れてくる。」（長年擔任導遊的人，也會漸漸習慣不典型的日本人的行為。）

▌題庫279　～わけだ

説明　「わけ」基本的功能是解釋道理、説明原因，構成句型「～わけだ」之後，用來表示基於某個事實、狀況所得到的理所當然的結論，常翻譯為「難怪～」、「所以～」。

歴屆試題 595

（　）小林さんは中国に10年も住んでいたのだから、中国語が上手な＿＿＿＿＿。

①　わけだ　　　　　　　　　　②　わけにもいかない

③　はずがない　　　　　　　　④　きらいがある

▶▶ 老師講解

　　既然「～わけだ」表達從某個事實得到的理所當然的結論，句子前面通常就會說明事實為何，後半部就是結論，因此常常會在句中出現表示因果關係的「から」。正確答案為選項①，構成的句子是「<ruby>小林<rt>こばやし</rt></ruby>さんは<ruby>中国<rt>ちゅうごく</rt></ruby>に<ruby>10年<rt>じゅうねん</rt></ruby>も<ruby>住<rt>す</rt></ruby>んでいたのだから、<ruby>中国語<rt>ちゅうごくご</rt></ruby>が<ruby>上手<rt>じょうず</rt></ruby>なわけだ。」（小林先生在中國住了有十年之久，難怪中文很好。）

▌題庫280　～わけではない

説明　把表示「難怪～」的「～わけだ」變成否定語尾的「～わけではない」，意思就成了「並非～」、「並不是～」。

歴屆試題 596

（　）台湾人だからといって、みんなチャイナ服を着るという＿＿＿＿＿。

①　わけだ　　　　②　はずだ　　　　　③　わけではない　　④　はずではない

▶▶ 老師講解

　　句中出現了「～からといって」這個逆態接續，所以後面應該使用「～わけでは

ない」較恰當。正確答案為選項③，構成的句子是「台湾人だからといって、みんなチャイナ服を着るというわけではない。」（雖說是臺灣人，但並不是大家都會穿旗袍。）

（　）私は昨日京都へ行ったが、お寺を見に行った＿＿＿＿＿。　　➡ 103年領隊人員日語

　　① ことはない　　　　　　　　　② とはかぎらない

　　③ はずがない　　　　　　　　　④ わけではない

▶▶ 老師講解

　　若是句子裡出現了逆態接續，後面就很有可能會用到「～わけではない」。這是因為「～わけではない」這個句型表達「部分否定」，因此常構成的句型就是「雖然～但也未必～」。正確答案為選項④，構成的句子是「私は昨日京都へ行ったが、お寺を見に行ったわけではない。」（我昨天去了京都，但是並不是去看佛寺。）

▌題庫281　～わけがない

説明　在「わけ」之後加上「ない」，構成句型「～わけがない」之後，用來表達基於某個事實不會有那種情況發生，因此常翻譯為「不可能～」。

（　）あんな下手な人がプロである＿＿＿＿＿がない。　　➡ 103年導遊人員日語

　　① こと　　　　　② もの　　　　　③ わけ　　　　　④ しか

▶▶ 老師講解

　　「下手な人」是事實，既然是「下手な人」，當然就不會是「プロ」，所以要使用表示「不可能」的句型「～わけがない」。正確答案為選項③，構成的句子是「あんな下手な人がプロであるわけがない。」（技巧那麼糟糕的人不可能是專家。）

第五單元　句尾用法

説明　「～わけにはいかない」用來表示雖然心裡想做，但是基於社會上、心理
上、道德上等因素而無法實踐，中文常説成「不行～」、「不能～」。

歷屆試題 599

（　）8年一度しか咲かない花だ。長年追い続けてやっと出会えたんだ。体調が悪い
からといって、ここで諦めて帰る＿＿＿＿＿＿＿にはいかない。　⇒ 96年導遊人員日語

① しかた　　　　② き　　　　　　③ わけ　　　　④ すんぼう

▶▶ 老師講解

　　這一題表達了想放棄卻不能放棄的感覺，所以使用「～わけにはいかない」最恰
當。正確答案為選項③，構成的句子是「8年一度しか咲かない花だ。長年追い続け
てやっと出会えたんだ。体調が悪いからといって、ここで諦めて帰るわけにはいか
ない。」（這是八年才開一次的花。經過多年的追尋終於遇見了。雖說身體不舒服，
但是也不能就此放棄回家。）

歷屆試題 600

（　）風邪を引いているが、今日は重要な会議があるので仕事を休＿＿＿＿＿＿。

⇒ 101年導遊人員日語

　　① むにはあたらない　　　　　② まないばかりだ
　　③ んでやまない　　　　　　　④ むわけにはいかない

▶▶ 老師講解

　　因為有會議而無法請假，表達出了社會的習慣、內心的責任感，這樣的句子最適
合使用「～わけにはいかない」。正確答案為選項④，構成的句子是「風邪を引いて
いるが、今日は重要な会議があるので仕事を休むわけにはいかない。」（雖然感冒
了，但是因為今天有重要的會議，所以不能請假。）

MEMO

國家圖書館出版品預行編目資料

日語領隊導遊考試總整理：
句型必考題庫282題＋考古題完全解析600題 新版 / 林士鈞著
--修訂初版--臺北市：瑞蘭國際, 2024.11
288面；19×26公分 --（專業證照系列；17）
ISBN：978-626-7473-82-5（平裝）
1. CST：日語 2. CST：導遊 3. CST：語法

803.16   113016548

專業證照系列 **17**

日語領隊導遊考試總整理：
句型必考題庫282題＋考古題完全解析600題 新版

作者｜林士鈞・責任編輯｜王愿琦、葉仲芸
校對｜林士鈞、王愿琦

封面設計｜劉麗雪、陳如琪・版型設計｜余佳憓・內文排版｜徐雁珊、余佳憓

瑞蘭國際出版

董事長｜張暖彗・社長兼總編輯｜王愿琦
編輯部
副總編輯｜葉仲芸・主編｜潘治婷
設計部主任｜陳如琪
業務部
經理｜楊米琪・主任｜林湲洵・組長｜張毓庭

出版社｜瑞蘭國際有限公司・地址｜台北市大安區安和路一段104號7樓之一
電話｜(02)2700-4625・傳真｜(02)2700-4622・訂購專線｜(02)2700-4625
劃撥帳號｜19914152 瑞蘭國際有限公司
瑞蘭國際網路書城｜www.genki-japan.com.tw

法律顧問｜海灣國際法律事務所　呂錦峯律師

總經銷｜聯合發行股份有限公司・電話｜(02)2917-8022、2917-8042
傳真｜(02)2915-6275、2915-7212・印刷｜科億印刷股份有限公司
出版日期｜2024年11月初版1刷・定價｜550元・ISBN｜978-626-7473-82-5